春山夜行

韩松落

著

译林出版社

图书在版编目（CIP）数据

春山夜行 / 韩松落著. —南京：译林出版社，2023.2（2023.5重印）
ISBN 978-7-5447-9442-8

Ⅰ.①春… Ⅱ.①韩… Ⅲ.①中篇小说－小说集－中国－当代
②短篇小说－小说集－中国－当代 Ⅳ.①I247.7

中国版本图书馆 CIP 数据核字（2022）第 178829 号

春山夜行 韩松落/著

责任编辑 黄文娟
装帧设计 尚燕平
校　对 戴小娥
责任印制 单　莉

出版发行 译林出版社
地　址 南京市湖南路 1 号 A 楼
邮　箱 yilin@yilin.com
网　址 www.yilin.com
市场热线 025-86633278
排　版 南京展望文化发展有限公司
印　刷 徐州绪权印刷有限公司
开　本 850 毫米 ×1168 毫米 1/32
印　张 10.25
插　页 4
版　次 2023 年 2 月第 1 版
印　次 2023 年 5 月第 2 次印刷
书　号 ISBN 978-7-5447-9442-8
定　价 68.00 元

目 录

I

夜行

春山夜行

　　"四万三千瓶"，"八万六百五十七瓶"。有人问起酒的销量，周德光便以这两个数字应对，前一个数字给普通人，后一个数字给同行。说起来，两个数字都所言不虚，前一数字是他开店第一年的销量，后一数字是第五年的销量，这一年的销量为开店八年来最高。事实上，他所代理的那种白酒，销量常年在五万瓶到六万瓶之间，尤以八十九块一瓶的最低端入门级为多，单是这一种，就要占去五分之三的销量。但周德光认为，自己恪守了商人的职责，在不同场合给出了不同的应答。

　　二十三岁之前，周德光已有六年商人生涯。他家世代种植苹果树，到他父亲这一代，果园已有二十三亩。周德光习惯跟随果树生长周期干活，春季拉枝、刻芽、环剥、复剪，这些均在四月前完成，夏季打药、施肥、浇水，秋季采摘、运送、种植新苗，冬季清理土壤。每亩收益，相当于在县城打工两月所得。

周德光的父亲，曾经尝试做果商，他怕触怒本地大果商，只敢以"远方亲戚家做果脯厂"为名，联络较为熟络的几户果农，收购他们的苹果。收购、包装、寻觅储存地点、运送，都由他完成，他甚至考虑置办卡车，让三个儿子学大车，以省下付给长途司机的费用。第一年勉强盈利，第二年就遇到果价下跌，果商的卡车甚至不肯开进他们村子。第三年在苹果成熟期遇到冰雹，该地区苹果产量缩减，苹果品相欠佳，连县城水果店都开始销售河南苹果。周德光父亲稍事休整，于两年后再度启动苹果生意。不料，那年非典暴发。

苹果花照旧依时开放，花瓣白中透粉，方圆几公里都是清甜味道。周德光父亲选择绕路，穿过果园回家。修剪果枝的工具在工具箱中静止不动，分量和一块生铁无异，他却觉得那和提着生铁是两种感觉，遇到沟壑时，他跨步越过，工具箱里的刀剪哗哗作响，卷尺滑动，发出轻轻的撞击声。瞬间激活的工具，似在响应他的感触。

周德光警觉地观察着父亲的生意，待父亲偃旗息鼓之后，也不再提起做果商的事，本村果商投资两亿五千万在附近建起果品冷库的事，他也没有第一时间转告父亲。他的野心启动，全因为一件小事。父亲因为非典遭遇重挫那年，他十七岁，乘班车去省城看亲戚，在途中小县城停靠时，几个神色焦虑的中年人上车来，跟司机交代几句，满车搜寻，随后要捉一个孩子下车。那孩子手抓椅背，放声大哭："我十五岁了还要吃家里的，我要做生意，我不念书，你们不让我做生意，我跟姑父做去。"

周德光深受震动，到省城就开始寻觅机会。此后六年，他做过各种生意，起初都与节气有关，春节贩卖鞭炮焰火，开春倒腾化肥，清明前后贩卖纸货，中秋摆摊卖月饼，乃至操办红白喜事，以及用卡车拉运杂货下乡。小生意不外如此，如同打猎，听到风吹草动就赶去放枪。

渐渐地，他敢于操持长线生意，租赁摊位或者小店面，卖酒，卖化妆品，直至获得执照，开起一家彩票经营点。店面十平方米，员工两名。彩票店开张三个月后，他又有新发现，到店里买彩票的人并不急于离去，而是买好彩票后拈在手里，或坐或站，和周围的人聊天，彩票似是聊天的门票。他由此发现新商机：人希望和人在一起。他又在居民区租下一套一楼住房，开设麻将馆。麻将馆顾客，多数由他从彩票店引流而去。

三年时间中，由他售出的彩票，中奖的最大数额为五十一万元，中奖者是附近旅馆的老板。周德光将这张彩票用手机拍照，打印成图，过塑镶边后，悬挂在店里最醒目处。照片半年后就褪色了，新的大奖并没产生。但他很快找到新的生意。

麻将馆顾客中，有人无意间透露信息，某种白酒的销售连年增长，意欲增设县级代理点，本县已经有人获得加盟资格，准备装修店面，店铺就在两条街外。这位顾客极为厌恶白酒，这在小地方也算罕有，他以这样的句子作为结语："把这些狗日的喝死去。"

周德光转身招呼一声，就去那条街上搜寻，找到那家正在准备装修的店面，向装修工讨到店主电话，询问加盟事宜。两天后，他乘火车前往酒厂实地考察，随后在酒厂接受培训，参观酒窖，与加盟店店主恳谈，与其他考察者交换名片。十天后，他打电话给家人，希望家人帮助凑出二十万块。

他已通过从鞭炮到彩票的各种生意攒下了三十万，而加盟该白酒品牌，需要五十万。到这一步，前来考察者已经离去大半，多数人是因为拿不出这笔资金，少数人是因为疑虑。他想起报纸上看到的数字，月收入五千块，就已超过95%的人。果然如此。

家人以为他遭遇传销，便在家乡报警。等到他回家，才解除警报。但如此一来，他的积蓄尽数曝光。此前六年，家人并不知道他的生意是赚是赔，他也时常含糊作答，多数时候回答"还过得去"，偶尔对赔钱的生意大肆声张，存款也分别存入五家银行。

学会这些并不困难，如果你有一个战战兢兢做着生意的父亲，如果消息从村头传到村尾只需一个上午，而且银行职员也时常在酒桌上抖搂别人的存款数额，或者漫不经心地询问朋友的妻子，她的丈夫一周前在金店刷卡买下一件金饰，怎不见她戴出。

父亲对他的生意，一向持纵容态度，所以假装不知道他时常逃课，也假装不知道他在高二辍学，只是对他要去四千里外的另一个省开店，表现出某种不舍。父亲也并无挽留，只竭力打听那边有没有人可以照应，很快得知，有位亲戚在那个县城工作，这位亲戚算是他的堂妹，周德光可以叫她姑姑。

周德光依旧记得初见那座小城时的感触。在省城火车站下车，在附近客运站乘坐大巴，一个半小时，到达县城。进城之前，大巴在加油站加油，加油站在城外小山的山坡上，县城位于山下一片冲积扇地带，乘客刚好可以俯瞰县城。

长空碧蓝，似是一挥而就，小城就是天空下灰色和赭红色相间的一片。小城往左，是一片荒野，黄褐色的土地上，有墨绿色的树带；再远一点，是无尽的荒山，似黄色的海浪，一直推远，直到和天空相接，相接之处的天空，泛着淡淡的蛋白色。小城往右，地势渐高，绿色渐浓，随后就是一带高峻的绿色山脉，山间有雾气和白云缭绕。他已查过，知道那是祁连山的一支，海拔将近四千米，从山下到山顶，是垂直景观。

进城的时候已是黄昏。小城被落日的金光笼罩，虽然那金光来自落日，却仍旧给人来历不明之感，金光悍然、广大，人们走在街上，像是失了魂一般，向着金光而去。八点之后，金光减弱，八点半之后，余光彻底卷入山后，替换而来的蓝色天光，依旧广大、悍然，四周的语声，在这广大的天光下，有种寂寥之意。

这是他第一次离家如此遥远，一切都给他新的刺激。那时一个叫脉脉的应用软件刚刚上市，他也下了脉脉，上传了自己的真实照片在头像资料里，其中一张是特写，照片上的他面带笑容，穿着浅灰色卫衣，戴着耳机，抱着滑板，照片一角，可以看见他的麻将馆。照片均用油画效果加以修饰，资料里写着他的真实电话和QQ号码。不论在何时何地刷新，他的头像在该屏头像里都是最醒目的。

随即他发现，自己的头像、卫衣、耳机、滑板，都和这座小城格格不入，尤其和自己的白酒生意风格迥异。店铺装修了一半的时候，他用身着衬衣的照片，替换了原有头像，但他也有所保留，穿着浅蓝色衬衣拍照。但半年后，他只穿深色衬衣，深蓝或者深灰。

店铺位置稍偏，但临街，一百二十平方米，另有八十平方米地下室，租金六千，装修耗时两月，耗资二十万，没有超出预算。店招和店内装修，均按酒厂要求定制。红色牌匾，饰以金色大字，店内另有一块LOGO，同样红底金字，旁边摆设绿萝和发财树。他并不喜欢这种宝光璀璨的风格，但他一直记得，刚刚开始做鞭炮焰火生意，他的伙伴就印了名片给他，名片上，他们的公司叫作"金鑫"，虽然这个公司并未注册。他的伙伴告诫他，做生意，就要起这样的名字，"这样才像个做生意的"。

生意是一瓶一瓶喝回来的。所有人都认定，卖酒的人，必然是喝酒的人，也必定用喝酒来拓展生意。尤其是他这样的外乡人，要在这里站稳脚跟，更要以酒开路。开店第一个月，喝一瓶酒，才能卖出五瓶酒，第二个月，这个数字略有变化，喝一瓶，能够卖出去二十瓶。他忽然觉得，自己对这门生意的代价估计不足。直到喝一瓶酒，能卖出去一百瓶酒。

喝酒亦会产生破窗效应。人们觉得，他既然已经以酒为生，就不妨再多喝一点。从聚会到婚宴，都喊他作陪，这种作陪者在此地被称为"支客"。用他的酒喊他去，不用他的酒也喊他去，理由无非"你酒量好"。他虽然唯唯诺诺，但听到"你酒量好"时，还是觉得头脑轰然一炸，像是脑子里有个气球猛然胀大，把大脑都挤扁了，要一两分钟后才能回弹。他逐渐学会在大脑尚未回弹的时间里，只点头，不说话。

生意也是一瓶一瓶亲手送出来的。起初，一瓶也要送，两瓶也要送，白天晚上都要送。即便凌晨一点两点，酒桌上酒不够了，大家也打电话喊他送酒。起初他亲自上门送酒，把关系理出轻重缓急后，就笼络了几名三轮车车主，多数时候让他们代送。半年后，他置办一辆二手五菱面包，用以拉货送货。

开车也给了他理由，让他躲过一些酒场，但多数时候仍无法幸免。交警运管都是本地人，即便有人因酒驾被拦截，去警队的一段路上走走停停的，也足够他打电话找人救驾。所以，"兄弟，你要是给抓下，我负责捞你"也是劝酒金句。

两年后，酒驾入刑，小城盛传，若酒驾被判，就要在看守所里摘辣椒剥蒜，一天两麻袋。五菱面包车，配合两麻袋辣椒大蒜，终于发挥效力。他发现自己渐渐不必每天喝酒，于是在朋友圈写下："有的时候，路虽然难走，但熬一熬也就过去了，有一天回头看，你会感谢当初坚持的自己。"

但他遇到自己的妻子，恰恰是因为一场烂醉。姑姑的儿子，他的表弟，在附近大学看中一间空铺，想开水果店，铺面是校产，由后勤部门负责，宁可空置，不肯轻易出租。表弟辗转托人，终于约到后勤管事人，在县城请了一桌海鲜。表弟把他认作场面中人，要他作陪，他带着自家最贵的一款酒前去，到场却发现表弟已经带了茅台。那天他殷殷劝酒，强撑到酒局散场，与所有人告别，并把自己带去的酒，放进对方的后备箱中，转身就在路边睡倒。

她那晚正好从那里经过，看到路边横卧醉汉，绕道远走，边走边回头，却看到他有一张憨厚英俊的脸，睡姿尤为特别：眉心舒展，面带笑容，双手合十，枕在头边，双腿并拢，伸得笔直，"像一个卧佛"。后来她屡屡提起这第一印象，不忘补上一句："我是你的救命恩人。"他则打趣："还不是看我长得帅起了歹心。"

即便同为醉汉，较为英俊的那个也能获得更好待遇。她过去拍拍他的脸，把他唤醒，伴以恫吓："你睡在这里会睡死。"看他坐起后又软软倒下再睡，她的口气变得像斥责孩子："你就等着睡死吧！"她去附近小卖部买了矿泉水，喂给他喝，他嚅动嘴唇含着瓶嘴，宛如婴孩，她再度扶他起来，又拦下一辆三轮车，把他送回店里，还不忘拉下卷闸门才离去。

第二天她来看他，他已清醒，穿着衬衣西裤招呼顾客。认出她来，转身向顾客介绍"我的救命恩人来了"，以缓解尴尬。又向顾客解释："要不是她把我叫醒，我就睡死在万里香门口了。"她起初不明白，他为何只提到"叫醒"却不提"送回家"，转瞬就懂了：他是顾及她，所以只说"叫醒"，以免那顾客联想。随后两人相对，他反而不知道怎么开口，思谋许久，以一句问话开场："你还会拉卷闸门？一般女的都不会呢。"她微笑回答："我家就在民心市场卖鱼，我们店里也有卷闸门。"

所以，婚礼上，鸡鸭鱼用她家的，酒用他的。总算有一次婚礼，他不用当支客。

需要交代的在婚礼前都已交代清楚，包括他家的果园，他父亲失败的果商生意，他的鞭炮摊、月饼摊、彩票店和麻将馆，大巴上那个十五岁男孩的哭叫。还有一件事，他本已遗忘，凭借给她讲述才再度想起。他曾打算在麻将馆里向来赌钱的人放贷，借一千，还一千两百，贷款期限为一周，一周后利息叠加。这个想法被他父亲严厉呵止。来这里做白酒生意后，他听到一个放贷者被人杀死的消息，庆幸自己听了父亲的话。

她也问过他这家店的投资规模。在此之前，他一向恪守自己在豕突狼奔的生意之路上悟出的一点点为商之道：做商人的，一定不要句句是实，务必让人看不清自己，面对同行时尤其如此。遇到这位民心市场水产女郎的提问时，他却据实回答，一共投资五十二万，其中有他的三十万积蓄，家里给的二十万，还有两万，是在装修最后关头，从朋友那里借来周转的，但对外一律声称投资百万。

但他又觉得，这样彻底坦白有点不妥，所以又以玩笑为自己找补："五十万四舍五入就是一百万了，再说，我也是这个店的资产啊，我难道不值五十万吗？喝了多少酒才喝出来的生意。"

第二年，他在朋友圈晒出婴儿照片，同时不忘趁势来波营销："为庆祝我儿满月，店内所有商品一律九折，新上市的500 ml高原蓝宝石低至八折，为期三天。"

白酒生意渐渐遇到瓶颈，在2014年销出八万六百五十七瓶之后，再也没能重回巅峰。他曾考虑再投其他生意，比如火锅店或者奶茶店，但始终没遇到可以下手的项目，也曾打算接手一间砂厂，随即打听到本地砂厂生意均由强人把控，于是望而却步。而白酒销量还算平稳，他便暂时放弃扩张的想法，偶尔到附近彩票店购买彩票，算作投资，同时在朋友圈转发题为"走不出舒适区的你，无法实现阶层跃升"的文章，算作自我激励。

他也发展出一点不太奢侈的爱好，钓鱼和爬山。渔具是他花费八百块购置的，山也很近，距离县城五公里，就是他当初在进城前看到的那座祁连山支脉。山上的景观，每几百米一变，山下有松树，往上是桦树与杨树，再往上就只剩灌木，有大片杜鹃在六月开花，到了山顶，却又变作高山草地，望向四周，山顶连成片，一派草原景象，完全看不出是在山上。

厂家每年增添新品，淘汰旧品，他做到第八个年头时，所有产品均已更新换代，产品的名称和包装，与他刚入行时已经全然不同，入门级的那款产品，由八十九块升至九十九块，且取消赠品。春节后开区域经销商会议时，经销商们大倒苦水，挨个上台讲述利润下降的困境。并非只有自己遇到了麻烦，这使他稍感安慰。

也有有用的消息。就是在经销商会议上，他听说旁边县城即将划进市区，县城内的零售点要重新确定归属，其中有一家零售商，是万瓶级别零售商，位于三县交界，目前正在摇摆不定，不知自己该归入哪个片区。他身在会议现场，却已委托朋友要到该零售商的资料与电话，看完资料，小心措辞，并在会场门外，把自己要说的话练习一番，随后打电话给这位零售商，希望自己能为他们供货。

朋友用微信发来的资料显示，零售商叫金耀明，五十二岁，当过兵，在乡里开设五家门店，两家大商店（所谓大商店，是乡镇上经营日用百货、生鲜食品、大小电器以至化肥薄膜、电机配件的综合性商店），两处烟酒门市部，一家小超市。朋友还特意注明：脾气不好。

五十二岁，比他父亲小两岁。对这个年龄段的男人，周德光并无把握，甚至有轻微惧怕，尽管如此，他也还是顺利地把自己想说的话说完了。那边稍顿一下，以一种漫不经心的语气说："哦，你在外地啊，等你来了再说。"

他第二天就踏上归程，一路上反复琢磨"等你来了再说"的含义。自鞭炮生意至今，十四个年头过去，他逐渐意识到，人与人之间的关系若想有进展，犹如在虚空中抓住飞絮，一星半点的话语，捉摸不定的眼光，就是抓住飞絮的依据。他学会反复琢磨那些语句，觉得它们大有深意，隐藏了一些路径、一些线索，但有时候并不能把它们当真，因为话语犹如天气，乌云转眼翻作晚霞，晚霞转眼成灰。尤其对卑微的人来说，他们从不被看重，也从不被期待，所以随口抛出话语，随时任它消散，他们学不会在语句里蕴藏他意，即便有也不必当真。但更多时候，他还是深信它们必有深意，不信这些就再无可信，再无依据，也再无线索。

"等你来了再说"，似乎就是留有气口的，金老板还没有决定归属哪个片区，还没有确定供货商。以他的年纪、他的五家门店，他必然不是随口一说，肯定留有商榷的余地。

回到店里，周德光再度电话联络，得到的答复是"那你方便了来一下"，却并没有约定时间地点。周德光两次去他的店里等候，顺带观察他的经营状况，并请他的店员转告自己来过，依然没得到确认。妻子在亲戚里放出消息，随后得知有个亲戚是金老板的战友，与他相熟，于是托亲戚侧面打听，最后收到亲戚转告的一句话："我问了，耀明子说，你们心不诚嘛！"

周德光又反复琢磨"心不诚嘛"的含义，并且据此复盘自己从第一个电话后的所有措辞。事实上，他对"心不诚"这种表达极为反感，每次听到这几个字，他都会产生大脑被挤压的奇异感觉。这种感受源自装修店铺的经历。他托姑姑找了装修队，装修队负责人来店里看了一圈之后就转身离去，随后在门外告诉他，他们装修队活多得很，做不过来，没时间接他的活。他不免愕然，不知道自己做错了什么。姑姑转头打听，随后告诉他，负责人进店时他连烟都没有让一根，"心不诚"。

有了这次经验，第二支装修队上门时，他备下两条烟，此后一切顺利，他买材料时，瓦工木工还替他砍价。经此一役，他意识到，四千里距离，人情风俗都有差异，身为异乡人，自己周围会有许多隐形红线，需要小心避让。他在心理上有了退让，但每次听到"心不诚"，依然会恼怒异常，那分明提示着他的无知，他和世界的隔膜，他和周遭的一切之间有一层朦胧不明的薄纸，而他无力穿越。尽管他知道，绝大多数人都和世界有这一纸之隔。

他决定依据自己的直觉行事，再次打电话给金耀明，并直接表示："到你们家来转转。""转转"是他到本地以后学会的表达方式，到亲戚家、朋友家拜访，都叫"转转"，既亲昵又随意。这一次，那边出奇地爽快："后天我给孙子做满月，你过来吧。"

　　他一大早便出发，带着一件自家的酒，算作贺礼，妻子比他起得还早，收拾好头天买的准备送给满月婴儿的衣服鞋子。他开着五菱面包，出城，进山，向着祁连山的深处而去。

　　五十公里山路，历时一个多小时，他到达金耀明家所在的村子，略加打听，就找到他家的院落。院子在半山坡，周围被枣树环绕，有一半院墙是用石头堆砌的，院子异常宽敞，却只种植了两棵梨树，堂屋门前，一左一右，种着两株牡丹，每株直径总有两米。山里的春天，比山下晚一个月，不论枣树梨树还是牡丹，都还在萌芽状态，一眼望去，周围都是金绿的芽点，金绿的点子散在四面八方，像是散播下一片雾。

　　院子里摆下五桌酒席，一个精悍的汉子正在张罗，周德光估计那就是金耀明，上前叫了一声"叔"，而之前在电话里，他都管他叫"金总"。这也是他第一次见到这位意向中的生意伙伴，金耀明个子不高，头发很短，皮肤是一种上釉的陶器才有的深棕色，眼睛不大，却精光四射，说起话来，声音虽然低沉，却像是变声后期的少年声音，有一种高颗粒度的沙哑。

　　"你就是小周啊？一表人才。"这样开场后，金耀明又用一种狡黠的语气说："这样就对了嘛，有啥事情见面了说。不过确实不好意思哈，第一次见面就让你们搭礼，反正你们小嘛。"然后把他们安顿坐下，交代旁边的人："这是我的生意朶伙伴，你们给照顾着，让吃好喝好，不要让他们两口子脸吊下。"一阵爆发式的沙哑的笑之后，他指指厨房："你们先坐下，我忙去了啊？"走开两步，又回头看看他们："你们先坐下啊。"

和周围的人寒暄过，妻子也到厨房里去问"有没有什么要帮忙的"，到里屋看孩子，在孩子襁褓里塞上五百块礼钱，然后入席吃饭喝酒，周德光以开车为理由，一直用沙棘汁挡酒。就这样喝了一阵，突然里屋一阵骚动，金耀明带着儿子儿媳，抱着满月的孩子出来。一轮亮相后，各自归位继续喝酒。金耀明穿梭在桌子中间，不时可以听到他那沙哑的笑声。

到底是春天，虽然顶着大太阳，坐久了还是有点凉意，周德光有点坐不住了，看这情形，也绝无可能谈生意，就和妻子低声商量着，准备回家。就在这时，金耀明一手酒壶一手酒杯，笑着过来了："把你们给怠慢了，不过，你们小嘛，稍微坐一会也没啥。这些老帮菜，我也好长时间没见了，多喝了几杯，多说了一会，说不定下次就见不到了，你不知道，才到我这个年龄，战友里已经走了好几个了。"

周德光喏喏地回答："你身体这么好。"

金耀明："也不好了，不过是一口气撑着。"然后摸摸脑袋：

"脑子已经有问题了。"然后指指眼睛:"眼睛也不好,眼压高。"又咧开嘴:"牙齿换了好几个。"这样一路指下去,到脚后跟:"痛风,恨不得砍掉。"

周德光:"那要少喝些酒了。"

金耀明:"就好这么一口,山里人嘛,没啥尿事,不喝酒干啥。你的酒还不是山里的几个乡卖得最好。"

周德光:"平西乡不在山里,也卖得好。"

金耀明:"平西乡喝的酒有我们喝的度数高吗?"

周德光:"那倒没有。"

金耀明:"我掌握着数据呢,我啥都掌握着呢。"然后,他拉拉周德光的帽衫,似在指出他的穿着与本地人有异:"你在这边恐怕是没啥朋友吧。我刚刚当兵回来时,也没啥朋友。没朋友,就啥事难办,没朋友,就没人说话,也没人管你想的啥。要多交朋友呢。"

他开始滔滔不绝讲述自己的一生,在他参军之前,他家祖祖辈辈都在山里,从没踏出一步,靠种植卷心菜和菜花为生,直到他在乡政府的墙壁上,看到红色的征兵告示。他离家参军,在边境参加过自卫反击战,收到过女孩们寄给军人的情书,1987年他退伍,电视上正在播《凯旋在子夜》,虽然他对其中的细节不以为然,觉得电视剧没有拍出战争的残酷,但还是逐集看完,重播时又看一遍。

回家之后，他被安置到县汽车公司，开两年客车后，决定自己做买卖，从春节摆摊卖对联（对联均由父亲撰写）和鞭炮，到在人口较为密集的镇上开起第一家小店。几笔成功的投资之后，他决定涉足餐饮，开设一家驴肉馆，半年后惨淡歇业。他从此牢牢守住商店零售生意，不做他想，慢慢在两个镇子上，做起五家门店。

他最后悔的是，因为信心不足，没有及时在县城开超市。县城开起第一家超市时，他前去参观，超市规模之大，超乎他想象。他粗略估算，开起这样一家店，至少需要一千万。一年后他才知道，超市店主开店之前，手里的资金不过百万，但店主在银行有熟人，听说银行在投放一种惠农贷款，数额甚为巨大，于是动员亲戚，虚构项目书前去贷款，由此获得开超市的资本。

但他甚为骄傲的是"有朋友"。他反复提及，他开第一家门店时缺少资金，战友把买房子的钱借给他两万："当时的两万啊，那时候县上一套房子才三万多一点。"后来他把生意拓展到电器领域，也是战友出资。他知恩图报，战友用钱，他出钱，招呼客户需要撑门面，他开着车去接送，说自己是司机。战友中有人生怪病住院，需要输血，他们排队去医院献血。"十二个人，五个不合格。哈怂们，一天天喝酒吃肉的，把血吃坏了。"但他显然对能够吃坏身体甚为得意，"以前穷的时候，还想三高？都是贫血！"

听到金耀明讲卖对联卖鞭炮，周德光找到了对话的契机，在他的讲述告一段落之后，开始用自己的故事作为回报。周德光先从卖鞭炮讲起，然后倒叙，提到自家的二十三亩苹果园，十七岁时的际遇，一直讲到自己遇到妻子的那个晚上。金耀明时常临时发挥打断周德光的讲述，他插入的话题往往还离题万里，但他的话题告一段落的时候，他还是会对周德光说："继续讲你的。"

周德光渐渐有了在他面前讲述自己的自信，不那么磕磕巴巴了，也不那么生涩了，讲得异常流利，偶尔伴以自黑："我当时就想，放高利贷又怎么了，这些人，你不赚他的钱，还有别人赚，都是当韭菜的命。"他以为金耀明会反驳，但抬头看看金耀明的眼神，似乎很有赞许之意。这都有悖于金耀明此前表露的为人为商之道，但他频频点头赞许，不是因为其中的意图，而是因为表露这种意图的这个人。

周德光突然明白了他们所说的"心不诚"的真实意思。所谓心诚，就是要有仪式，要给对方小小抬举，也接受对方的小小倨傲，要亮出自己的一生，泥沙俱下，无论善恶，来换取对方的一生。双方都不求甚解，也不当这是告解，要有过耳就忘的准备，就像在沙地上浇水，不期望能够有多少渗留。这其间也有分寸，有权力高低的试探，较为卑微的那个，要亮出更多不堪，说出更多秘密，地位略高的那个，则可以适度保留，但谁也不能当真，话语过后，酒醒之后，这就是沙地上的水痕。而盟约已经悄然缔结。

他也明白了，在此时此地生活，是多么孤寂的一件事。尤其对那些出走后再度归来的人，孤寂更深一层。对金耀明是这样，对他也是这样。所以，金耀明会频频提及自己的战友，那是他血火人生的证人，他频频询问周德光有没有朋友，也是问周德光有没有证人。甚至，这里面还有一种对友情的渴求，对另一个从家乡出走的人的友情征询。

周德光把话题扯回自己在这座小城的生活。他钓到过八斤重的大鱼，那鱼池子是岳父的供货商开的；爬山的时候，遇到过一只动物，疑似金钱豹，可惜没有拍下照片。周德光看到金耀明突然抬头，有悠然神往之意，然后听到他说："还说啥呢，你明天把合同拿来，我们签上。"

周德光突然心血来潮，拿起酒杯和金耀明碰杯。今晚能否开车回家，住在哪里，都不在考虑之中。终于喝到恍惚，周围金绿的色点变成一片金色，像他初到这座小城那天，悍然、广大，有君临之意。

再次醒来的时候已经是深夜，妻子睡在身边，房间和床铺都非常陌生。他翻开手机看时间，是凌晨四点，距离他倒头睡去，应该已经过去了十二小时，酒该消了，大概率不会被抓去摘辣椒和剥蒜了。他叫醒妻子："咱们走吧，去取合同，到车上再睡。"

无星无月的夜晚，有一种凝滞，似乎夜不是一口空气，而是一层沙子，堆积在他周围。他在门口站了一会，适应了这种凝滞，走进夜色里去，夜就突然流动了起来，夜变浅了，夜光调亮了一点，脚下有浓雾缠绕。他和妻子走出院子，关上门，旷野一片凄清，树影层层叠叠，偶然透出的一两点灯火，也有凄清之意。

他找到自己的车，让妻子坐在副驾驶座上，拿出毯子给妻子盖上，启动车子，看看仪表，慢慢驶出村子。

起初有一两声狗叫，然后唤起更多狗叫，他有点担心狗叫会惊扰到别人，似乎自己不是回家，而是在做一件不怀好意的事。渐渐狗叫淡了，渐渐没了狗叫。绕个弯子，村子已经在身后，远远看去，是黑黑一丛，那一两点灯火忽明忽暗，像是随着村子的呼吸在波动。

车灯在为他开路，似乎在黑夜里开出一条隧道，让他走远一点再走远一点。路两边是春天的树和灌木，急速地向车子扑来，春天的树，在灯光里照旧是惨白的，却已经和冬树的惨白有所区别，冬树的惨白，是骨架的惨白、鬼怪的惨白，向着车灯扑过来，又在黑暗中退去，像骨架被照了X光，又在光消失的时候灰飞烟灭；春树的白，却是玻璃的白、瓷器的白，有了生气，也有一点捉摸不定的青意，来来去去，像是穿着白色紧身衣的演员，掩口窃笑着在侧幕退场。

然后看到301省道，道路像是一卷布，被他的车卷进车底，路上的黄线白线，也被他的车吞掉了，却怎么吞也吞不完。路两边的树，变成高大的白杨树，树身刷着白石灰，白杨树刚刚出叶时的苦香扑鼻而来。他想起夏天经过这里时这条林荫道给他的感触，白杨树一片青碧，叶片在风中摇动，风过时，叶子一律背过身去，露出叶背的银白色。

他停下车，在白杨树下撒尿。没有听到白杨树叶子在风里的那种声音，多少有点遗憾。还要等。再回到车上，妻子还在昏睡，只是身子换了个方向。他又启动车，走得尽量慢，似乎这样能把他对夏天白杨树林荫道的想象拖久一点。

进了山谷，白杨树变得稀疏，两面的山坡倒越来越近，近到像是活的，怀着凶念逼近。然后他看到山坡上的青稞地，还有青稞地里去年插下去的草人，甚至草人两只手上的塑料袋也在，在风里一会扬起来，一会垂下去。再看山坡，似乎就静下去了，山脊上的松树，被夜光衬得黑黝黝的，如同一列鱼鳍。

转个弯，前面又是一个急弯，一列峭壁竖在眼前。夜光照着石壁，石壁上或黑或灰，似乎是泼墨而成，连石壁上的褶皱，都像是用一支大笔刷下来的。被他的车灯照着，整个石壁都恍惚起来，耸动着，浅一点的暗影下面叠着一层深一点的暗影。直到他的车走到石壁下，又把石壁丢在身后。

一条较为平坦的山间公路之后，是一道石桥，桥下有黑色的树丛，河水在夜色里泛着银亮的光，隐隐听得见水声。他想起夏天的时候和妻子来到河边，脱掉鞋，踏着鹅卵石过河，然而还是踩进水里，河水有钻心的凉意。一瞬间的慌乱里，他看见河对岸有人正把一整只西瓜浸进水里，以及他们搭在河边草地上的彩色帐篷和烧烤炉子。

山口景区里的亭子和长廊接连出现，他一直觉得这亭子和长廊设计修建得极为拙劣，实在大煞风景，但有一年秋天，朋友带他去长廊里喝酒，透过窗子，他看见一棵大树，叶子已经全部变红，枝叶在空气中簸动，像是要把什么簸出来。他顿时原谅了那座亭子和长廊的设计者。

出了景区，就可以看见县城了。那些房屋，那些灯火，隔着一大片田野，他也能辨认得出属于哪座楼宇，哪条街道，自己家的房屋在哪里。经常是看一会又觉得不确定了，似乎每座楼都在变，每条街也都串上了别的街道，只能找到一个较为确定的标志作为中心，开始新一轮的确认。

他看看身边沉睡的妻子，停下车来，打开车门走出去。山已经在身后了，面前是一大片平原，如果在高一点的地方，可以清晰地看出这片平原的冲积扇特质。这片平原上，有无数的田地，种着小麦、油菜、荞麦、胡麻、大豆，也有小片的果园，种着杏树、梨树、苹果树、樱桃树。人们用各种形式来分割田地，有时候是田埂，有时候是一道玫瑰花墙，或者一架金银花。所以，四野里尽是甜香。

他站在那里，闻到空气中的各种香味，他辨认得出它们来自哪里，由什么植物散发出来。现在的味道都是春天独有的味道，夏天之后，空气里就会有野蒿草的味道，那种味道是如此强烈，如此强横，四处飘散，足以覆盖其他草木的味道，甚至在没有蒿草的地方，也会掺一点进来。

现在还不是蒿草的季节，他闻到杏花的味道，味道很纯，他甚至闻得出那是新开的杏花的味道，没有经雨后的土腥，也没有衰败残落的气息。他要赶在蒿草的味道来临之前，吸几口杏花的味道。他知道妻子尽管在沉睡，也是睡在杏花的香气里。

他远远看见自己家的灯光，他从没像此刻这样对家充满渴慕，他感觉自己恍若身在深海，像一条鱼一样向着灯光游过去。要经过礁石、暗流，每一寸皮肤都要承压，每一寸皮肤上，都有几万吨海水的分量。还要这样走很多次，走几万里路，喝几万瓶酒，向成千上万个人展露真心或者假意，才能回家。

2019年5月18日—20日

天仙配

　　十二岁时，索兰便露出"不对劲"的端倪。那之前，她在市妇幼保健院出生，在703厂家属院长大。父亲是703厂汽车队队长，母亲是师范大学后勤部门会计，1982年，两人薪水合计超过一百八十元。索兰的父亲爱好集邮，拥有五本集邮册，集邮协会在少年宫办展时，曾向他求借十七套邮品，他慷慨出借。索兰的母亲喜欢听音乐，他们家是家属区最早拥有声宝收录机的家庭。

　　索兰本是第二胎。索兰母亲怀第一胎时，还在中学后勤工作，路遇几百个学生打群架，眼见有人肠肚流出，受惊流产，从此决定少生，索兰便成为独女。索兰吃得到巧克力，每天有五角零花钱买汽水和雪糕，听着朱逢博专辑学会唱《蔷薇处处开》，周末由父亲骑自行车载着去上海人开的明月楼吃甜点，红纱巾流行时，她率先获得一条。

　　索兰十二岁那个暑假，703厂家属院浓荫匝地，她和一群孩子在院子里跳皮筋，一个十六岁少年从楼上走下，坐在花坛边的木头堆上看着他们。少年极其英俊，皮肤淡棕，四肢在茁壮前夕，已经有了儿童所没有的喷薄欲出之感。孩子们嘀咕一下，说那是翠翠表哥，从外地过来度假，见过海，坐过火车，是见过世面的人，他们随即陆续离开拴着皮筋的桃树，围坐他身边。

索兰最后一个围过来，眼睛却没有离开少年的脸。少年察觉了，开始有点羞赧，渐渐变为不屑，并显露无礼的一面，从孩子堆里单单点出索兰来，要索兰坐，要索兰站，要索兰立正。索兰起初有点羞涩，但眼睛始终焊在少年的脸庞上，像被那张脸催眠。渐渐地，要她坐她就坐，要她立正她就立正。少年照旧坐在木头堆上，扭身从身后的树上摘下几个毛桃子，要索兰吃。索兰接过毛桃子，一个个塞进嘴里，吞了下去，丝毫不觉酸涩。有的孩子觉得疑惑，也摘下一个毛桃子，咬了一口就丢掉了。

少年越发得意，身体内有恶意膨胀，几乎笑出獠牙，他折下一段柴棍递给索兰，要她吃下。索兰终于将眼睛从少年脸上挪开，看看柴棍，轻轻咬一口之后，送进嘴里咀嚼。有年纪稍大的女孩子终于看不过眼，从地上捡起一块石子，投向索兰，随即转身跑开。

索兰小小年纪就是花痴。这个惊人发现当晚就传遍703厂家属院。索兰父母隐约听见一些风声，只当那是孩子们欺负索兰。索兰父亲等在院子门口，等到那天围观的孩子中岁数最大的一个走近，便故作凶恶地进行恐吓："你们再欺负我姑娘，腿给你卸折。"索兰父亲以为这事从此可以了结，两个月后，却听说索兰出现在厂里的私人舞会。索兰父亲追到舞会，见索兰只是在角落里观舞，并没有加入其中，稍稍放心。但看到现场年轻人的衣着，一色的紧身高领毛衣和紧身喇叭裤，他还是怒不可遏。他略微知道一点年轻人的心思，有心让索兰在众人面前出丑，以断了她的念头，便当众扯着她的后衣领将她拖走，丢下狠话："你们再带我姑娘来，我就到公安局报案把你们全抓掉。"

第二年正逢"严打"，体育场召开公判大会，公审男女流氓，五辆大卡车在体育场一字排开，一辆车上一个死刑犯，五花大绑，亡命牌上写着各自的罪名和姓名。各家单位都要派人去看，索兰父亲也在其中，他一边听着高音喇叭里传出的话语，一边根据车号和司机认出那些卡车的各自归属，这是煤炭公司的，那是自来水公司的，连人带车一起被临时调用。女犯人站在五金公司的卡车上，五花大绑，和男犯人一样被判了死刑。宣判完毕，卡车缓缓驶出体育场，前往刑场，女流氓犯竟向着人群点头微笑，左边笑过了，又转头向右边笑一笑，场上一片哗然。"他们这种人都爱面子，死也要撑着点的，其实早都尿了裤子了，不然扎裤管子做什么。"人群中有人小声说。

听过宣判词，又去附近公安局门口看法院布告，女流氓犯的罪行不只是在地下舞厅跳舞淫乱，还毒杀了丈夫。索兰父亲稍感安慰，自忖女儿不至于毒杀任何人。然而隔了几个月，又有女流诓犯被判了死刑，卡车驶出体育场时，照旧点头微笑，也是左笑一笑，右笑一笑。这一次，女流诓犯并未毒杀丈夫，只是跳舞淫乱。

索兰父母送索兰上了纪律最严格的寄宿学校，却仍没能把索兰与舞厅隔离开来，好在社会很快变了，似乎在迎合这不安分的少女。舞厅开到明面上了，然后是录像厅、台球厅、游戏厅。1986年，电视台播出两则广告：开在城中最高楼顶楼的空中舞厅，有舞小姐陪舞；市中心的百花娱乐中心，有咖啡厅和泳池，有泳装小姐陪泳。索兰终于远离了被枪毙的危险。经常出入大三元、卡吉拉、飞燕舞厅的人，即便不知道她的名字，也熟悉了她的样子：跳第一支舞就脸色潮红，跳两支舞也还是一样脸色潮红，不会更红，但那潮红也不会消退。

索兰父亲越发觉得不安，心里某处，像被一只黑色的兽踩了一脚。索兰十七岁时，这只兽不再是脚印，终于露出半身。

学校打来电话时，索兰已经离校三日，校方本以为她逃课回家，同宿舍女生也设法加深这种猜测，一天两天三天，同宿舍女生终于挨不住压力，期期艾艾地告诉老师，她或许被人带去了别的城市。"什么人？""社会上的。""男的女的？""……男的。""怎么认识的？""不知道。""她给你们说过？""……说过一点点。"

1987年，两桩拐卖案曾经轰动全国，一桩是女大学生，另一桩是女研究生。索兰父亲首先考虑的是被拐卖，于是报案，登寻人启事，警察也来家中搜寻过。随后有同事告诉他们，类似这种失踪案，通常需要家属更积极主动。索兰父亲母亲租下一辆面包车，雇用一名临时司机，驱车走访全部亲朋好友，并向舞厅常客打听线索，附近县市如有来历不明的少女出现，他们就驱车前去认领。并无结果。

索兰父母度过焦灼的一个月。一个月后，索兰突然出现在家属楼下，坐在晾衣竿下的水泥墩上，两眼无神，似外星来客。"说是丢了钥匙进不了门"，邻居尽量轻描淡写。索兰父母匆匆赶回家，带女儿上楼，随即拉上窗帘，抓过女儿仔细验看，连头发都反复捋起看过，没伤，没病，头发皮肤尚算干净，只是衣服不够整洁。索兰不说话，更不愿讲述这一个月的经历。所有人都主张不了之，"回来就好"。背后有复杂的考量，但谁也不会明说。

"这孩子不对劲。"索兰的父亲承认现实。

"是不是惯得太厉害，惯坏了？"索兰母亲说话声音近乎悲鸣。

索兰的父亲摇摇头："不是，不对劲。"

同样的事，后来又发生过两次，一次一周，另一次半个月。两次的结果都一样，消失时没有征兆，再出现时神思恍惚，像是梦游了几天。每次归来，索兰父母都即刻带她检查身体，为了保密，特意选择跨两个区的医院，挂号单上用的是化名王梅。也尝试过治疗，将"青春型精神分裂症""急性短暂性精神病性障碍"等名称牢记在心。最终选择的治疗方案，却是阴阳先生提供的：先用纸符，把索兰"燎"过，又用她的衣服碎片，将二十颗白色石子包了两包，一包埋在家属区门口的电线杆下，电线杆上贴一黄纸条，写上她的名字，另一包埋在街上第一个十字路口的电线杆下，电线杆上同样贴上写着名字的纸条。这是去表的，还有去根的：索兰父亲得悄悄回到老家，在老家祖坟前挖一个三尺见方的深坑，埋进去二十斤白面、二十斤大米、二十斤小米、十斤猪油。埋好后，焚香烧纸。行动要瞒住族人。索兰父亲一一照办，并将索兰随后的恢复常态，归功于这一番作为。

到了这一步，索兰的父母，还是不太能确认那种"不对劲"到底是什么。他们对她"不对劲"的认识，成分复杂，混合了"花痴""跟坏人学坏了""要啥给啥惯的"，以及"在舞厅受了什么刺激""舞厅的人给下药了""是不是从厂子北面的坟地经过的时候招了什么东西"等成分。至于精神病，其实不在他们的认识之中。精神病患者，那是要上街打人和指挥交通的，而索兰即便在最恍惚的时候，也没有这种表现。她似乎只是恍惚，是倩女离魂，人回来了，魂没多久也就跟回来了。

周围人对这事的认识大致也差不多，这从他们提供的安慰性事例就可以看出来："我们老家乡上有个姑娘，不能接触花粉。一到春天，呼吸到花粉就犯病，看到男的就歪着嘴笑。春天一过去就好了，特别准，立夏前后，就啥事都没有了。""我妯娌家的妹子，没结婚的时候一模一样，一结婚就好了。"这是城市变成真城市的前夜，人们还没有变成无所不知的城里人，看人看事还带着几分诡秘，这种诡秘之雾固然让周遭的一切都混沌了，边界模糊了，却也柔和了。

索兰父母开始还遮遮掩掩，索兰失踪时，就对旁人说她生病住院了，或回乡下老家。等到这诡秘的气氛泛起来，他们却慢慢松弛下来。他们逐渐觉察出，这种诡秘是带着一点善意的，尽管这种善意只施加给熟悉的人，是他们在过去几十年扎下的根系，是他们过节送出的一碗碗扣肉，动用公车帮邻居搬家赢得的一点诡秘。这诡秘很小，雾雾的、薄薄的一层，随时有可能蒸发在光天化日之下，但有了这点诡秘护体，他们还能带着索兰混个五年十年，混过这道劫。混不过去再说，混过去了也再说。

中专分大小，高中毕业上的是大中专，初中毕业上的是小中专。索兰上了大中专，二十一岁中专毕业，索兰父母即刻央人，将她安排到广播电视学校后勤部门工作，一年后放出风来，给索兰找对象。索兰父母既已知道女儿"不对劲"，就有了一套不能明说的标准。工程师儿子，经贸委主任儿子，安西路卖牛仔裤的小老板……索兰父母迅速提炼关键信息，迅速见面，又一一排除，终于听到他们要听的关键词——"唐山大地震孤儿"。

唐山孤儿比索兰大一岁，地震时七岁，地震后到这里投奔亲戚，小中专毕业，在机械厂当电工，工资之外，有点小小的外快，另外，结婚就可以分房。"主要是人老实"，这话在别处听来，并没有什么异样，索兰父母就觉得话里有话，却也顾不得太多。听完关键信息，才发现还不知道他的名字，就追问一句："这娃叫什么？刚才没听清。""你们都不给我个气口，叫童勇。""什么？董永？""童勇！"

唐山孤儿本来准备了一番"掏心窝子的话"。地震那天，没有看到蓝光，晚上，他们一家人刚看过电影回来，地震发生时，父亲将他从窗户里扔出来，虽然是平房，却也将他摔得两眼一黑。地震过后，先去石家庄，后投奔亲戚，路上就走了半个月。他上了亲戚厂里的小中专，图的是不收学费，还发补助，毕业就可以到厂里工作，学电工能有个手艺。他会做饭，会包饺子，会做他们那边一种叫"搁着"的吃食。他还想说，他投奔的亲戚，是他母亲同父异母的弟弟，他要叫舅舅的，舅舅待他一般，但舅母非常照顾他，逢年过节还带着他回乡下娘家，事先还跟亲戚们交代也要给他年钱，她再双倍地给亲戚们的孩子。言外之意，他是接受过家庭温暖的，不是那种脾气古怪、没有教养的流浪儿，他们大可以放心。他并没有机会说这一番话，见面顺利得异乎寻常。

要相处一段，散步，看电影，游南山。城里有条河，河穿城而过，许多次散步都沿河进行。春天，河边的杨柳冒着金丝，不是绿，也不是白，是金丝，被春光一浸，更加熠熠生辉。索兰即便是散步也要有点阵仗，带了野餐的塑料布、浴巾、食物、录音机，穿着连衣裙，烫了鬈发。遇到一片平整的草地，她就铺了塑料布在河滩上，斜斜地坐下来，用浴巾裹着双腿，然后学美人鱼那样拍打着地面，又为这小小的趣味得意，哈哈大笑。他领略了她的幽默感，笑起来，为她愿意施展这种幽微的幽默感，略微感动。于是，她抬起她的美人鱼腿，更加用力地拍打着地面。他笑着抬起头，万千金丝，当空进射，被风扬起，又坠下来，坠下来的一瞬，他似乎迎着那片金光飞了起来。

　　附近的机床厂电影院有时候放新片，《大决战》《大红灯笼高高挂》《青蛇》《黄飞鸿》《笑傲江湖》《危情少女》《红粉》，也会重映老片，《黑楼孤魂》《女子别动队》。有时候他厂子发票，有时候她学校发票，所以这些片子他们无一遗漏。和她看完《青蛇》，走出电影院，正是秋天，她从路边梧桐树上，摘下一片半枯的梧桐叶当团扇拿在手里，模仿青蛇白蛇"扭一扭"，嘴里也念念有词。一同看过电影的多半是附近大学的学生，也纷纷学她"扭一扭"。半条街上都是"扭一扭"，笑声、口哨声，有人娇嗔、追打，有人跑开。红薯炉子火光红红。

　　她又跑回来了，拉他到红薯炉子前，在火芯上面伸出双手，五指并紧。火光把她的手掌映红，指骨若隐若现，像两片打了柔光的红叶，有筋有脉。他把手盖在她的手上，他的手大，没被她的手挡住的地方，也透出红柔的光。忽然，一颗炭爆了，一股火星从炉膛深处升起，刚刚升到炉面就后继乏力，扭捏着垮掉了，灰烬反身落在炭火上，点出一两点黑子，瞬间又被烧透了。他紧忙翻过她的手看有没有烫着，她装作蛮横的样子："烫坏了你赔。"

她和他们说的不一样，他想。的确，她对劲的时候，非常会生活，她懂得的那部分生活恰好是他不懂得的，或者说，是一个唐山孤儿无从得知的：咖啡的分类，啤酒的品牌，蛋糕的做法，做菜时要放的料酒，《通俗歌曲》《当代歌坛》，"荷东"，野人王。她非常笃定，非常熟稔，他也就放心地把一切交给她，包括婚礼，婚礼的后半段由此成为交谊舞会，"南山区一半以上的社会渣滓都去了"，厂区的正经人在舞会开始后果断离席。于是，婚礼的前半段"对劲"，婚礼的后半段"不对劲"，"这就是新郎子将来的命呐"，但旁人不会把这种评判告诉他。

诡秘之雾开始散了。童勇承担不起重新造雾的重任，他甚至没有意识到这层雾的存在。这种雾，需要一点禀赋，更需要数十年内功的修炼，不会平白无故地来，更不会平白无故地罩着身处异地的外乡人。也许，是时代之雾在退散，一座又一座高楼接管了这个世界，丁是丁，卯是卯，边界清楚，一切大白于天下。

结婚三个月，他经历了第一次"不对劲"。也有可能，是索兰父亲埋下的白面大米过了有效期。到了下班的时间，她没有回家，他以为她在加班，打电话到她办公室，无人接听；到广播电视学校寻找，学校教学楼漆黑一片；到她父母家去报信，她父亲母亲并不惊慌，只说"再等等"。他疑窦丛生，却也稍稍心安，顺手帮岳父岳母换了开关，修了电水壶，然后回家等待。第二天早上他甚至照常出门上班，锁了门，又反身进屋，撕了一小片纸，夹在门缝里，到了中午，他特意回家，纸片还在门缝里。又去她父母家，她父母面色羞赧，又说"再等等"。五天后，他接到索兰父母的电话，她回来了，你来接她。

第二天，他依照索兰父母的吩咐，在门口和街口，埋下二十颗白石子。

他们的儿子在1996年出生，由岳父取名"童穆"，问到这个名字的来由，童勇才知道，除了集邮，岳父还喜欢看日本动漫，是《圣斗士星矢》的读者，攒了一套圣斗士漫画。起这样一个名字，也是希望儿子将来能像圣斗士一般，保护母亲。带着索兰和童穆从妇幼保健院回家路上，童勇念着这个名字，逐渐觉出这一家人的古怪之处，这种古怪，不走近是看不出来的，即便走近，一瞬间也不行，还得耗上足够多的时间，待到搭上了时间，就不能抽身了。车子摇摇晃晃地走在路上，童勇随着车子摇摇晃晃，窗外的街市楼宇仿佛变了样子，变成一个古怪而骇人的东西，在云端时隐时现，偶尔显露一鳞半爪。

　　她又对劲了三年，厂子却不对劲了。都以为厂子是1998年才不对劲的，不是，1995年，1993年，甚至在更早一点的1992年，厂子就不对劲了。童勇庆幸的是，他的厂子是在分了房子、熬过1998年之后才彻底不对劲的。但也足够让他抽不了身。

　　厂子倒了，机器和仓库里的原料离奇消失，最值钱的一块地被廉价卖掉，买断的钱到不了手。熟极而流，像是有人给他们统一开过培训班，同事喊他上街拉横幅，横幅上，厂长和厂长小舅子的名字被打上红叉，"血泪"两个字，用红色墨水，写得鲜血淋漓。第一次他去了，第二次也去了，和同事一起被驱散。回去的路上，一种莫名的委屈将他笼罩，就像地震后，他被送去石家庄，一年以后又离开石家庄投奔亲戚。越往西走，旷野越荒凉，秋天的气息越呛人，长途车中途休息，让他们到路边去"放水"，稍不注意，车已经开走了，他在车后面追了很久，那辆车的车牌号，在颠簸中变大，却总也不像真的，记也记不住，记住了也没有用。那种呛人的北方秋天的味道，从此在每一个失落的关头，出现在他鼻腔里，类似于一种应激反应。

　　起初，他跑摩的，跑的的人太多了，并且越来越多，摩的师傅屡屡遭遇劫杀的消息也没能阻止人数增加的趋势。人多了，钱就少了，有时候一天二十、三十，有时候一天一块钱都收不上。

好在索兰还有收入，岳父岳母略有贴补。但岳父再也没有续订新邮票，他们再也没有看过电影。

索兰那种浪漫的、近乎迷狂的气质，倒有了用武之地。她告诉他，南方的城市，这个行业赚钱，那个行业有前途，多少人去南方就发了财，有些人不去南方，是因为他们连买一张火车票和付三个月房租的钱都没有，也没有人愿意带他们，而她没有这个问题，她认识的人多得很。她兴致勃勃，刻意显得势利，脸上出现潮红，却丝毫不会碰触一个核心的问题：她关于南方城市的知识来自何处。

时不时地，她口出狂言："到了深圳，我坐台，你当鸭子，有钱人就喜欢我这种看着清纯的，阔太太就喜欢你这种类型的。南方人个子都矮，我们攒点钱就先回来，把毛艳艳、王雨侠，都带到深圳，再到省幼师和卫校物色十几个一块带上。实在不行，贩碟也可以，三块一张拿货，到这里卖三十五一张。"

他并不拿她的主张当回事。他习惯了她的戏剧、浮夸、从天而降的激情，他喜欢的是她浮夸背后的热情洋溢、自信心澎湃无休、毫无边界、无法无天以及脸上的潮红。这略微可以填补他欠缺的自信心。夜里回到家，听她百无禁忌地谋划着赚到多少钱就洗白转型，就感觉像是睡了个饱觉，至少能给他充一口气，直到第二天中午。

路过那条河，如果没有载客，他会慢慢走到鹅卵石河岸上，静静地站一会。他们已经很久没有来过河边了，当初以为万条金丝的柳树是寻常，随到随看，这一年看不到还有第二年，却没想到，有些什么东西横亘在他们和河岸之间。柳树还在，春天还会有，但万千金丝，不知被谁看走了。他站在河边，河水的味道泛上来，他没有为别的事、别的人分神，专心站在那里，就觉得那味道有些呛人。

他的转机不是来自深圳，而是来自电工技术。从前学电工时跟的师父，在厂子倒掉之前就办了内退，在灯饰城装灯，岁数大了，力不从心，就喊他去接替，毕竟，在灯饰城占个坑不容易，交给熟人至少是个人情。

他理了发，置办了一身工装，跟着师父，到灯饰城拜见几个灯具店老板。他们对他非常满意，当天就安排了活计，让他跟着刚买了灯的客户去装灯，小灯十块，大灯二十三十。一户人家，里里外外少说有二十个灯，他也聪明，少收一两盏小灯的钱，给台灯落地灯扯个线就算是送的，再给店里经理返点钱，一天下来，竟然落了两百。

稍后，他也知道，他们的满意来自他的大厂身份。在装修市场里，商户之外，做工的也有各种小山头，技术性强的工种，都属于外地人：刷墙的，湖北人；做防水的，河南人；贴瓷砖的，江浙人。技术性弱一点的，都属于附近几个县的人：装灯的，涌泉县人；开小货车的，平西县人。大厂下来、当过兵的不多，偏偏这两种人最受欢迎。童勇在灯饰城站住脚，又去家政公司挂了个号，有合适的电工活就接。载客用的摩托车有了新用场，供他满城奔走。北方秋天旷野那种呛人的味道，在他鼻腔里消退了一点。

怪人特别多，遇到讨生活的人，不怪的人也纷纷成了怪人。给安西区一户人家装灯时，只有男主人在，没有梯子，童勇就用椅子码着椅子，颤颤巍巍爬上去。男主人帮他扶着椅子，他打眼，固定螺丝，托灯装灯，全部注意力都在灯上，男主人伸出手来摸他的下体。他本想一撒手，将那盏灯扔到地上，把男主人按在地上暴打，但他知道那盏吊灯的价格大约是他一个月的收入，也就罢了。一旦和客人有了纠纷，还是说不清的纠纷，灯饰城老板们怕是不敢用他了。他托着灯，矮下身子，慢慢蹲下来，似乎在休息，眼睛却望向墙上的巨幅结婚照："结婚照在哪里照的？这一套结婚照一万多吧？"再托着灯上去的时候，男主人用手握着他的脚腕，似在帮他稳定身体，指尖却在他的脚踝上划了两下，也就到此为止。

又一次，是给一间酒吧做维修。进了酒吧，满地狼藉，吊灯桌灯都碎在地上，桌椅或翻倒，或被砸烂，一围猩红的长沙发，被利器划了一道长长的口子，里面的黄色海绵，像开膛破肚之后翻出来的脂肪。老板娘疲倦却淡定，一五一十地告诉他，昨天刚刚发生过一场枪战,"跟电影里一样",只是遗憾,第三声枪响起来,两个人才搞清楚状况,老板娘扯过老板,在吧台后面蹲下,听得子弹在头顶飞来飞去,"啾啾的,二踢脚一样"。没有报案,找人了,找的王勇,王勇给面子,发动枪战的一方,一会送赔偿的钱过来。

童勇喏喏点着头,十分佩服的样子,心里却不是不恐慌的,但那是相熟的师父介绍的活,走不了,走也晚了,说起枪响就目光闪闪的老板娘,指不定是什么来历,贸然走了会有更大的麻烦。童勇扯线,装灯泡,时不时停下动作,听听有没有什么动静,突然响起"啪"的一声,是灭蚊器打到了蚊子,童勇的小腿一抖,差点从梯子上掉下来。

北方旷野的呛人味道消退了,河水那种呛人的味道,却渐渐泛起了。索兰又一次消失,这次并非全无征兆,在消失前,她滔滔不绝,清早起来就情绪高昂,不停地抱怨某件事,从窗户上赶不走的苍蝇到生活的乏味,从"不知道你一天到晚在干什么",到"我迟早要从中山桥上跳下去"。又到了下班的时间,她没有回家。

童勇起初不想找她,在灯饰市场占坑不容易,出去找一个月,铁定就有别人占了这个坑,现在不比从前。他已经知道她会回来,也有点恨她,这样的世道,她竟这样不知疼惜人。一周后，他心思动摇，央求师父回来占着位置，自己出去找她。

没有头绪。岳父岳母和他，并没在这许多次的消失里，拼出一个搜寻的逻辑。当真要面对这个逻辑的时候，他们一片茫然。他决心建立起这个逻辑，他已经知道，这可能是一场漫长的战役。她常去的舞厅、娱乐中心、夜总会、录像厅，他都一一找过，舞厅的老板看到她的照片就连连摇头，尽力撇清干系。最后他还是托关系把她的通话记录打了一份，才有了点眉目，最后几个电话，都来自附近的城市。

他坐了一宿火车，到了那座城市。出门之前，以前的同事告诉他一家旅馆，在汽车市场附近，一间房六张铺，一张铺只要十块钱。他在那里住下来，跟那几个电话的主人联系过了，他们起初并不承认和索兰有过联系，或者蛮横，或者推阻，直到他以报警和上门吵闹威胁，那边才半遮半掩地吐露一点线索。他们和索兰或者通过电话交友认识，或者在舞厅认识，一周前和她有过联系，但她不在他们这里。"你们睡过没有？"童勇厉声问。"什么？"童勇突然意识到，这儿的人用的或许是另一个说法，于是他更直接一点："你们那个过？"那几个人都连连否认，语气却不那么坚决。河水的味道瞬间泛上来。

他突然想给师父打电话，就是觉得委屈，想找个人说几句话，但当真打过去了也只是问候了几句。师父要他放心，灯饰城的事情照旧，又调侃说："干了这么几天，感觉自己还行，你再不回来，我就一直干着去了，你就别回来了。"那件最重要的事他们都避而不谈，但又要让这谈话延续下去，于是，他换了语气，像是又要麻烦师父一样，对师父说："我还有个事情呢，也不知道咋说。师父你帮我出出主意。买灯的人不是要买配件吗，插线板子、开关、螺丝，又没地方买，我看灯饰城的楼梯间旁边有个空房子，十平方米，现在放着些笤帚簸箕，我跟他们说说，让他们腾出来，我开成配件门市部，你看咋样？"

师父连声说好，说自己怎么没想到，又以为童勇在这当口提出这个想法来，是要自己更进一步替他把不便说的想法说出来，就加了句话："索兰那个班，我看也上不成了，办个停薪留职啥的，让她到门市部卖配件，你平时也可以看着点她，一起上班一起下班，也整庄些。"童勇这才发觉师父误会了自己的意思，连连说："她那个班还稳当着呢，这个门市部找个娃看着就行。"

挂了电话他才发现，自己是依着一根电线杆站着的，电线杆上贴着几张字纸，有的是广告，有的是寻人启事，有的是富婆求精，也有夜总会征求牛郎，月薪一万。他定定地望着夜总会征求牛郎的广告，想起的却是索兰，想起她要他去深圳当鸭的豪言壮语，真要当鸭，原来不必去深圳，这里就有。

他也才发现她深入他生活的程度，哪里都有她，她的废话，她的狂言，她的一切一切信息，都能随时转化。他盯着"月薪一万"出了神，有种相依为命之感。偌大的世界上，每个人找他都是有理由的，装灯，求精，从广告里伸出手来招呼他当牛郎……都是有理由的，都有所图。唯独她跟他，是没有理由的，没有理由就失踪，没有理由就回来。还有她的失控，她的把握不住自己，她对别处生活的焦渴，都这么赤裸裸地呈示给他，毫无歉疚，毫无保留，她只是相信"你理应知道我，理应宽谅我，甚至，连宽谅都不该存在"。

他突然觉得他们是世界上的两个孤儿，一个是孤儿，另一个也是孤儿，他对她怀有的是一种孤儿之谊。她也是。尽管在很大程度上，她的孤儿感是他把自己的孤儿感投射在了她身上才激发出来的。他不敢有身世之感，就找个人来承担他的投射。似乎，她得到了照顾，就像是他得到了照顾，而那是他从未得到过的。

他在那根电线杆上靠了很久，直到路灯突然亮了，灯光"啪"的一下打在他脸上，像是给了他一记耳光，连眼睛都金星乱冒。

终于得到消息，她在一间舞厅出没。那舞厅有些不同之处，不招固定的舞小姐，却又设了舞厅，让兼职的舞小姐在那里揽客，他们只赚酒水钱，回避了一切可能有的指控。童勇听了这经营模式，起初并没有弄懂，想了很久才弄清楚这里面的来龙去脉，几乎要暗暗称奇，却也在想，人要摆弄人，竟有这么多办法。

舞厅晚上九点才上客，他六点就赶到那里，等在舞厅门外，直到十点、十一点，也没等到她。九点上班的那批舞小姐，已经有人退场了，他得以两次打量她们。舞小姐都穿得十分古怪，像是一群毫无生活体验的业余演员按照自己的理解打扮成风尘女子之后的结果。一个女人穿着丝绒晚礼服，低胸，后摆曳地，头上系着一只白色手帕扎的鸟，走路踉踉跄跄；两个猛一看像是双胞胎的女孩，穿着十分显腿粗的牛仔裤，配着有宽荷叶边的劣质白衬衣，衣服挂在手上，故意晃荡着，头上盘着髻，圈着一圈联欢会用的闪光纸花，神色十分倨傲；又一个，穿着白色裹身裙，走到路边拉开出租车门，弯腰的一瞬间，路灯照到她的腰和臀，白色的衣裙上有累累的黑手印，其中一个手印特别触目，特别完整，像是特意印上去的。什么人才有这么脏的手？他盯着那些黑手印出了神，又觉得不妥当，挪开眼睛的一瞬间，看到了索兰。

　　她穿着一件低胸宽身的浅棕色裙子，腰间垮垮地束着一根带子，头发简单地在脑后盘出一个松垮垮的髻，发髻根处扎着一圈碎花，一看就是从路边绿化带里现摘的雏菊，眼圈涂得焦黑，鼻影也特别深，显得鼻头很大，像是一只假鼻子被粗暴地码到了脸上，整个人失魂落魄，丝毫不给人情色之感，倒像是从希腊悲剧里走出来的。童勇在电视上的《外国音乐鉴赏》节目里，看过这种剧，女演员穿着宽身的裙子，神色焦灼悲怆，不知唱着些什么，双手向前托举，似在向天呼吁。童勇深深地看了她一会，慢

慢走到她面前，她两眼无焦，没有认出他来，还下意识地向旁边
一避。

回家也只安稳了半年，半年后，索兰又消失了，这一次消失
了整整八个月。八个月后，童勇接到索兰从另一个城市打来的电
话，赶去接她。她住在一间破旅馆里，欠了三个月的房费，怀孕
两个月，至少一周没有洗澡，两天没有吃饭。

"这种状况，我不建议保留孩子。"精神科的医生说。在第五
人民医院的诊室，童勇也学会一个新词——"癔症"。索兰父母
也在，第一次面对医生陈述病史，说完"结婚前离家出走过三
次"，惭愧地看向童勇，童勇知道他们会看过来，他只敢看向医
生，甚至没有用余光去接收他们的眼光。

童勇反而心安了。知道这是种病，他似乎对自己有了交代，
不是他心理变态，不是他懦弱，是她有病，心里的病身上的病，
都是病，有病就治，这逻辑清楚简单。至于她遇到了什么，做过
些什么，不是不重要，但没有孤儿之谊那么重要。

之后五年，索兰住院三次，算上之前的多次失踪，学校的工
作没有可能保住了，但校方给出的方案尚算合理，不开除，也不
劝退，先病假，后劳保，劳保工资略高于低保。即便她还能行，
他也不能让她出来工作。她是人格分裂、精神分裂也好，癔症也
罢，本身就是遭罪，如果出来工作，全世界都扑过来要让她遭

罪。怪人太多了。

很长一段时间，童勇尽量不让她出门，也刻意不让她手里有过多的钱，至少不够买一张离开当地的火车票。加上年岁增长，荷尔蒙消退，她不再去舞厅，也不再离家出走。她的病症慢慢变成别的形态，像是一种变异的病毒，覆盖了上一代。发病前，她疑心有人跟踪她，疑心楼上人家安装了发射器对她发射核辐射，让她容颜不复往日，让她掉头发；发病时，骂人，哭号，从楼上往下扔东西，赤裸身体在家绕圈；病症消退时，失忆健忘，情绪低落，昏睡不起，或者彻夜不睡。不发病时会和从前一样，只是情绪较为跌宕。

彻底发病，是因为一件小事。有一天，她独自出门，在街上遇到当年舞厅的舞友，一起烫过大波浪，钻研过舞步的姑娘。姑娘变成熟妇，但眼睛没变，依旧滴溜溜的，像永动的弹珠。几句话交谈下来，彼此的处境就了然于胸。姑娘有八套房，榆树巷的那家西餐厅是她家的，今天没有开车，是因为餐厅的车坏了，她丈夫开了她的车去给餐厅送菜，"开宝马给饭馆子送洋芋"，至于玩，还是照旧玩的，只是换了战场，舞厅不去了，换成给男模送花篮。

当天晚上，童勇回到家里，屋里没开灯，以为她不在，进了客厅，才发现她就坐在沙发上，反复念叨几个字，"不见棺材不落泪"。第二天，她把才买的电视机从楼上扔了下去，幸运的是没有砸到人。邻居报了警，警察立刻上门询问，警察走后，索兰一直重复"不见棺材不落泪"。

住过几次院、开过许多次药之后，索兰父母和他渐渐摸熟了医院的门道。索兰父母单独去过几次医院，和医生有过几次长谈，甚至由医生带领，参观了住院区，吃了住院区食堂的饭。回来后有了主意，带着主意来找童勇，因为有了这主意，他们也不那么抖抖索索了，显得异常果断，"这孩子的病，一时半会是好不了了，把你拖累的，你啥也做不了，孩子也受影响，万一从楼上扔东西把人砸了，这些家当都不够赔的。我们悄悄问了一下，精神病院，送，要家属往里送，出院，也要家属接的，家属不接，就住着，医保负担一部分，国家补助着一部分，家里再掏上不多的一些，就一直住着去了。医院里住三十年的都有，就一直那么住着，也白白胖胖的，还有人说话、下棋，过年过节还开联欢会。实在不行，我看你下次把这孩子送进去，就不要往出接了，就让她住着去。你把你的事情干去。我们啥话也不说。"

索兰父母没想到，当初他们相中他，是因为他身上"唐山孤儿"的基因，既然是基因，就不大容易改变。他有他的逻辑，他的逻辑是首尾相连、自成体系的。何况，他已经不能抽身了。十几年时光，哪是想抽身就能抽身的。

现在，她只能靠他了。他找了精神病方面的书来读，渐渐能读懂一些，但读懂也没有用，"人的内心是比宇宙更复杂的谜，

48

我们有能力探索宇宙，却对自己的内心一无所知"，某本书的作者在后记里这么说。他带她到处看医生，有的医生一脸凶相，有的一口方言，当场对她说："回去听你男人的话，不然用电打你哩。"然后还回过头来对他笑，似乎想要得到赞赏。怪人太多了，他甚至有点疑心医院人手不够，让病症较轻的病人来坐诊。

只有两个年轻医生给他留下深刻印象。第一个医生打算创建一个田园疗愈项目，让精神病人住在郊外的农场，整天晒太阳，或者在田野劳作，"荷兰和丹麦有这种项目，都很成功"。他觉得这行不通，她自小在城里长大，喜欢的是咖啡和夜总会，离家出走都要去更大的城市，不见得对土地有什么深情。另一个医生，牵头做艺术疗愈项目，让病人画画捏泥巴乃至织毛衣，因为病人一心一意织毛衣，已经联合织出一件巨大的毛衣，正在申报吉尼斯世界纪录。他带着索兰投奔了这位医生，索兰很快迷上画石头，这是她从电视上学来的。有个文化馆的老师，喜欢画石头，电视台闻声而去，给他拍了纪录片《石头记》，片子里，这位老师说："每个人终归都要有自己的《石头记》。"这句话瞬间打动了索兰。

有河的地方，石头多得很。他们又可以去河边了，带着童穆，带着吃食，拎着病友做的帆布手提袋，去河边捡石头。这个城市的人爱捡石头，为了让这个带点自我放逐意味的爱好变得合理，人们赋予它功利的功能：捡奇石，卖钱，卖大价钱。所有人都知道这不大可能。大家只是假装相信，自己在干一件值钱的事。每天黄昏，河滩上满是低头捡石头的人，他们的豪车或者自行车就停在岸上。河滩上弥漫着一股自暴自弃的芬芳，索兰和童勇，就在遍布河岸的芬芳里捡石头，也终于遇到又一个春天，柳树金丝万千。

万千金丝，被她画到了石头上。她选了一块较为平坦的梯形石头，石头上有无数淡棕色的细纹，她用这细纹充当枝条，用淡绿调了鹅黄，在枝条上画上许多细小的叶片，极细极微；树下又画上一块红格子的野餐布，野餐布上放着咖啡壶和咖啡杯。唯独没人，她的解释是，人去捡石头打水漂了，其实是她还不会画人。

但要不了多久，她就找到了画人的诀窍，她找了些老照片来，依照照片上的人来画画。画石头的好处显现出来，画坏了，洗掉就是。她逐渐放开了手脚，童年照片上的她，被她描画下来，背景是一片花海；童勇中专学生证上的照片，被她画下来，她还特意给他穿上了海魂衫，像个孩子，因为童勇没有儿童时期的照片，"我给你加上特效你就有小时候的照片了"；童穆吹笛子的样子被她画下来，背景是一棵果树；她日常吃的药片被她画下来，色彩经过精心搭配，胶囊和药片的位置经过精心摆放。

索兰发病的间隔时间逐渐拉长，最长的一次，竟有两年没有住院。她埋头画画，甚至还卖出去五块画好的石头，每块五十。

那是在康复中心办的救助自闭症儿童义卖会上，买下石头画的是童勇的老顾客，老顾客之所以和他们家建立友谊，多半因为他有一个需要坐轮椅的女儿，但索兰把这事揪住不放，"我的画卖钱了"。

还是高兴得太早了，雷霆打的都是从前打过的人。

索兰第一次住精神病院的时候，童勇避开她，问过医生一个问题："精神病会不会遗传？"医生十分为难，思索一会，显然是在艰难地考虑措辞，然后告诉他："除非是基因缺陷引起的遗传性精神障碍，一般的精神障碍是不会遗传的。当然，根据我的观察，精神障碍患者的后代，患病的可能性会更高一点，不是因为遗传，而是因为抚养方式、家庭环境，以及孩子在家庭和学校遭受的虐待和欺凌。有些患者的孩子，即便送给别人抚养，出现精神障碍的可能性也还是比较大。很多人因此以为这是遗传病，其实不是，是因为孩子已经在原生家庭里受到了不良环境的影响，换句话说，就像种下了种子，到哪里都会发芽。所以，要避开的不是精神障碍患者，而是由此产生的不良环境，给孩子增强免疫力。"

童勇听得似懂非懂，但大概明白了一点。回到家里，他仔细观察童穆，回想这孩子的情绪表现，觉得这孩子就是少点耐心，偏激一点，别的地方还好。再一想，不会吧，一家出两个精神病，那可不等于中了彩票。

童穆从小学开始学笛子，因为厂区的广播几十年如一日，在同样的时间放同样几首曲子，开场曲《东方红》之后，就是竹笛演奏的《草原牧歌》和葫芦丝演奏的《月光下的凤尾竹》，童穆耳濡目染，对竹笛有了兴趣。童勇也只负担得起这类乐器，加上老房子隔音效果不好，一旦索兰发病，还会骂骂咧咧，很难在家持续练习，笛子轻便，拿起就走，随时随地可以吹。好在童穆学什么都飞快，渐渐拿下其他乐器，顺利考进艺术中学。

童穆对母亲又爱又怕，觉得她是个神秘的女人，时常会消失一段时间，略微懂事之后，就转为彻底的怕和不耐烦。渐渐地，他也习惯了索兰的节奏，一旦索兰在家发病，童勇就把他送到外公外婆家。后来，索兰一开始亢奋、摔东西，他就自觉地收拾日用品，装到一只有小熊图案的双肩包里，自己搭车去外公外婆家。

索兰偶尔会去学校接童穆，通常是在她正常的时候。她穿着漂亮的衣服，有时候还会戴顶醒目的宽檐草帽，站在远离校门口的地方，不和家长们扎堆，但所有人都知道她的存在。童穆出了校门，她也不像别的女人那样，冲上前去一把抱住，而是用眼神示个意，然后转身就走，童穆若即若离跟着就好。

索兰又一次住院出院，回到家里，还处在药物带来的呆滞状态里。童穆在阳台上吹胡笳，索兰听了一会，喊童穆到她跟前来吹，童穆磨磨蹭蹭，索兰顿时火了："你妈我也是艺术家，什么都会听，什么都听得懂。"然后给童穆看她画的石头，讲述创作心得。看了一块两块，童穆突然开口："还有一块石头，画的是一个人坐在很多星星里吹笛子，那块石头怎么不见了？"索兰用了好一阵子才明白过来，儿子竟然仔细地看过她画的石头，她嘴上说的却是："你妈我犯神经病的时候，扔到楼下去了，幸亏没砸死人，不然你爸这个王八蛋就是把全城关区的灯都装一遍，也不够赔的。"

童穆觉得母亲不犯病的时候十分野蛮风趣，渐渐地就敢带同学到家里来做客。同学名叫冯源，学钢琴，家世良好，跟童穆有过几次钢琴笛子合奏，自称和童穆是"坟墓组合"。到了童穆家里也彬彬有礼，对索兰画的石头赞不绝口，还表现出想讨一块的样子。索兰也没有给童穆丢脸，侃侃而谈："你学的这个钢琴有前途，我们家童穆吹的笛子没前途，将来只好要饭。"并且送了一块画好的石头给冯源。等冯源走了，索兰又得意扬扬："我就是哄哄他，把他巴结着些，让他在学校里对你好些。学钢琴有什么前途，学钢琴的人比驴都多。"

但转过天，童穆再约冯源排练，冯源就说没时间。别的同学告诉他，冯源说他家特别破，窗户上钉着木头板子，像是疯子住的，家里的味道特别难闻，他妈妈也疯疯癫癫的，根本不像个正常人。同学没告诉童穆的是，别的同学立刻在旁边补了一句："你不知道吗？他妈就是个疯子，以前当过舞女，跳舞跳疯的。"

两个月后，童穆接上了索兰的衣钵。

童勇接到电话，对方说儿子出事了，骑摩托狂奔到学校，他以为儿子是受了外伤，已经准备好要看到一个鲜血淋漓的儿子，到了校医室，猛地看过去，儿子好好的，衣服都没有乱，就是目光呆滞，走近细看，嘴角有白沫。童勇动手拉他，却被他猛烈甩开。回到家，儿子一夜不睡，睁眼望着屋顶，惊厥好几次。

没有人知道原委，童穆清醒之后，也不说自己遇到了什么事，被逼问几句，就露出要惊厥的样子。童勇心里已经有点数了，带儿子去看他母亲看过的医生，医生没有下结论，给的报告都带着"怀疑""疑为"字样，并且说"再观察观察"。童勇小心地问："要不要开些药？"医生说："药还是不要轻易吃。"

即将中考，童勇只有待童穆稍稍平抑后，送他回到学校。临到离家出门，童穆紧紧抓住门框，脸色苍白，汗珠滚滚而下，索兰在一边说："算了，不去上那个破学了。"童穆竟然十分冷静地回头说："还是要去。"

半个月后，童勇再度被老师的电话叫到学校去，老师十分冷静地告诉他："彻底疯了，在宿舍放火，砸同学的东西，你们看看要不要送到医院去。"依旧是没有原委，没有事由，仿佛那是最平常的一件事。看到童勇刚刚露出要追问的神色，老师马上补上一段话来："听说这孩子的妈妈也是有精神问题的，你们最好去查一查是不是遗传，要是遗传，那可不得了，胎里带出来的，那是治不好的。一般的精神问题呢，也就算了，现在有精神问题的人多得很，但是在宿舍里放火，打骂同学，这叫反社会倾向，发展下去，将来还不知道要干出什么来，一间宿舍六个人，一层楼一百二十个人，一个宿舍楼七八百个人，要是火真烧起来了，那就是七八百条人命，谁能负这个责任？我们要是早知道他和他妈妈都有问题，我们是不会收这样的学生的。你们隐瞒情况，把这样的孩子送到我们学校来，我不知道你们是怎么想的，现在出了事情，你们家长肯定是有责任的。你们家的情况，我们已经报备了，你们就看着办吧。"

童勇被老师话里的一个又一个的"我们"砸得晕头转向，不知道这老师代表了多少人。事后，童勇跟灯饰城的熟人说起当时那场面，熟人痛心疾首："你当时就要闹呢呀，当时就要闹呢，当时不闹，过了那个时机，就说不上话了。他们越是没事一样，你越是不能让他们牵着鼻子走，也跟他们一样，啥事没有。他们那都是试探你呢。你白白去了一趟啊，光见了个老师是吧，还没见主任和校长呢是吧，一个老师就把你打发回来了，你下次连老师都见不到了。"童勇听了，胸口宛如被重击，怎奈已时过境迁，他只好重重地"哦"了一声。

童勇联系了童穆的几个同学，想要打听下情况，却没想到，这些孩子个个精明，或者推给别人，或者说那几天生病不在学校，不了解情况，再多问几句，就有家长过来夺走电话。童勇又一次陷入当年索兰失踪后，在迷雾中寻找线头的困惑中，只是，那时他面对的是一个屋子里的死角，他不曾踏足，却多少知道一些，这次他所面对的，却是另一个屋子，一间陌生的屋子。

童穆住院后，童勇回家，走到楼门口，一个孩子站在那里，递给他一张纸条，上面只有一个QQ号，旁边写着一个"加"字。他接过纸条，孩子就立刻头也不回地走了。他加了那个QQ号，看到一段视频：一群孩子，在墙角堵住一个孩子，勒令他脱光衣服，不脱就打，衣服脱光了，他们塞了一个矿泉水瓶子在他嘴里，要他衔着，又要他四肢着地，学狗爬，学狗叫，一叫，矿泉水瓶子就掉了，几只脚就踏上去了，打累了，又把矿泉水瓶子塞到他嘴里。这是童勇第一次看见十六岁儿子的裸体。

童勇报了案，稍后，警察转给他另外两段视频，残忍程度超过第一段。童勇拿着视频，问见过世面的同事："他们能判几年？""判什么啊？三个不满十八，六个不满十六。""不是说十六岁就要负责任了吗？""说是那么说。九个人，爹妈加起来十八个人，还不算没露脸的，你斗得过哪一个？"很久之后，童勇才明白过来，"没露脸的"爹妈是什么意思。律师争取到两万赔偿，童勇没有去取。

此后三年，是索兰和儿子不间断相处的最长一段时间。或者她住院，或者他住院，或者他们同时住院。两个人互相感染，住院的频率越来越高。每当她觉得自己要发病了，或者儿子要发病了，而童勇又不在家，他们就哭着，手拉手到精神病院去。

童勇试过把两个人隔开。他能做到的，是让童穆到灯饰城照看那间配件小店，或者帮别人送送货。童穆的状态，竟然好了一阵子，因为时常干活，身体也壮了些。"这是斜方肌，"童勇捏捏儿子肩膀的肌肉告诉儿子，"以前厂子里一群健身的告诉我的。"直到市场里有人翻出了童穆被霸凌的视频，发到了商户群里。

童穆又回了家，这一次，童穆和索兰都超乎寻常地平静，似乎这是再应该不过的事情。两个人没有发病，也没有失常，状态稍好一点，就一起去河边捡石头，捡累了，索兰就坐在河边，儿子摸出笛子，在河边吹上一段。

最后一次去河边，依然如此，他们跟着康复中心画画班的女人们一起去河边春游，她带着病友做的帆布袋子，装着野餐用的单子，他背着双肩包，装着笛子。休息的时候，女人们坐在树根上、大石头上，听他吹竹笛和陶笛，他已经学了新曲子，吹的是《故乡的原风景》《红颜旧》。吹完笛子，众人在河边散步，有人看到了春归的候鸟，正成群结队在河洲上踱步和漂浮，就招呼别人来看，大家纷纷拿出手机。

事后，有人说听到了"哎呀"一声，这声"哎呀"，加上她那天带的帆布袋子，他吹的笛子，他们那天说的话，似乎能证明他们不是自杀，是不小心滑到河里去的。让精神病人到河边春游，谁想出来的。面对警察，女人们比画着，不断重复着那一声"哎呀"，"你也听到了吧"，以证所言不虚。不过，有没有那一声"哎呀"，谁又在意呢？定性为意外，手续就比想象中顺利。在回水湾捞到尸体后，第二天火化。

　　童勇没有回家，而是回了唐山。火车一路向东向北，经过陕西、山西、河南、河北，到了唐山，越往东，槐树越多，槐花也越多，整个车厢里都是槐花的香味。童勇没有悲伤，只有麻木，那槐花香味和这种麻木掺在一起，像一种特别入心的毒药。到了唐山，他找到祖坟所在地，挖了三尺见方的坑，埋下二十斤白面、二十斤大米、二十斤小米、十斤猪油。

　　回到家，他的鼻腔里，似乎还有那股毒药一样的槐花味。他就在那个味道里睡了醒，醒了睡，直到三个月后，他终于醒来，开始打扫卫生。而他后来宁可自己没有打扫卫生，没有经过橱柜：橱柜上那些装了框的合影，他和索兰的，他和索兰、童穆的，以及索兰和童穆的，都被掉转了方向，一律面向墙壁，像是不忍心看见这间屋子。这是她的遗嘱。童勇像是被通了电，哭意瞬间漫布他整个身体。这是唐山孤儿经历的最后一次地震。

　　地震过后，她留了一座废墟给他。这座废墟包括——

　　她的照片：她父亲的照片，她母亲的照片，她父亲母亲的合影；她的父亲站在书架前，翻开一本集邮册；她的母亲站在声宝录音机前，录音机旁边有一瓶塑料花，母亲的手按在桌面上，露出微笑；她父亲和战友的合影，所有人都戴着雷锋帽，照片上方写着"草原雄鹰连战友合影"；她四岁，站在木马前，照片右下角写着"人民公园留念，一九七四年六月一日"；她八岁，站在西湖边，背后是三潭印月；她十岁，拿着一串气球；她十四岁，烫了鬈发，装作弹钢琴；她十八岁，穿着白色喇叭裤，大垫肩的短西服，手里拿着话筒，背后的墙上，彩纸粘成花束的形状，簇拥着中间的几个字——"元旦快乐"；她二十二岁，站在空中餐厅靠窗的位置，窗外是南山的山顶；她的结婚照，她抱着孩子的照片。没有舞厅里的照片，一张都没有。

她画的石头：草原花海上，一个女孩的背影，女孩抱着一束花；黄色的秋树，在碧蓝的水面上投下黄色的树影，像是黄色的树照了镜子；天空上，有七颗星星，不是北斗，不知道是什么星星，很大，大到突兀，星星下面，有一座淡绿色的山丘，山丘上有一座房子；一扇朝外打开的窗户，几根飞白的线条代表了被风掀起的窗帘，窗台上摆着一盆深紫色的碎花，窗外是草原；一条林荫道，树下有一把长椅，长椅上摆着一顶红帽子；一个穿着宇航服的人，举着一朵花，在太空里奔走，身后是一串星星组成的路，路像一道闪电，消失在宇宙深处。

她捡来没有画的石头：圆形的棕色石头、灰色石头、黑色石头，非常圆，圆到像是经过打磨；梯形的石头，石头上有绿色和红色的线条，像是热带的森林；椭圆形的石头，石头上的纹路像一列群山，她只需要再画一个月亮，就是一幅月夜群山图。

她的病历："该病人于十七岁时，因恋爱问题缓慢起病，当时表现为失眠、失神、发脾气，并离家出走达一个月之久，之后自行归来，对出走期间的事情不作解释，也没有情绪波动，似为失忆。此后多年，病人曾多次出走，出走时间一周到一个月不等，出走前后的表现与第一次相近。2003年，病人首次入院治疗，诊断为癔症性精神障碍，给予氯丙嗪治疗，治疗效果好，半个月后出院。""病人多年持续服药，偶因经济原因有间断，病情时好时坏，间歇期能正常生活，能正常表达。""病人三天前有发病迹象，表现为两夜不睡，自言自语，骂人，脱掉衣服在室内转圈，向楼下投掷东西，在厨房燃气灶上点燃纸张布条，并怀疑楼上邻居用高压电对她进行电击，由丈夫送来我院，门诊暂以'癔症'收入院。""经诊断，病人存在有严重的被害妄想，反应和行动都较为激烈，已超出癔症的范畴，故考虑精神分裂症偏执型。"

还有：她的衣服，她的药盒，她吃剩下的药，她的声音，她的视频，她在开心网收的礼物。她收藏的帆布袋，她用保鲜膜悉心包好的半块点心，她用小熊饼干盒收藏的一沓电影票，她夹在旧书里的干枯茉莉。时不时地，它们就会跳出来，像废墟上掉下来的砖块。

也包括：孩子的照片，孩子的衣服，孩子的药盒、视频、声音，孩子发给他的语音，QQ空间里的日记，手机里的照片。还有若干玩具，一辆坏掉的童车，三根长短不一的笛子，两支箫，一根胡笳，一个简单的合成器。还有小熊双肩包。

唐山孤儿继续生活在这座废墟里，还要生活很久。这种生活异常可怖。没有人再让他庇护，他也就失去了庇护。另一个孤儿不在了，他也就不再是孤儿了。失去宠儿的人，从此赤裸，独自漂泊在可怖的人海。

有天凌晨，他起夜，经过她画的石头，恍惚间，发现她画在石头上的星星似乎少了一颗，只剩了六颗。他浑身一凛，仔细端详，还是少了一颗。抓起石头再看，七颗星星却还是稳稳地在石头上，照着那间山丘上的房子。

星星已经归位，万花筒不再转动，没有争吵，没有呢喃，檐下燕子也不再啾啁，没有人记得疯女人在玻璃窗上哈着气写下了什么字，而所有人都将消失在时空里。

（感谢刘茜和李敏老师在精神医学方面提供的专业建议。）

2022年1月5日—11日

五怪人演讲团

1999年，五位女性组成演讲团，从H市出发，去往十个城市，宣讲各自事迹，历时半个月，最终在酒泉结束行程。随后她们返回H市，回到各自的生活，日后时有联系。她们自称"怪人"，演讲团被她们称为"五怪人演讲团"。

五位女性和领队王越、后勤小高，以及司机金师傅，乘坐一辆沃尔沃，于9月9日出发，先向东，又向北，然后踏上向西的漫漫旅程，一路经过草原、雪山、戈壁、胡杨林、丹霞红山、佛寺、古塔、村落、广场。有时候，拉运牦牛的卡车在车窗外呼啸而过，有时候，藏族孩童在老师带领下穿越马路。短暂的秋雨季已经过去，空气干燥而热烈，落日殷红，路边田野里烟草叶、红苹果、野菊花、被淋湿的向日葵秆的香气，和尾菜腐烂、粪饼发酵，以及酿酒厂、酿醋厂呛人的味道，轮番飘进车里。她们冲进目所能及的风景里，向陌生人讲述自己的故事。这是她们一生中最难忘的旅程。

这五位女性分别是：顾晓君、颜萍萍、程秀亚、李美芳、王斯明。

顾晓君，生于1967年，省歌舞团独唱演员，国家二级演员。顾晓君是平凉人，十六岁入伍，后考入战斗歌舞团，担任歌唱演员。进入歌舞团后，她刻苦钻研业务，苦练唱功和舞台表演艺术，用很短时间成为独唱歌手。与此同时，她十年如一日下连队慰问演出，不论是大部队，还是小哨所，她都服从命令，欣然前往，不管观众多少，不管演出条件如何，她都认真准备，按照正式演出的规格进行演出，哪怕是只有一个人的哨所，她也认真地为战士歌唱。她曾克服严重的高原反应，多次进入雪域高原演出，两次遭遇车祸，并导致腿部残疾。在战斗歌舞团十年时间，她完成了六百五十场慰问演出，战士们亲切地称她为"高原百灵""军中白杨"，她"一个人就是一个大剧院"。1993年，她转业到地方，进入省歌舞团，担任独唱演员。在省歌，她依然保持部队的优良传统，积极参加省歌的慰问演出小组，长年累月到全省乡镇农村慰问演出，不论是春耕还是秋收，不论是防震抗震还是抗旱救灾，她都第一时间赶赴现场，为广大群众送去动人的歌声，成为农民群众的贴心人，获得"都市乌兰牧骑""陇原玫瑰"等美誉，以及市"三·八"红旗手、"巾帼建功"先进个人等多种荣誉，并入选第三届"陇原骄子榜"，是上榜者中唯一一位女性。

颜萍萍，生于1966年，公交公司售票员。颜萍萍是吉林人，中专学历，十八岁成为市铝厂工人，后因企业效益下滑，进入轮岗待岗状态。1991年，铝厂停产，颜萍萍和所有的同事一起失去了这个大家庭的荫庇。从那天起，她成为下岗女工中的一员。在家待业两年后，她看到公交公司招聘乘务员的消息，招聘对象正是下岗女工。她报名参加了考试，一关一关考过去，终于考上了乘务员，从此成为公交总公司这个大家庭的成员。整整六年，她和别的员工一样，经历着辛苦单调的工作的考验，早起，晚睡，每天在车上忙碌十几个小时，六年中没有和家人吃过团圆饭。父亲得脑血栓卧床四年多，因为工作，她也始终没有时间照顾老人。为了更好地服务乘客，她自学英语、哑语、心理学，并拿到成人自考的大专文凭，还把在工作中总结出的服务方法，毫无保留地教给新招聘的乘务员。因为她的出色工作，她被称作"老年人的女儿，盲人的拐杖，聋哑人的向导，青年人的朋友，少年儿童的阿姨"。她也凭借优异的工作成绩获得了多项荣誉，包括1994—1998年"明星乘务员"，1997年"市十大杰出青年"，1998年"甘肃省优秀青年""市就业与再就业青年创业明星"。

程秀亚，武威人，生于1961年，市政公司会计。十五年前，程秀亚的丈夫窦丰威因车祸导致高位截瘫，胸部以下没有了任何知觉，家庭重担和照顾窦丰威的责任就落到了程秀亚身上。程秀亚不离不弃，精心照顾瘫痪在床的丈夫，创造了一个又一个奇迹。十五年来，窦丰威从未生过褥疮，也从未出现过其他并发症，程秀亚获得了"家庭美德建设"先进个人、"双文明建设"先进个人等荣誉。今年元旦前夕，几家重要媒体报道了程秀亚照顾丈夫十五年的事迹后，在广大读者中引起了强烈反响，二十四小时内，有将近三百名读者打进晚报的市民热线，对程秀亚给予问候和赞美。他们认为，程秀亚身上所体现的中华民族的传统美德，是我们这个年代所稀缺的，是值得大力弘扬的，也希望这样的报道再多一点，这样的贤妻良母再多一点。

李美芳，生于1970年，四川广元人，美美饭庄创始人。1994年，李美芳从田园食品厂下岗，失去了生活来源，她并没有气馁，随即在安西路夜市摆摊，用辛苦摆摊积攒的收入和从亲戚朋友处借来的资金，于1996年创办美美饭庄。第一家美美饭庄开张时，只有三张桌子，九条凳子，店内面积只有十五平方米。李美芳凭借四川人辛苦肯干的精神和对美食的热爱，每天忙里忙外，整整三年，每天只睡四五个小时，终于让美美饭庄成为餐饮业的一匹黑马，1998年，营业额达到一百八十万元，店面也扩展到了一百五十平方米，并开设了分店，解决了十二位下岗职工的就业问题。她制定了一个十年目标：在十年内开设十五家连锁经营店，让四川风味走向全国。她本人也获得"1997年市十佳个体户""市就业与再就业青年创业明星""爱心公益明星"等荣誉称号。

王斯明，生于1973年，杭州人。王斯明的父亲，在特殊年代遭遇了一些不公正待遇，心理上出了问题，对儿女采取了不正确的教育方式，将年仅十岁的王斯明和弟弟王斯亮禁闭在家中，不允许他们外出和接受教育。1990年，市教育局接到举报后，联合妇联、街道等多单位多部门，将王斯明和王斯亮解救出来，送往特殊教育学校。获得新生的王斯明爆发出极强的学习能力，在很短时间里，就恢复了正常的语言和人际交往能力，并成为演讲能手。在离开特殊教育学校后，王斯明边打工边寻找创业的机会，于1995年接手了一个经营不善的商贸公司，通过不懈的努力，使之扭亏为盈，并创办了"西部商贸网"，通过网络推销土特产品。目前，她的商贸公司已成省年检表彰单位，同时获得所在城区"十佳小企业"称号。她个人也获得"市就业与再就业青年创业明星""全省残疾人工作先进个人""十佳创业女性"等荣誉称号，并代表市残联参加了"全国英语导游大赛"，获得了季军。

活动由市总工会组织，名为"巾帼建功迎新世纪巡回演讲"，各单位、街道和工会、妇联推选演讲人选，各单位笔杆子负责撰写演讲稿，试讲、培训，再经过层层筛选，小范围选拔，最终，确定了这五位女性作为演讲团成员。

五位女性各怀心事，演讲稿也隐瞒了一些事实。顾晓君想要评选一级演员，急需新亮点添砖加瓦。颜萍萍想由招聘身份转为正式职工。程秀亚想出门透透气。李美芳深知自己只有在政治上有所表现，有个身份，才能抵挡一些人的轮番轰炸。王斯明想要拓展生活层面。另有一些事实，是激昂慷慨的演讲稿不会讲述的：顾晓君的丈夫家暴，有极强的控制欲；颜萍萍听说市里所有的公交线路将改为无人售票，售票员要重新分流；程秀亚的丈夫要求安乐死，这要求在过去十五年里从未停止，甚至越来越强烈；李美芳被合作伙伴诈骗，损失五十八万；王斯明的父母，在她和弟弟被解救后一个月，在家中身穿西装旗袍服药自杀，并留下一封多处抄袭《傅雷家书》的遗书。

市总工会干事王越，很不情愿地接下这次领队任务。他当时二十九岁，一边恋爱，一边因为初识网络，要频繁与网友约见。培训演讲者都安排在下班以后，已经持续了一个半月，还要出行十五天，严重妨碍他发散荷尔蒙。工会安主席随即喊他去谈话："就说我们这一层楼的几个办公室吧，和你差不多年龄的，柳健做了星火读书计划，张涛做了新青年创业计划征文大赛，而且已经有计划落了地，肖月娥不用说，女工权益这块，已经持续做了快五年，最近又开通了维权热线和女工心理咨询热线，你有什么？年轻人没有上进心，是走不远的。给你机会，就要抓住，不要像是你给了我恩惠，给了我天大的面子。不要把事情搞反了。你们七〇后，号称'飘一代'，那也要先脚踏实地，才能飘得起来。"王越看看安主席身后的一幅字：淡泊明志。仿佛每一个有独立办公室的人，都得有这样一幅字：淡泊明志，或者厚德载物。如果有一天，换了他，他要写什么？大约要写"光辉岁月"，或者"海阔天空"。

他喏喏点头，依言填表、写计划，向财务申领一万五千元经费，于出行前一天取出，锁进办公室保险箱。虽然从单位到银行只有两百米，但他仍然叫了两位同事陪同，并特意找了买菜的布袋装钱。三人神色严峻地护送着一只花布袋子走过大街，进出银行时，放慢脚步，向四周巡视。第二天，又将这一万五千元现金分作八份，由全团人员分管，以防全部丢失。那个年代，如履薄冰。

工会向辖区企业借用一辆十一座沃尔沃面包车，沃尔沃车龄稍大，但看上去簇新。八个人在早晨乘车出发，上车前，顾晓君提议在车前合影。顾晓君与王越站在最中间，其余人等分布两边。拍摄合影的相机为尼康FM2，胶卷为乐凯。购买胶卷和冲印照片，都有严格的报销制度，王越名下的这类报销记录近乎空白，一直被视为他工作懈怠的证据，他于是慷慨表示，再来一张，八人调换位置，重拍一张。拍照结束，转身上车时，顾晓君略微一闪身子，颜萍萍赶紧上前搀扶，等到顾晓君站稳了，就松了手，顾晓君自己一歪一歪上了车。

演讲培训时，五位女性已经有过相处，但五人培训时间不一。培训老师由话剧团请来，略有声名，四处露面，也因此言辞犀利，声调高昂，一把利刃般的声音在人们头顶上刮来刮去。培训现场气氛略显沉闷，五人并无过多交流。要出发了，站在车前，五人终于释怀，颜萍萍说，我老公问我，你就把你老公不管了吗？我说，你每天自己提牛肉面去，细的毛细二细三细大宽换着来，吃烦了就加肉加鸡蛋，也能吃半个月了。李美芳说，让男人们带着娃到我们店里来，我给他们一起开小饭桌，麻婆豆腐炒上，土豆丝管上，饭后一人一盒子维维豆奶。众人哗的一声笑开，气氛瞬间松动。

首站白银。百多公里荒原，一个多小时车程，荒原上都是大天大云大地，细节甚少，不过一丛一丛芨芨草，配着一簇一簇黄花矶松，远处约略可见丹霞红山，经阳光一照，霞光四射，有无限神秘。下车方便时，女人们顺手摘了几枝黄花矶松，上车喊喊喳喳讨论，这黄花为什么不枯不败，有没有可能做成干花售卖，外地人会不会买账。司机金师傅嫌那黄花掉花瓣，又不便明说，不住用余光回头打量，所幸女人们一会儿就发现那花瓣沾得满身，也厌了，打开车窗，把黄花丢到窗外去。

此时的白银，正是一座愁城，工厂烟囱还是袅袅地冒着烟，街上却不见多少行人，负责接待的干事也时时面露难色。八人共享两斤炒羊肉片，以及土豆丝和西红柿炒鸡蛋等几样菜肴。席间，干事说起，此地出现一个杀人狂，专杀红衣女子，每年一两人，去年几近疯狂，从年头到年尾连杀四人，案件尚未向社会公布，也没有线索，显然，杀人狂仍在活动，他们和杀人狂生活在同一个城市里，呼吸同样空气。又说，十年前，有一女孩被杀，现场惨不忍睹，从杀人方式判断，恐怕也是杀人狂所为，这女孩爱唱爱跳，也是积极分子，参加过工会组织的演出，并荣获一等奖，作为奖品的花束就摆在凶案现场。五位女性不约而同地低头看向自己的衣服，查看有无红色元素，服装是工会统一定做的，藏蓝色西装，配白衬衣、彩虹色丝巾。

王越临时调整了出场顺序，决定让颜萍萍和李美芳两位再就业女工，一个开场，一个收尾。按照之前的安排，本应由顾晓君收尾，顺势演唱《为了谁》《青藏高原》，制造一个小高潮。这是顾晓君的强项，也是安主席最早定下顾晓君的原因，别的演员，对演出场所和音响条件都有要求，顾晓君多年上山下乡演出，不计较场地音响，并且时常提到李谷一的名言："我们那时候不讲条件的，什么场合没唱过？拿起会议话筒一样唱。"众人没有异议，顾晓君表示，还可以加唱一首《苦乐年华》。

颜萍萍于是率先登台，她是典型东北人样貌，长条脸，大眼睛，说话虎虎带风、掷地有声，略加培训，就适应了演讲要求。她的演讲稿叫"我只流两次泪"，五位女演讲者和王越都听得熟了，台下观众却十分新鲜，也感同身受：

"八十年代末，厂子的效益就开始连年下滑，我时不时被通知回家待岗。等待的过程似乎非常漫长，非常让人难以接受。毕竟，从1984年开始，我已经在这个厂子工作了好几个年头，对厂子有着最质朴的感情，我还希望厂子的情况能够好转，大家还可以开开心心去车间上班，一起去食堂打饭，一起为联欢晚会排练节目。

"最坏的一天终于到来了，1991年，厂子终于垮了，我成为'下岗女工'中的一员。靠工资吃饭的人家，一下子塌了半个天。下岗的人所经历的一切，我都一一经历，在菜市场打过零工，也在澡堂搓过澡，在夜市摆过地摊，但出于种种原因，工作都做不长。市场改造后，地摊也不能摆了，我回到了家里，在家里吃闲饭，脾气越来越坏，对丈夫无缘无故地发火，孩子也开始害怕我。有一天，我又发火了，孩子怯怯地对我说：'妈妈，你到底怎么了？我想要你变回从前的妈妈。'

"终于，我考上了乘务员。知道自己通过的那一刻，我又哭又笑。失去过工作的人，格外知道珍惜。招聘的身份，也意味着我要比正式员工付出更多努力。但我不是个服输的人。对我来说，1983年，以两分之差没有考上大学，是一次失败，下岗，是又一次失败，我不能失败第三次。

"工作十分辛苦，但我对这份工作心怀感激，毕竟，这份工作让我有力可出，让我粉碎了待在家里看到存款减少时的那种恐惧。

"现在的我，已经成为我所在线路上的标志，经常乘坐82路的人，有时候宁可等，也要等到我的车。有一天，大雨中，车刚起步，一个八九岁的小孩子使劲地追着车，边追边招手，公交车带起的泥水都溅到了他身上，我赶紧让车停下，让那满身泥泞的孩子上了车，孩子一上车，就对我说：'阿姨，我老远看见是你的车，就使劲地跑呀跑，我就想坐你的车，摔了一个大跟头。'"

演讲结束，五位女性含笑将听众一一送走，随后在空空的场地里交流演讲得失："你的前后鼻音今天就对了，ch-u-n-chun，不是ch-u-n-chong。你说到'春'的时候我就替你捏把汗，没想到说对了，你把今天的发音记住。""你说'相信明天会更好'的时候，'相信''明天''会更好'，要分开说，音断气不断，手臂不要一下挥出去。"王越则以老好人的姿态做出结论："第一场正式演讲，这样已经很成功了，大家可以放下一半心。"众人走出演讲大厅，看到远处黑魆魆的烟囱和烟囱里冒出的火星，突然想起来，这城市里还埋伏着一个连环杀人狂，不知道此时正窥视着谁家的窗户。顾晓君连忙说，这里比市里冷呢，幸亏我还带了大衣。

离开白银，下一站定西。去往定西的路上，五位女性不住地讨论白银的杀人案。顾晓君说，这杀人的，没准是受了什么心理刺激。颜萍萍说，这种人，都是心理变态的，天生的，不一定要受什么刺激。李美芳说，说是两个地方，其实也不过离着一百多公里，你们说，有没有可能，这杀人狂也顺道来咱们市里杀过人，只不过咱们市太大，他杀的人，混在别人杀的人里了。颜萍萍说，上个月，排洪沟里扔下十几个黑塑料袋，都是碎尸。程秀亚说，快别说了，吓死人了。颜萍萍转了话题，金师傅你给放个音乐吧，崔健的歌有没有？顾晓君说，萍萍才前卫啊，听摇滚。颜萍萍说，我们厂子，唉，现在也不是我们厂子了，东北人多得很，不听秦腔，听摇滚，乐队好多个。那边金师傅回话了，没有崔健，给你们听个《长相依》。

当夜在定西住下，第二天，一群人去吃早饭，早餐摊在农贸市场里，紧挨着骡马市场，一群人就着骡马市的味道吃饭，临了一结账，八个人，包子油条豆浆小菜鸡蛋这样吃下来，才二十块钱，不禁愕然。李美芳连连叹息：这还赚什么钱。

当天由王斯明负责结账，王斯明从口袋里直愣愣地拿出一个透明塑料袋，里面装着由她分管的两千块钱，抽出一张一百的去付账。早餐摊摊主找不开一百块，王斯明又直愣愣地，一只手拿着那张钱，一只手拎着装了那剩余一千九百块的塑料袋，满市场吆喝着换钱。颜萍萍紧追几步，陪着王斯明换钱，王越也赶紧跟了过去。

到了演讲场地，时间还早，众人就在门口等着开门，唯独王斯明在远处的花坛边来回踱步，绕着圈子，挥动着手，像是自言自语。程秀亚说，这姑娘什么地方怪怪的。颜萍萍说，你没听她演讲？从小让父亲关着长大的，不会跟人打交道，对外界不了解，我们生下来就会做的事，她都是进了特殊教育学校学的。李美芳说，所以演讲反而比一般人流利，都是下了苦功一张白纸学出来的。顾晓君一声叹息，算是定调，这娃可怜得很，我们要照顾着些。

临到开场，王越看见现场有人坐着轮椅来听讲，轮椅是特制的，比一般的轮椅要大，轮椅里的女人几乎是半躺在里面，却穿着一身精致的套装。跟主办方打听，得到的回答是，那是本地的一位女企业家，大学毕业，回乡创业，开办土豆交易市场，并向土豆种植者提供种子，市场刚有起色，她就因车祸而高位截瘫，创业后半段，都是在床上、轮椅上完成。

王越听了，肃然起敬，临时调换出场顺序，让王斯明率先出场，算作问候，程秀亚第二，最后由顾晓君收尾。下午两点半，王斯明准时出场，和别人一样，藏蓝西装配白衬衣。王越听着她演讲，虽然是听过几十遍的稿子，听着听着，就有点走神。要不要她加入，一度有很大争议，她故事的前半段非常负面，不但负面，而且"不一样"。推荐她的街道办主任努力打消他们的顾虑："这姐弟俩，学任何东西都要付出十倍于别人的努力。我们要给她这个机会。"安主席说，那好，那就给她这个机会。

"我们的父亲出生在一个富贵人家，所以那几年很是吃了些苦，再加上生性敏感多疑，和周围的人处得并不愉快，在车间里，如果有人扎堆谈话，他就觉得是在议论他，如果有人冲着地上吐了一口痰，他也觉得吐的是他，立刻就会冲上去和人家吵架。

"十岁那年，我刚上小学三年级，弟弟上一年级，父亲的车间里丢了贵重东西，所有的人都被询问了，但是，当父亲被询问的时候，他的反应异常激烈，认为自己受到了天大的侮辱，当即离开车间，冲到小学，把我和弟弟拉回了家里，一路上，他告诉我们，外面的人都很坏，人心最险恶，只要他在世一天，他就不会再让我们和外面的坏人接触。

"我们从此被关在了家里，失去了和外界的一切联系，即便亲戚朋友上门，也很快被父亲打发走。街坊邻居都不知道我们去了哪里，跟父亲问起来，他就说，我们回老家去念书了。

"我十六岁那年，父亲生病住院，半个月没有回家，我和弟弟终于崩溃了，撬开了父亲钉在窗户上的木板，向邻居求救。最终，教育局、妇联、街道等多部门联合行动，把我们姐弟俩救了出来，并送往医院接受治疗。

"离开医院之后，我们被送到了特殊教育学校，和其他孩子生活在了一起。在特殊教育学校学习两年后，我们又转到了普通学校，正式回归社会。老师和同学们都知道我们的与众不同之处，并没有当我们是怪物，反而争着给我们当老师，有好吃的也带给我们一份。在那里，我们感受到了家庭的温暖。

"有一天，同学们拿给我们一只苹果，从中间切开，分给我们吃。我看着那只被切开的苹果，看着苹果洁白的果肉，果皮上淡粉的颜色，还有那对称的轮廓、醒目的果核，那种天然的美，似乎突然醒了过来。我突然明白，即便是苹果，也有这么多种吃法，在这之前，我们从父亲那里知道，苹果只能在削皮以后，啃着吃。

"世界在我们面前打开，各种景象纷繁而至。我和弟弟拼命地了解此前我们所不知道的一切，怎样乘坐公共汽车，怎样挑选衣服、和小商贩讨价还价，我们也学会了和人相处，为同伴的病痛和伤心事感到难过。我们不再是被父亲禁锢的孩子了，我们近乎贪婪地放开心胸，吸收这个世界的各种营养。

"去年，我创办的'西部商贸网'上线了，一个月后，我们有了第一个客户。当客户来到我的面前，和我激烈地讨价还价的时候，我突然笑了起来，我知道世界已经接受了我们，我们不再是别人小心翼翼对待的对象了。我们曾经像苹果的果核，藏在世界深处，现在我们已经被打开，被植入土壤，等待成为一棵花树，我们已经汇入了生活的洪流。"

第二天，一行人又坐着沃尔沃，往平凉去了。中午时路过静宁，车窗外，一片又一片全是苹果园。苹果已经成熟，有的粉红，有的深红，有的红绿交杂，被墨绿的叶子衬着，红的更红，一棵棵挂满红果的树，静静挺立在大地上。有人搭着梯子，背着筐爬上去采摘果子，四野里，星星点点的红果后面，时不时闪出一两个忙碌的人。到了黄昏，地上泛起淡淡的雾，苹果和叶子一起黯淡下去。背筐的人出现在了树下、小道上，或者开着三马子走远了，三马子上满满的全是苹果。颜萍萍一路拍打着王斯明的座位：快看，你的苹果。

金师傅索性停了车，让众人下车去摘苹果。众人问，可以摘吗？说是提问，其实也不知道问谁。顾晓君认真地回答，可以的，老乡们都是留了余地的，过路的人渴了饿了，可以摘的，不祸害就行。众人跳下车去，一人摘了一个苹果回来。李美芳拿出十块钱来，用石头压在田垄上，略作自嘲：红军战士不白拿老乡的东西。

平凉是顾晓君的老家，著名的歌舞之乡，全省的艺术院校和艺术专业，恐怕有一半学生出自这里。或许是到了主场，也或许是音响好，顾晓君超常发挥，声音厚实，情绪饱满，抑扬顿挫，演讲结束后的助兴曲，也变成了五首。其他人被她带动，也渐渐入巫一般个个讲到酣醉，在台下还能保持清醒，上了台就瞬间成了另一个人，不好笑的地方讲得让人发笑，动情的地方略微哽咽，甚或无声流泪，场子里若有个情绪温度计，此时势必进入白热状态。一场演讲结束，台上台下都像是做了一场梦。人人都没想到，演讲竟然有这种效果。

演讲结束，顾晓君的父亲订了一桌饭，请众人吃饭，席间说起本地出去的一位大歌星在成名后回乡演出，他担任安保，陪同爬崆峒山，歌星在山道上走得飞快，将所有人远远甩在身后，问她怎么走得这么快，她回头一笑，"那真是嫣然一笑，"顾晓君的父亲补充道，"她嫣然一笑说：'山里长大的。'"

听到这里，顾晓君忽然侧过头去，问王越："可以喝酒不？明天不演讲。"李美芳补充一句："有人请，也不从经费里出。"顾晓君一笑，不等王越点头，一挥手，叫了红酒。

不到10点，一群人都喝得半醉，下午那场演讲的入巫状态得以隔空延续。顾晓君喊着回去就离婚，程秀亚模仿丈夫要求安乐死的样子："他就呆呆的，眼睛鼓鼓的，往外凸着，什么表情都没有，说，我要死，你让我死，你把那个枕头捂到我脸上，你把安眠药喂给我，你把暖气关掉，把窗子开开冻死我也行，再不行你去把黄河上的坝炸掉，把全城都淹掉，我也就跟着死了。每天听着他要死要活，我实在受不了了，他再喊两声，我就要动手了，真动手了。可哪动得了手啊，在一块过了二十年。我受不了了，我上班的时候也能看到他呆呆的，眼睛鼓鼓的，腮帮子像鱼鳃一样一张一张的，我出来演讲，也能看到他的眼睛和腮帮子。我受不了了。"李美芳模仿管事的刁难他们："'你们订不订报纸？不订？好，什么创业明星，我还收拾不了你？'下一次来，他们在厨房里找了一圈，什么都没找到，在窗台上看到一小包淀粉，淀粉袋子外面的字磨得看不清了，他们就问：'这是什么？写上，不明粉末，停业。'我们就停业半个月，花了两万块打点，耽误了我们半个月的生意，临了还跟我们说：'订一份报纸八十块，早把报纸订上就什么事都没有，你们图了个啥。'"

颜萍萍拿着一杯酒过来了，趴在李美芳的椅背上说，我们这几个人，都是怪章子[1]。顾晓君说，有什么怪的。颜萍萍说，一门心思干一件事，一干就是十几年几十年，也不管别人说什么，不是怪章子是什么。王斯明说，那我们这个团就叫"怪章子演讲团"吧。李美芳说，不如叫"妖精演讲团"，五个美美的妖精，一路往西，像不像《西游记》？顾晓君说，你把自己叫妖精，传出去，别人以为我们这一趟不干正事，王干事说都说不清了。颜萍萍说，那就叫"五怪人演讲团"吧，就这么定了。

---

1 怪章子：怪人，拧巴的、与众不同的、不合时宜的人。

因为掏心挖肺地说了些实诚话，第二天中午，一群人见了面都讪讪的，有些不好意思。等上了车，颜萍萍拿出一盒磁带，交给金师傅："我刚才买了一盒崔健的磁带，你给我放一下。"崔健的歌响起来，颜萍萍开口了："晓君，我昨天晚上一晚上没有睡，就像你唱的，为了谁？为了你。我认识你这才不到两个月，咋就这么心疼你呢，你说，你要啥有啥，怎么就嫁给了这么个烂怂呢？你回去赶紧离婚，不离婚我就开上公交车到你们院子里堵门去。"顾晓君并不生气："看看看，东北人！心扉一旦打开，这就合不上了，合不上就没感觉了，这往后几场，大家同时在场，还怎么讲得下去，不笑场都是好的。好，以后几场，一个人讲，别的人都出去。"

　　她们做到了，一个人讲，别人在门外等，免得尴尬。

　　她们去了天水、陇南。除了顾晓君，众人都没想到天水竟然是这样的地方，和南方差不多，有温泉，有竹子，冬天里有腊梅花。不过三四百公里，就是两个世界。顾晓君也由此知道了，五人之中，颜萍萍、程秀亚、王斯明从不曾出过市，李美芳也仅仅在省内兜转过几处地方，没有出过省，天水更是她们四个人的共同盲区，顾晓君不禁有些愕然。于是，她诚心诚意地说："以后要多出去走走。"过了一会，又对她们说："青海湖到了春天，开湖之前，冰面上会出来裂缝，整个湖面都是白色的，就那么几道闪电形状的裂缝，很深很深，里面露出的湖水是蓝色的，特别蓝。新疆那拉提草原，一到春天，就各种野花轮番开，一开就是一大片，黄的红的金黄的，一直开到7月中旬。这些都要去看看。"几人频频点头，顾晓君不确定她们有没有听进去。

东部的城市一一走到了，就掉头向西。路程更长，城市与城市的间隔更远，景色也更荒凉。永登，有算命村，几个人下车去算命，说是去买丁娃锅盔，王越只装作不知道。算的命，有的好，有的坏，坏的全忘掉。天祝，夜晚的广场上，有锅庄舞，八人欣然加入。古浪，西路红军烈士陵园，八个人采了些野草花放在纪念碑前。武威，雷台汉墓，王斯明在幽暗的墓室里产生了濒死感，进了医院，一行人在医院吃了晚饭。永昌，传说中的古罗马人后裔居住地，也许是心理作用，街上的人看起来似乎都有点高鼻深目。金昌，宾馆的窗外就能看见沙漠，一轮红日，又大又圆，坠入沙丘背后。颜萍萍在金昌找到了同乡，同乡说，下次来一定要好好聚聚，我能给你联系上一百个老乡。山丹，路上有古代长城，城里有路易·艾黎故居，军马场碧草连天。张掖，雪山倒映在黑河水中，沼泽地里有白色鸟群。行走途中，他们从收音机中听到，十五届四中全会通过了《中共中央关于国有企业改革和发展若干重大问题的决定》。

因为合影过多，王越携带的乐凯胶卷全部用尽，又临时买了五卷。小高担心他无法报销，王越心中有数，胶卷加上冲印费用，也只刚刚把他半年的额度用掉。

众人从酒泉返回，路程格外漫长，快抵达H城时已是黄昏，司机接到了第二天的任务，拐进加油站加油。五人在加油站外等候，加油站外照例种了几丛花，不外乎格桑花和万寿菊，格桑花在暮色中变了颜色，深色的愈发深，近乎黑色，浅色的花朵愈发浅，几乎莹莹发亮。五人站在那里，三人茫然四顾，两人低头看着鞋子，鞋底在地上蹭来蹭去。忽然有人开口："以后也要常联系啊。"其余人连声答应。王越急忙说，可别以为就没事了，这次演讲反馈非常好，以后要经常抓你们出来演讲的，可能还会走得更远，出省，出国。

回到城里不几天，恰逢10月1日，盛大阅兵仪式在天安门进行。"五怪人演讲团"成员在各自家中观看阅兵。年底，澳门回归。几天后，迎接新世纪。

此后几年，演讲不再流行，五人再无机会以演讲的名义聚首和出行。

顾晓君接到大量演出邀请，碍于身份，商业演出她一律不能参加。颜萍萍的班组被命名为"新世纪列车"班组，她要求转为正式员工，未获批准。李美芳终于向警方报案，称合作伙伴诈骗，报案后三天，饭庄遇到打砸，李美芳受伤，所幸伤势轻微。王越通过安主席，为李美芳找了知名律师。程秀亚的丈夫在一队小学生来慰问他，帮他家打扫了卫生，并且以朗诵腔齐声说出"窦伯伯，祝您身体健康，心情愉快"时，再度提出安乐死请求。王斯明和众人失联。王越办公室的同事称演讲团是王越的"后宫"，王越大怒，与同事扭打，打架事件被安主席压下。年底，王越在新世纪交替时刻，与网聊半年的网友约在广场见面，见面前，二人约定各自手持一支烟花，见面后，不欢而散。

元旦过后，专家指出，2000年与2001年交汇的时刻，才能算作新旧世纪交替，千禧年由此延后一年，但人们已经不复往日热情。顾晓君接到的演出邀约少于上一年，同行在看过她演讲后，建议她兼做主持，顾晓君顺利进入新领域。5月，她接下主持工行"喜迎新世纪金融知识竞赛"的任务，每场报价两千。第四第五场，顾晓君缺席，由男搭档一人主持。第六场，顾晓君出现时，脸上有淡淡伤痕，全程戴墨镜。9月，"五怪人演讲团"巡回演讲一周年，由颜萍萍张罗，四位女性与王越、小高、金师傅在"小肥羊"聚餐，王斯明缺席。11月，李美芳开设第三家店，与合作伙伴的官司开庭。

2001年7月13日晚，众人接到王斯明从秦皇岛打来的电话，她已关闭公司，四处旅行，打零工供给自己的旅行费用。此时的她正在海滩上，刚刚看完电视转播，萨马兰奇宣布北京成为2008年夏季奥运会主办城市，海滩上人们正在狂欢，陌生人互相握手拥抱，篝火边有人围圈跳舞。顾晓君感叹："她终于走出去了。"

顾晓君与丈夫离婚，随后继续外出慰问演出，9月15日，她在西藏演出途中得知，世贸大厦于四天前因恐怖袭击倒塌。李美芳申请到了QQ，和QQ上认识的网友鲜花接龙，庆祝世贸大厦倒塌，还得意地转告颜萍萍，被颜萍萍痛斥。颜萍萍的父亲去世，葬礼由父亲单位协助举办，葬礼后，她独自将父亲骨灰带回吉林。

此后几年，娱乐业兴起，全城接连开起多家大型夜总会，市中心两条街被辟为酒吧街，连曲艺团和杂技团的演员都获得大量演出机会。顾晓君放下身段，置办一辆小小的Polo，到处跑演出，当年收入够一套房子的首付，于是在新区置办一套九十六平方米的住房，搬出歌舞团家属院。新房周围尚有菜地，走两站路才能到公交站，颜萍萍安慰她："我们公司马上就要把线路延伸到你们小区了。"颜萍萍再度申请转正，未获批准。王越在安主席的要求下，参加部门主任公开竞聘演讲，获得第二名，未能获得职务。王越并不以为意，照旧散漫，被安主席戳着额头批评"没出息的浪狗"。虽然安主席日常用语并不按理出牌，但"浪狗"这种近乎亲昵的指责，还是让王越意外。不久后他才知道，安主席有个儿子，在十五岁时因游泳溺水。

程秀亚的儿子进入叛逆期，时常与父母对阵。"非典"暴发时，程秀亚的儿子发烧到三十九度，程秀亚给防疫部门打电话，报告儿子体温，儿子被带走隔离。隔离一个月后，儿子回家，但从此不再和父母说话。颜萍萍所在班组停运一个月，再度恢复运营时被改为无人售票车组，颜萍萍再度待岗。李美芳的饭庄于"非典"期间停业两个月，李美芳向抗疫部门捐款五万元用于购买抗疫物资，她与合作伙伴的官司仍在撕扯之中。王斯明前往康复中心精神科问诊，被诊断为轻度抑郁症。

第二年，白银市公安局向社会公布一份《白银市公安局侦破系列强奸杀人案件宣传提纲》，公开白银连环杀人案案情，悬赏二十万缉拿凶手，并公布了此人可能的特征，包括身高、年龄以及曾经生活过的地方。但具有相同特征的案例，此后再没出现过。顾晓君被评为国家一级演员，评审期间收到的意见集中在"不合群，疏远群众，私接商业演出，在家属院外购买住房"这几点上。顾晓君反问：我，一个瘸子，是我疏远群众，还是群众疏远我？李美芳邀请颜萍萍到自己的饭庄工作，颜萍萍委婉拒绝，随后加入保险公司售卖保险，售出的第一单和第二单保险，客户分别为顾晓君和李美芳，李美芳也把自己所有员工的保险迁移到颜萍萍处，并为此损失了一笔违约金。

此后几年，五人时有聚会。聚会地点紧跟当地餐饮热点，也曾小规模出游，出游地点为距离城市五十公里的栖云山。

2008年，王越与网友结婚，婚礼现场反复播放侃侃的《网络情缘》。顾晓君和颜萍萍、李美芳参加了婚礼。婚礼后，三人在茶屋喝茶，李美芳又将自己的朋友推荐给颜萍萍，颜萍萍当场打电话约定，第二天就去签了合同。程秀亚的儿子进入戒毒所戒毒，顾晓君曾去戒毒所演出，与所长有过几面之缘，帮程秀亚打点关照，由此认识了戒毒所的徐专家，两年后与徐专家结婚，专家有一项中药戒毒专利，生活富足，并不在意顾晓君的年龄和残疾，只是偶有调侃，以示真不在意。

2010年，颜萍萍带领的团队成为公司业绩第二的团队。颜萍萍在公司内部巡回演讲，演讲结束后，团队成员伴着《最炫民族风》热舞，并疯狂拍手做嗨状，其中一场的视频被放到网上，收获一千万次点击和五万条评论——多半是嘲笑。程秀亚协助丈夫自杀，尽管有丈夫录制的多个视频以及遗嘱作证，但她还是获刑两年。顾晓君、李美芳、颜萍萍合力为程秀亚聘请律师，仍没能改变结果。李美芳开设第六家店，并从四川引入一个火锅品牌，售卖一种鱼火锅，五个月收回成本。鱼火锅跟风者甚众，第六个月开始，营收呈断崖式下降。又半年后，坊间传说，那种鱼生活在污水里，由大粪和污物饲养长大，李美芳关闭火锅店，成本全部折损进去。

2012年，王斯明因抑郁症入院，只通知王越。王越前去看望，去的时候，医院正在查房，他伸长脖子，透过铁门看过去，精神病人站在各自的病房门前，一左一右，整齐的两列，等医生到来，只是看不见王斯明。半小时后，王斯明出来了，照旧俏丽，只是异常苍白，眼圈焦黑。两人一时不知道说什么好，王越只好微微笑，终于，还是王斯明开了口："你看着我挺正常的是不是，其实我不正常，我知道我不正常，我这些年就是在演，演正常人，演没有问题的人，跟着别人学着怎么生活。看着别人敬酒，悄悄学，回家悄悄练，看着别人亲热地勾肩搭背，悄悄学，学着跟别人有肢体接触，什么时候出手，什么时候接触，都是学的。学会了又能怎么样呢？那又不是我，我没有我，我什么都不是。"王越终于明白，当初推荐她的街道办主任说的"这姐弟俩，学任何东西，都要付出十倍于别人的努力"，意味着什么。

程秀亚出狱，到李美芳店里工作，工作过于卖力，引起其余店员不满。颜萍萍听从朋友意见，将手中余钱投入股市，到2015年只剩三成。王越终于升为主任。王斯明溺水身亡。接到颜萍萍的电话时，顾晓君正在后台候场，随后沉默十五分钟，十五分钟后登场唱歌。唱完预定曲目后，临时加唱一首《花儿为什么这样红》。

2016年3月，白银连环杀人案重启侦查，8月26日，犯罪嫌疑人被抓获，萦绕此地多年的"白银连环杀人案"告破。"五怪人演讲团"剩余几位团员，在微信上看到消息后，在不同地点对别人说"这个地方我们去演讲过"。顾晓君的丈夫徐专家，因轻度脑梗入院，出院后戒酒。李美芳关闭一家饭庄，同时在朋友圈开辟微商业务。王越的女儿出生，随母姓，取名何去病。有人调侃说，不如你也跟你老婆姓。王越照旧不以为意。

2019年，李美芳再关一家店。顾晓君升为副团长。王越到区上任职。清明节，几人约定为王斯明扫墓，上山时，看见微雪中还有一簇簇的黄花矶松，他们顺手折了几枝，抖掉了雪，放在墓前。

2020年2月，李美芳的饭庄全部停业，她略微庆幸之前关了两家店，不然损失更大。颜萍萍的保险业务反倒迎来高峰，2015年的损失渐渐填平。顾晓君在疫情平息后，为抗疫医生慰问演出，并捐献八千个口罩。程秀亚开展新业务，为小区住户遛狗喂猫，赚三十五十不等，后来经颜萍萍介绍，在妇幼保健院接受培训，成为月嫂，首月薪水一万二。程秀亚说，这是她这辈子一次赚到的最大一笔钱。王斯明的弟弟王斯亮，在隔离结束后失踪。

2021年，王越带领抗疫标兵演讲团做巡回演讲，路线和1999年的那次巡回演讲相仿，团员七人，均为女性。所到之处，他都习惯性地带出一句"这地方以前是什么什么样"。这里以前是荒原，以前是果园，以前有一座雕像，以前很干旱，以前有杀人狂，以前有万马奔腾——这是在山丹军马场。其实，二十年前，这里已经没有万马奔腾了，但说说也无妨，现在的人也不知道。

2022年2月27日—3月1日

浮花

1

大约是月亮升起来了，窗帘突然泛白了。蓝岚走到窗前，分开手臂，"哗啦"一下拉开窗帘。她没料到月亮竟然这样亮，像是一个火车头开着车灯停在窗外，马上就要开过来的样子，她被照得定住了，只来得及下意识地伸手挡一下眼睛。等到适应了那光亮，她猛地把窗户向外推开，带点回击的意思，月亮遭此一袭，似乎没么亮了。定下神的一瞬间，就看到远处的山黑魆魆的，山脊上的树木毛刺刺的，月光给它们剪影。山上传来笑声和歌声，空荡荡的，带点混响。

"年轻人到底是有精神头，住下来都八点了，手边的事还没料理清楚，还要爬山，停电也要爬。话说这是谁找的宾馆，动不动停电，现在这年月还能停电，还要点蜡烛。上一次碰上停电点蜡烛，还是2010年在大学里拍《热血太行》那一次，倒不是没电，是学生们在'世界环境日'熄灯一小时。今天这可好，不是环境日，也不是拍戏，竟然是真停电，二十年碰上一次真停电。"

蓝岚生就一双丹凤眼，虽然老了，眼角下垂了，还依稀看得出从前的威风。她一口气说了一大段话，停了片刻，不是不想说了，是想有人接她的话。然而，屋子里另外三个人没人接话，她只好继续说下去，她最怕冷场，然而一时竟没什么话头，往窗外看看，山上爬山人的歌声笑声又过来了，她又有了话头，就继续说下去了。眼睛依旧望着歌声的方向，一双丹凤眼里依旧有戏，仿佛这么一来几个人就都知道了她的话头是因着山上的人来的。也算是演员的自觉。

"现在的年轻人，到底和我们那时候不一样了呢。'婊'字、'日'字随便就说得出口，'爸爸''妈妈'乱叫，'×你妈'变成'草尼马'就不是脏话了。我们那时候，'婊子'可是不能随便骂的，是不是？骂了'婊子'那是要出人命的，现在可好，一口一个'婊'，'绿茶婊''心机婊'，都是'婊'，背后也能说，当面也能说，说了也没事，还笑作一团。也奇怪，这么说开了，这意思也没那么重了，最后全都变成平常话了。我终归是说不出口。你能说得出口吗？朱虹？你能说得出口吗？"

朱虹长得娴静，一派贤妻良母的样子，说话也慢悠悠的，是"气质女性"的声音："我也说不出口。我但凡说得出口，李雨帆的粉丝在微博上骂我'没戏拍的老婊子'，我也不至于回不了嘴，只好装作没看见。装作没看见都不行，他们查得到上线记录，一会儿又截图发出来了，'朱虹三个小时上线十五次'。"

蓝岚："那是你怂了，换了我，一样骂回去。选几个闹腾得最欢的挂出来，再到他们微博里找几张自拍缀在后面，把和他们互相关注的人一个个艾特过去，看看谁先怕了。"

一旁微胖的女人开口了："现在的年轻人这么泼辣的吗？就是世风日下，这也世风日下了几百几千年了，也该碰到底了，这么看来，竟还是远远没有碰到底呢。还可以再世风日下一千年。"

朱虹听出这话里有话，不大乐意："佩云你现在是阔太太了，八百年不出来拍戏，哪里知道现在的事。"

王佩云有点不耐烦了："又拿这个说事。都是一千年的妖精，好歹我也拍过两百年的戏呢，剧组什么样我不知道吗？要说骂人，哪能比得过现场的导演？就连报纸上最温文尔雅的常平导演，电影诗人，中国的塔可夫斯基，现场是怎么骂人的？都是刀子嘴，也都是刀子心，你飞我一刀，我飞你一刀，吃杀青饭时又抱在一起流眼泪，'抱歉、对不起、别往心里去，都是为了戏好'。能往心里去吗？转天换个组，还要见面。没有几分边缘人格，走不了这个江湖。我们家家明说毕业了要去做电影，我起初不知道怎么跟他说，想了一想，找到说法了，我的儿子我能不了解？我就问，家明你现在认识初中学历的人不？他还想打岔，初中学历？谁还没上过初中？我说，不是上过初中，是最高学历为初中。家明老老实实地说，不认识。他这一圈学上下来，常来往的朋友里没有几个不是常春藤的，慢说是初中学历的了。我又问，常和你在一起的那几个都是什么学历？苏静静什么学历？李飞宇什么学历？ Dilan什么学历？好，那我告诉你，到了剧组里，好多初中学历的，你还得一个个求过去。更何况，你爹妈虽然有点身份，但还没到凡事不求人那一步，拍电影那是自己把自己架在火上烤，还是求着别人烤自个。登时就戳到他肺管子上了，再不提拍电影的事了。"

蓝岚："以前骂人就是骂人，倒也捅不大，现在能捅到天上去，让全世界骂。吴静可不就给捅出去了？朱虹，那段视频你还有没有？给佩云看看。"

朱虹："我哪会存那么久，放在手机里还怕烫手。"

王佩云像是要反驳她们说她不知道世事，赶紧加上一句："我早看过了。不是说我不关心同学吗，就是没想到竟是通过热搜关心到的，可惜热搜只停留了半天。过气也有过气的好，疯了也没人关心，死了也没人关心。"

蓝岚笑了："嫁了豪门就有人关心了。"又转头看向朱虹："不存几段要紧的视频，但凡有个事吵起来了，都拿不出证据。微信、照片、录音、视频，都要存好。尤其你们这些还恋着爱的，尤其是跟小鲜肉恋爱的。"说着，拍拍手里的手机，突然又不笑了，望向角落里蜷在沙发上的细眉细眼的周念青："谁过去看看吴静？药吃了没有？这一转眼就天亮了，仪式上要还疯疯癫癫的怎么办？周念青你倒是看看去。"

周念青装作恼了："凭什么就要我去看？我就是多演了几次医生，又不是真医生。就是演医生，也是忙着谈恋爱的医生，对着一根直线的心电图指指点点。"

蓝岚又笑了，似乎有几分欣赏："看看这一个个的，嘴巴厉害得很，算是练出来了，读电影学院的时候，但凡嘴皮子有这么活络，也不会天天让台词老师骂。"

王佩云皱着眉头问："疯得这么厉害吗？也不分时间场合的？"

蓝岚："但凡知道分时间场合，那也不是真疯了。第一次疯出名来，是在《西游狮驼岭》剧组里，兴许是熬得太晚了，也兴许是装扮道具都太恐怖了，突然就不行了，在现场大喊'我是齐天大圣，我是齐天大圣，你们都是傻×'，那一回算是爆炸了。这剧组正愁找不到料，狮驼岭尸山血海又不能炒，炒了算负面，这可好，王母娘娘现场表演精神病发作，第二天就铺天盖地地传开了，善财童子瞪大了眼的表情都给做成表情包。就是没想到，孙平这小子，也算有良心，马上求到从前的上司那里去，又左右打点，总算压下去了。结果不出半年，又来一回，这回是出去散心，在威尼斯那个什么奈何桥下面，坐着船呢，又不行了，闹着要下到水里去，说水底有人等着搭救，船都快整翻了。正巧旁边有中国旅行团，就给拍了视频。先发酵了好几天，'华人女子意大利奈何桥发疯'，才有人认出来是吴静，视频已经满天飞了，这回就压不下去了。"

朱虹笑了："什么奈何桥、叹息桥！"

王佩云也笑了："孙平真是有点义气，也或许是内疚呢？"

蓝岚："管他是内疚还是义气呢，也算是有点心，有这点心，在这年头也算不容易了。这五年里，隔三岔五找医生，送出去散心，找大师，这些都是他出的钱。最让人想不到是，竟然安排吴静演他的剧，说是有点事情做，周围人众星拱月，兴许就好了呢？演员颓掉那多半是没人抬举了，抬举着点就好了。结果，到了剧组，才拍了三天，遇到放饭，本该助理去取的，那助理是临时请的，不知跑哪去了，吴静左等不来右等不来，自己下楼去取，正要伸手，一边管饭的人喊'那是韩国人的，你少动'，吴静哪里受得了这鸟气，上去就掀了桌子。"

王佩云："孙平后来还管吗？"

蓝岚："还管啊，咬咬牙也得管。最好笑的是，找我去他办公室聊吴静的事，我一推门，孙平站在窗子前，留个背影给我，然后转过身来，幽幽一叹。也不知那么站了多久。"随即学着叹了口气："像周朴园，像何慕天。再拿个烟斗就更像。好好的人，什

94

么都好，有情有义，可惜就是爱演。二十岁的时候爱演，五十多岁了还是爱演。"随即又学他，幽幽一叹。

几个人都很懂，齐齐笑出声来。

说起烟斗，蓝岚想起烟来，又对周念青说："你的那种蓝莓味的烟弹还有没有，再给我一颗。"

周念青："有呢有呢，范斯凯勒太太。"

蓝岚笑了："你这嘴，就抽你一颗烟，这么多的烂话。"然后出神片刻，又笑了，"当年你跟王秦夫在一起的时候，但凡有这么伶牙俐齿能说会道，可能也是另外一个样子了。可惜啊可惜，台上净演些坏女人，王熙凤、布兰奇、女特务！真人是个闷葫芦！"

周念青故意学译制片腔调："嗨，范斯凯勒太太，您又提起这个人了，我可真想踢您的屁股！"一边说，一边翻开行李，拿出烟弹递给蓝岚。

蓝岚看她的行李箱，看得目不转睛："你竟还没有变。出来住一天都带这么些东西。香薰、香薰蜡烛、拖鞋、小熊、珠珠串串，还有这面膜，估摸着你能用到第三次世界大战。"

周念青："我这是跟我们家猫学的，到哪里都要带点自己的东西，到处放一放，把空间占领喽，变成自己的，才能舒舒服服卧下去。不然，剧组住的那些地方，也真是待不下去。放点零碎东西，才有点生人气，才觉得那是我的地盘。"

蓝岚："也就你讲究多，住个酒店，走廊尽头的不能住，阴面的不能住，进了屋子感觉不好的不能住，有大镜子的不能住。真不知道你这些年跟着剧组走南闯北，都是怎么过来的。大转场的时候拖着这几口箱子，不觉得像逃难呐。"

周念青："不也都过来了？"

蓝岚："女人都有这本事，你是女人中的女人。"

周念青："那你是没留心过现在的年轻男人。什么都带，还格外会收纳，他们装进一个行李箱的东西，我得用两个行李箱来装。"

正在这时，门口传来"剥剥"几声，随即有人推开门，先探进一张俏眉俏眼的脸，然后侧进来一个身子，本来是弯着腰的，侧进来后才慢慢伸展，竟像是迎风长大了。宽肩、细腰、翘臀，成年人的精壮身子，脸却是婴儿的脸，眉心的距离又格外窄，显得脸特别狭长，加上那总是迎风长大一般的姿态，有种说不出的魅惑。蓝岚每次看到这条身子，就明白朱虹为什么把他留在身边，但一转身就忘了这缘由，又反复琢磨，为什么呢？为什么呢？直到下一次看到他，才会重新想起来，重新理解了。他那一具肉身，似乎像个幻象，构不成稍为坚实的理由。

这迎风长大的人，先对着一屋子的女人笑了笑："门都不锁的吗？"然后又对朱虹说："我先回来了，他们还在山上。"

周念青："这里风邪的，说起年轻男人，年轻男人就来了。"

朱虹："发个微信不就好了，非要探头探脑来这么一出。要不是你撺掇，岚岚家的小李小张，青姐家的花花，还有 Amebr，能跟着你上山去？现在倒好，你回来了，把他们扔在山上，他们一群小孩子，花花还穿着高跟鞋，遇到狼了怎么办？岚岚不得变成祥林嫂，天天跟我要人。"

　　蓝岚听了，并不在意，反而把两只手在嘴边搭成喇叭状，然后模仿起狼嗥的声音来。到底是经过声音训练的，气息又足，学得格外逼真。试着叫了一声后，大概也是觉得自己学得像模像样，就忍不住又把双手搭在嘴边，加大声量，长长地嗥了一声，这一次还故意对着月亮，像是马上要变身了。嗥完了，转过头来，嘴角竟有几分笑意。

　　王佩云被这突如其来的表演欲给惊到了，这种表演欲，是她从前最熟悉也最嫌弃的东西，但她知道自己终究也摆脱不了这种表演欲，像月亮摆脱不了狼嗥，也像狼人摆脱不了月圆之夜。她也熟悉那种笑意，那是演员在掌声里退场时常有的，暗暗的得意，又要装作不动声色，似乎那不过是礼仪性的笑，但又要在不动声色的基础上，露出一点点暗暗得意的意思来，闪闪躲躲，含苞待放，是种三重间谍的笑。她看着蓝岚，一时不知该做何反应。

　　周念青倒是看到了脱身的机会，赶紧对这年轻人说："孟子亮，你到你静姐那边看看去，看看她吃药没有，别跑出去了我们也不知道，我们几个有几年没见了，多说会子话。"

朱虹倒不乐意了："你倒是会使唤人。"

周念青嬉皮笑脸："你演太太我演老妈子，你演主任我演护士，使唤的次数还少了？如今有了机会使唤一下你的人，还不得抓紧了。亮亮你快去，别站着。"

孟子亮笑一下，关了门，转身出去了。

看着孟子亮走出去了，蓝岚向着门口看了一阵子，回身问："上一回是谁爆出去的？"

周念青接上："王小玉。"

王佩云："谁？不知道。"

周念青："赵德进公司新签的，《凌烟传》里演过什么罗贵人。"

蓝岚："听听这名字，王小玉，十三点的名字，小学里一准被人起外号。"

朱虹一腔怨气："这姑娘，不知道从哪里学的，说起话来，两只胳膊在胸口一抱，梗着脖子，跟个老鸨子似的，又有龅牙，没完没了抿嘴，更加像老鸨子，一口一个'哟'——'哟，你今天可是满面春风呀，昨天晚上遇到什么好事了'，'哟，你这口红颜色不错啊，脸色看上去不那么暗了'，'哟，你还真是人畜无害天真无邪呀'，浮夸到不得了，似乎大有深意，仔细想想也没有，就是那么一种做派。不知道从哪里学的，或许是跟后宫戏学的？就是蓝岚说的，都不学好。奇了怪了，渐渐地竟然也学成平常了，大家也习惯了，竟然成了时髦了。也不是她一个，好好的姑娘小伙，都'哟''哟'的，不管在哪里，只要听到有人'哟'，我就不由自主走慢一点，也不是故意的，就是会下意识地卡一下。那声'哟'把我们卡住了，'哟'那边是他们，'哟'这边是我们。"

蓝岚从桌上抽了张纸拈在手里，把两只胳膊交抱在胸前，梗着脖子，斜乜着眼睛，然后挥一下那张纸，夸张地说了声："哟!"然后，"呸呸呸，就是这种水平的演技，过家家演技。要是我们这么演风尘女子，安瑞娟老师一准儿一个大嘴巴子上来：滚，赶紧把布莱希特和尤金·奥尼尔给我还回来，回你们蒲北县文工团去。再者说了，苏蓉蓉孩子的爹是谁，李又白国外三年干了什么，圈子里谁不知道，不过是大家齐心协力要瞒住一点。谁又比谁干净，谁屁股上没屎，谁家衣柜里没藏着个人，消息消化在圈子里就好。朱虹跟亮亮在一起兜兜转转也不是一年半载了，都知道，都不说破，就她十三点，喊了狗仔来拍。"

朱虹："也无所谓了，过气的人了，也无所谓秘密不秘密，隐私不隐私了。说起演技呢，过家家演技都不算什么，现在有一种灵修似的演技，让你静坐、内观，体验自己的情绪，捕捉空气里的信息，然后歇斯底里大发作，跟鬼上了身似的。"

听到朱虹提起"灵修"，周念青有些不自在，马上转了话题："那孙平也把王小玉治得够惨，到现在都没戏拍，商业也接不到。"

蓝岚："活该！自己一屁股屎，到处揭发这个揭发那个，爆这个料爆那个料。说归说，孙平真是讲义气，真的是老派人，管着吴静，还把这几个姐姐妹妹都管过来。这就不是假的了，假的若能假这么久，这么深，那也比真的还真了。"

朱虹："三十多年的交情了，到了这个岁数，想换朋友也没得换了。找人容易，找一起经过那些事的人不容易，时间也不能倒着走，换个人再重来一遍，不然怎么说'知交老更亲'。只好假戏真做，藕断丝连，拉拉扯扯，一起混下去了。你，我，还不是一样，混着吧。"

蓝岚："可不，想换也没得换了，从上年年底到现在，不过五个月，算上张静莹，这已经走了八个人了。心梗的，跳楼的，喝酒喝死的，爬雪山遇到雪崩的。人真的是，两头死得快，小的时候死得容易，老了死得容易，中间这段倒是活着，但活得也不容易。就没有容易的时候。"

王佩云："你的朋友圈子邪了门了，我认识的也走了几个，没有八个这么多。"

蓝岚："可不，邪了门了。"

王佩云："不如请个大师？"

蓝岚："你给介绍一个？算了，你们有钱人请的大师，规矩多，我们也请不起！你没看香港人请个风水师父，礼金要用运钞车拉！"

2

孟子亮出了门，走过长长的走廊，到了大厅，Amebr在大厅里等他，看他走过来了，不等他走近，就转身走起来了，边走边问："都是张静莹的同班同学？看不出来难过的样子。不像是来参加葬礼的，倒像是来走秀的。"

在强势的女人面前，孟子亮一向是唯唯诺诺随波逐流，只不过背后不照着做就是，但听到Amebr这么说，又忍不住为她们辩护几句，一边是小心惯了，不知道Amebr这么说是什么意思，另一边也是体谅："都是同学，表演系明星班的，在学校的时候还演过同一部电影，《女生公寓507》，就是因这部电影红的。张静莹走得也巧，《女生公寓507》北影节复映的第二天。不难过那是假的，只不过，都是演员，哪能喜怒哀乐全都写在脸上，当真不在意不难过，也就不来了。"本想说"你看白飞飞就没有来"，又生生吞回去了。

Amebr穿着高跟鞋，走在大理石地面上噔噔的，孟子亮觉得那声音格外响亮，不注意还好，一注意到，越发觉得那声音大，大到不能忍受。

不知不觉，已经走到旋梯前了，那宾馆的主楼是二十世纪六十年代的俄式建筑，旋梯也是羊头羊角形的，在当年一定是豪华的，可惜几十年下来，多少有点破败的样子，尽管一样铺着地毯，地毯上也尽是烟疤和痰迹。

孟子亮在那个旋梯前面站住了，往上看了看，似乎要下点决心才能上去。Amebr在一边说："是要去看吴静吗？有什么要看的呢？摆明了明天是不能出场了。"

孟子亮说："我一个人去吧，你别去了……算了，我们等下再去。"

两人转身出了宾馆大厅，眼前是一片草坪，这样荒败的宾馆，草坪倒是有人打理，平平整整，割草机留下的印子条缕分明，一直延伸到院子尽头，和山的阴影融为一体。山是黑的，山的上面，月亮快要落下去了，快要落下去的月亮，不那么白，是一种暗暗的金，看上去一片昏黄、浊里浊气的。

突然有什么东西从草地上快速地穿过去了，与此同时，草地尽头的树木上，一阵扑棱棱的声音，似乎是夜鸟惊飞。Amebr被惊得浑身一颤，转身就往回走，孟子亮也跟着走了回来。

Amebr边走边看手机，突然站定了："凌凤华昨天死了，刚刚才放出消息来，也是明天办葬礼。咱们的……不不……张静莹的葬礼，怕是没人来了。"

3

月亮快要落下去了，月亮下面，是黑的山，像一只梦着的兽，暗金色的月亮，被这只兽吸着往下坠，连着天幕也一块扯下去了。月亮快要靠近山的时候，停了一停，这兽似乎等不及了，仿佛抖了一抖，单单把月亮扯下去了，月亮猛地一震，也就不见了。站在窗子前的朱虹，也不由震了一震。

朱虹转身走回来："简直想不到，火葬场离这只有三公里，没准我们待在这里的这几个小时，那里还突突地烧着人，烧出来的灰到处飘着撒着，草地上落着灰，水池子里落着灰，爬山的人一脚一脚，都踩在灰里，我们吃的这点心上也落了死人灰。我们就活在死人灰里，装作不知道。"

蓝岚听了她的话，毛骨悚然："我倒是发现，自打你跟孟子亮在一起，成天惦记的都是死啊活啊，老啊少啊，这我懂。"说着，扮出一副老干部的姿态，过去拍拍朱虹的肩膀："不要这样，同志，不要这样。"大家都笑了，那姿态台词，她们都熟悉，老电影《向阳村》里生出来的一个梗。

朱虹被戳中心事，倒也没有否认："红叶配白头，金发绕白骨。"

周念青："这是什么戏里的？"

朱虹："秋天的红叶配白头翁，国画里常有的，我也是这几年画了国画才知道的。红叶红得像花，其实是到了秋天了，不长久，白头翁看着是白头，其实不知是老是少，像花的不是花，白头的不是白头，都是假的。红配白，看着艳，看着热闹，其实惨，其实没有出路，看到的都不是看到的，都是假的。"

周念青："金发绕白骨呢?"

朱虹："有一回和孟子亮去测字，那测字的也特别，不是让我写了来测，而是让我先捡几个数字，然后按照数字翻开一本书，查第几页第几行写了什么，翻开一看，写的是'金发如镯绕白骨'。不用他解字，我也看明白了。"

周念青来了精神："倒像是佛家的道理。那本书叫什么? 你给我看看。"

朱虹："当时光忙着记那几个字，哪里记得是什么书。"

正说着，门那边又是"剥剥"几声，孟子亮探头进来，又是一个迎风长的姿势，然后对着几个女人说："你们看一下手机。"

蓝岚边说边打亮手机："是什么?"翻着翻着明白了："一个时代又结束了。真受不了这些写字的人，就不能想些新词，一个时代每天都要结束好几回。"

周念青："阿弥陀佛，竟是凌凤华。"

王佩云："凌凤华才死了? 我感觉她都是古代人了。"

朱虹："那是你不出来了，这些年多多少少还有些她的动静。早几年《瀛台落日》拍电影，慈禧太后是她演的。我们排《欲望号街车》，她来剧院看过，没有登台，也没有说话，就是悄悄在台下坐着看。我在台上看见角落里坐着人，以为是剧院的人，我还分了神，心想，打扫卫生的也偷空来看戏，那是真爱戏了，后来才知道是她。后来就再没有她的消息了，一转眼也有四五年了。"

周念青："新闻里说了是什么病吗？"

朱虹："你也是有信仰的人呢。七十八岁了，什么病都不稀奇。"

孟子亮忍不住插话："那明天怎么办？还照旧？"

蓝岚似乎突然想起来这一群人为何而来，给出一个真相大白的表情，然后说："这下完了，明天说好要来的人，怕是都不来了。"

朱虹："我说呢，刚才看到《银幕内外》的詹靖山发的微信，还没顾上回，他说他明天来不了了，让我们回头给他个通稿就好。这人请得也勉强，我是答应帮他牵线，给一个我们公司王一陶的专访，这才答应来的，一转眼，说放鸽子就放鸽子，估计是要去凌凤华那边。"

孟子亮看了看手机，把手机合在掌心里，甩甩手掌，姿态放松不少："消息都灵通得很，这不，'松鼠娱乐'和'首映'的人也不来了，也让给通稿，还问我能不能找人写张静莹，不过只能发次条。"

王佩云大惑不解："要说过气吧，凌凤华不是早过气了，张静莹过气归过气，好歹还时不时演电视剧呢，还得奖呢。这怎么凌凤华死了，还能这么大排场？"

蓝岚："你不知道？凌凤华是不演戏了，大儿子做地产，二儿子有常圣影业，女儿嫁了周家，更别说小儿子，正在风头上，最主要是一个孙子一个孙女，刚刚选秀出道。冲着孙子孙女，他们也要去。张静莹有什么？乳腺癌、离婚、过气、单打独斗，有一回我去他们剧组，她正帮着导演给当地的地痞混子低三下四地下话呢，说导演和制片都太年轻，才第二次拍片，'有眼不识泰山'。我万万没想到，当年的表演系才女，竟能说出'有眼不识泰山'……就当她是演的吧，如果是演的，倒也好了。这六七年，我都念叨着她那句'有眼不识泰山'，念叨一回，眼睛湿一回。就当她是演的，我入戏了吧。"

周念青："懂的懂的，我们都懂。"又安慰蓝岚："也不全是因为这个，到底凌凤华有故事，可以写的东西多。"

蓝岚："那倒也是。快八十的人了，经历了多少事，一个世纪的故事都可以写进去，然后再加上一句'一个时代的终结'，就可以了。"说完又笑了笑，像是嘲笑，又像是自嘲："嗨，'一个时代结束了'。"

周念青："写了又能怎样呢？"

朱虹："写了也不能怎么样，最后都成灰了。"说着，掸了掸手，仿佛手上有灰尘。

看着这群人的样子，蓝岚瘫坐在沙发上，喃喃地说："搞了半天，我们竟是盼着人来看她的葬礼，拉着扯着人来看。看什么呢？有什么好看呢？都成灰了。"

周念青："回头记者该说了，死的人不需要这个排场，都是活着的人需要。"

蓝岚："不如算了，不担这个虚名了，我们明天也不去了，都去凌凤华那边，都去吧，不管张静莹了，她不红，她过气了，她无儿无女，单打独斗，有眼不识泰山，我们跟红顶白，哈哈哈哈。"

朱虹看着蓝岚这歇斯底里的样子："你倒像是'灵修派'演技上身了。"

蓝岚收回了表情："话说回来，凌凤华那边也该去，我跟她演过《原野》，我演金子，她演焦母。"

朱虹："我跟她演过《七日断肠》，她演太后，我演紫毫，五年后还见过她，她跟林溪一起参加电影百年的活动。林溪也是当年的大明星了，一个小本子，摘了些名人名言，聊着聊着，就要给人看，'人生最幸福的事，就是交了几个心地和品行都很正直的朋友'，我就记得这一句。这一见之下，就见光死了。凌凤华没有，她还是很冷，冷清里有亲近。"

周念青："我在学校的时候，跟她一起演过《旷野之神》，后来一起拍过《一代妖后》，不过她在B组，我跟她没有对手戏，从头到尾没见着。"

王佩云："倒像是座谈会了。就我，还没跟她拍过戏，连见都没有见过。"

周念青说："那你见见。"随即念起《旷野之神》里的台词：

"把你的灯挪开罢！仅仅让那苍白的芦苇、阴郁的森林在你的光芒里稍稍惊慌失措。我将独自分开他们急切扑来的手臂的林，在习惯的黑暗里他们尽情吐露秘密。

"让你的面容在黑暗里稍一展现，你就离去罢！你侧转了你忧郁的脸庞，和我在镜子里看到的一样陌生。每一根线条，每一块由浅及深的阴影，我都将重温！

"让生命之欢悦离我而去吧！包括友爱、温暖，而仅留我以充足的睡眠。让我双足赤裸，让我的足缝嵌满沙砾。在烟草气味弥漫、脏话和邪笑充溢的小酒馆，让他们为我的歌感动！并且有人追随我而出，望望起了风的白土路，茫然若失。

"这一天天的行走把我一点点倒空，又一点点充满。而在雨后的湖泊、日落后满是芒草的山峦，你稍纵即逝的面容无处不在。"

朱虹："《七日断肠》里有一段台词我也记得，当年学莎士比亚体的一个本子，后来老在综艺节目里演这段。"她站起来，一人分饰两角：

"陌生的歌者啊，你不知道你的歌声像尖利的刀子，触到了我心里最为柔软的地方。"

"你是谁啊，如果是人世之潮将我推送，在你窗前歌一曲而后身不由己地离去，我不会知道你的赞美，再没有比你尊贵的眼泪更珍贵的奖赏了。"

"我不知道是哪个人入睡后没有守住他的灵魂，使得这溢出体外的灵魂选择了我的身体作为他的居所，我只是个没有往昔的人，注定要悲惨地在夜里被过去模糊零乱的片段惊醒，我却不知道那些面容和声音的来处。或许被这命运的嘲笑戏弄得足够了以后，我才将自由地行走在无所拘役的空间，游遍那些开着罂粟花的草原和大地悲痛地撕裂自己的峡谷，如果这种自由只有用死亡的途径才能企及，我想有个伴。"

"可是我听说那些自由漫游的路上充满了凌厉的刀锋和黑色的毒药，还有冥河，无论是谁，跌落下去都会化作白骨浮出。无论是人间还是天堂，幸福都需要与之相应的痛苦作为代价。"

"如果毒焰舔食了我的双脚，而我因此能赢得你的眼泪？如果刀锋穿过我的两腿，而轻抚伤口的是你莲花般的双手？如果翻滚的冥河上漂有你用歌声撼下的绿叶，我们就能登萍渡水。"

一旁的孟子亮说话了："我跟她演过《千年之恋》，她演我奶奶董丽君，我跟她有不少对手戏。后来赶上批评穿越，没火。"

蓝岚："穿越到民国那个？没火？"

孟子亮："没火，一点声响都没有，也就四年前吧，辛辛苦苦拍了三个半月，后来又重拍了一个半月，没火。"

他念出一段台词，是他对戏里的奶奶董丽君说的，他刻意模仿着那种老话剧腔："家里的生意算什么，我在外面遇到过好多您的影迷，说起我们家的生意没人知道，说起您的名字都知道。巴黎有个老先生，跟我扳着手指头数您拍过的电影，《故园春梦》《桐花千山路》《红线盗盒》《琵琶行》《假凤虚凰》，他不迷阮玲玉、胡蝶、王丹凤、李丽华，他就迷您，《故园春梦》这片子，他到大光明戏院去看过十遍呢，一个月的工资没了。他还会背里面的台词：'你，你奔着那海上的光明去了，我，我还留在这黑暗的家庭里，看着太阳光照过暹罗猫，又照过英国钟，照着手上的针线活。你，你的世界有天那么大，我，我的世界只有这么一丁点儿。'"

蓝岚哈哈大笑："这酸文假醋的，谁写的，看看我们《原野》的词。"她站起来，整整衣服，说的却是焦母的词："娼子！贱货！狐狸精！你迷人迷不够，你还当着我面迷他吗？不要脸，脸蛋子是屁股，满嘴瞎话的败家精。当着我，妈长妈短，你灌你丈夫迷魂汤；背着我，恨不得叫大星把我害死，你当我不知道，活妖精！你别欺负你丈夫老实，你放正良心说，你昨儿夜里干什么？你刚才是在干什么？你说，你为什么白天关着房门，关了门喊喊喳喳的，是谁跟你说话？我打进房去，是哪个野王八蛋跳了窗户跑了？你说，当着你的丈夫，你跟我们也讲明白，我是怎么逼了你，欺负你？"

朱虹笑了："只要是在台上，也不内向了，也不抑郁了，婊子贱货随便说！随便骂！"

蓝岚一口气说完这段词，竟有些心潮起伏，脸红扑扑的，打个旋子，坐回沙发上："好歹，也和这个时代最伟大的女演员一起演过戏。一个时代终结之前，也算扑腾过两回。哈哈哈哈，一个时代终结啦！再见再见！"

周念青小心翼翼地问："那明天你是要去凌凤华那边？"

蓝岚："咱们演过了，念过了，就算是去过了。明天还是在咱们这边，哪里也不去。朱虹，你不准去，王佩云，你也不许去，你不做电影生意，也不做房地产，谁都犯不着巴结。"

王佩云："我什么时候说我要去了？就针对我！"

蓝岚："生意人嘛，都是会心算的，可不得把你盯紧了。"转身向着孟子亮说："让你去看看吴静的，你到底去没去呢？"

4

孟子亮又回到走廊里。

这一次，他倒是觉得自己的脚步声大得出奇，噔噔的，他不得不收着点脚步，声音照旧很大，但想一想这宾馆里就住着这么几个人，倒也不在意了，慢慢又放开步子，没几步就走到了旋梯前。这一次，他没有犹豫，走上去，左拐，305房。

到了门口，刚要伸手敲门，又停住了，门里的女人正在骂人，他把耳朵贴到门上，仔细听听，似乎是在喃喃自骂，那声音隔着门传过来，闷闷的，但还听得到，不知是哪里的方言："死开盖！开盖货！死开盖！开盖货！死开盖！开盖货！不要脸！不要脸！婊子！贱货！猪八戒！"

他像是听见了什么了不得的东西，整个身子从门上弹起来，往后一倾，随后慌慌张张地下了楼，穿过大厅，走到门外，定定神，刚要掏出烟来，却看见天上絮絮地飘着些什么，陡然想起火葬场就在附近，不由心头一凛，却又忍不住伸手去接，又用力嗅嗅，才发现是落土了。

这土落在所有有活人的地方，也落在所有拍过戏的地方，也分不清是灰尘呢，还是人的灰。他想着。

2021年5月8日—10日

天使之声

现在也还是一样。走进我们厂的居民区，你就会看见一堆堆垃圾，垃圾台早就塞满了，不过人们还是走到垃圾台上去倒垃圾，当然是倒不进去的，仍然撒在外面了，不过总算是倒在了该倒的地方。老有人在垃圾堆上点火，于是，胶皮，纸板还有其他什么东西烧着的味道飘到居民区的每一个角落，这无所谓，反正我们很少打开窗子，每家都一样。

三十三号楼前有一个水泥篮球场，周围还有水泥看台，那儿经常有些男孩子打篮球，他们穿的球衣顶多是中号的，不过这不妨碍他们喜欢篮球。他们的球衣也很好看，蕉红的，宝蓝的，碧绿的，金黄的，这让他们看起来很不平凡，尤其是周围的楼大多是土灰的，这些颜色看起来就更醒目。他们自己好像也知道这一点，所以特别跩。不过，有一天他们也会跟他们的爹妈一样，脸色灰黄，枯瘦，驼背。我们这儿的男人，到了三十岁以上，全都是这样。

我还没有到和伙伴们换穿球衣的年龄，我通常只有和朋友们——他们全都十三四岁——在旁边看的份，有时候篮球出了场，那些大一点的男孩子就指挥我们去捡，我们当中有一个孩子很乐意做这事。

我们也有自己的游戏，在上学之外，我们打架，打电子游戏，看录像，有时候会逃了课去做这些。不过，这样的话，我们就得在老师面前撒谎。有些孩子家里人很多，对撒谎很有帮助，比如韩志鹏吧，他逃了课，就对老师说他叔叔又犯精神病啦，他去医院了呀，或者他爸爸在车间又跟人打架受了伤啦，他有的是撒谎的材料，而且都很管用，老师通常不会再多问。

我们中间的女孩子，到了十三四岁就都有了男朋友，他们帮她们打架，有时候还给她们一点零钱，摩托车上，水泥管里，都是他们亲热的好地方……唉，西部厂区真是一个教人难过的地方。

不过，每到星期六和星期天，爸妈会把我打扮得干干净净送去参加合唱团的排练。我得穿上一周才穿一次的白衬衣、一条黑颜色的裤子，它们多半还有肥皂的香。其他的孩子也和我一样，都穿着干净整齐的衣服，而且，我们还互相说"谢谢""对不起""再见"。

我们的合唱团叫作"天使之声"，由六十个七岁到十二三岁的孩子组成，到了十四五岁，或者再早些，有些人的声音发生变化了，或者，上了高年级，课程紧张了，就要退团，我们都管这叫"退休"。退休的孩子，还可以常回来看别人排练，有演出的时候，还可以得到一张票。

我们唱的歌很好听。我这么说不免有些自夸的味道，可是我夸的是很多人，不是我一个人，这总可以的。我们站在队伍中，等待着伴奏的老师奏完过门，我莫名其妙觉得很激动。终于，指挥的老师示意开始，我们轻轻地唱出：

蓝蓝的天空上，挂着一道彩虹，

碧绿的草原上，有着成群的牛羊。

我每次都不能相信这是我们的声音，更不能相信我的声音也在当中。我曾经试过自己一个人唱，但不行，太难听了。你也可以试试，没准会比我还觉得沮丧些，可是，一到了合唱中，那声音就美妙无比，我简直分不清自己的声音，有时我会恍惚地觉着，这就是我的声音嘛！后来我想，可能是一些人唱得不好的地方，恰巧另一些人唱得很好，我想是这么回事。

也有让人扫兴的时候，那就是刚唱了没两句，老师就让我们停下。那多半是因为我们感情不够充沛，更多的时候，是一两个人唱错了，甚至出了怪声。

李明城就是最爱出错的那个人。他常常会在指挥的老师还没有把手势做完的时候，就猛然发声唱歌，或者在不该他那个声部出声的时候照唱不误，还会在唱到高音的时候声音分岔，像毛笔头成了两股一样。

刚开始，他的这一套把戏会让几个女孩子笑出声来，不过，时间一久，当一首歌常常因为他而在最好听的时候反复停止时，我们都实在烦透了他这一套。他长得也不行，常常在演出之后，会有观众问："第二排的那个大头是谁啊？"而且，他唱到高兴的时候还会摇头晃脑，台下就会有人小声地笑。

这很烦人，我们都以为在合唱团里就没人笑你，没人冷落你，像我们西部厂区的孩子平时遇到的那样。看来，这还是免不了。

就算他唱歌难听，还时时忘词，有这样那样的缺点，可只要他想穿上"天使之声"合唱团的黑马夹，并且在演出时打上领结的话，就没人能阻止他。因为他爸爸就是厂长。

我们都在报纸上见过他爸爸的照片，那些文章的题目多半叫"弄潮儿当立潮头"，或者"前进路上领头人"。我们都非常不喜欢他爸爸的长相，或许是因为操心过度，他爸爸在还不能算太老的时候，头发和眉毛就全部变灰白了，脸却还是那个年龄的脸，光滑，没有皱纹，眼睛乌黑，嘴唇红润。这样一张脸出现在报纸上是能吸引住目光的，就像宣传禁毒的照片上，那些因为吸毒而导致溃烂的脸一样，人们看见了虽然很害怕，却久久不愿把目光移开。我想，凡是不同寻常的事物都有这种吸引力。然而，让我迷惑的是，拥有这么一张脸不能算是他自己的罪过，大人们常常告诫我们不可以嘲笑别人的生理缺陷，然而，我经常听见大人们背地里管李明城的爸爸叫"白眉老妖道"。

我们不只怕李明城爸爸的长相，也害怕他这个人，或许这是从大人们那里传染来的吧。有一次，李明城在我去拿放在课桌上的眼镜的时候，故意把我的手一推，并且从掉在地上的眼镜上踩过去了，那是在一次小测验马上就要开始的时候，测验的题目是老师抄在黑板上的。回到家里，我把这件事告诉爸妈，爸皱着眉头说："你惹他了没有？"我说："这怎么可能呐？我哪儿敢惹他啊？"爸就不说话了。大概是在临睡前吧，我听见爸叹了一口气。后来我们谁都不愿意再提这事了。

临近国庆节的时候，我们"天使之声"要参加全市的合唱比赛，而李明城的唱歌水平似乎没有任何长进。有一次排练结束，我听见老师在很小声而且很小心地和李明城商量，要他在比赛的时候只张嘴，不要发声。老师用了很多"好吗？"。第二天，李明城的厂长爸爸冲进老师的宿舍，抄起一根炉子通条把老师的头打破了。

孩子间的敌意和仇视来得既快又强烈，合唱比赛回来，我们全都不和李明城说话。在一次排练的时候，眼看到了李明城的声音最容易分岔的那一句，我们其他人全都不约而同猛然闭住了嘴，只听见李明城一个人怪声唱着："啊，春雨——"我们拼命笑了足有一分钟才停止，而他气得抽搐着哭起来了，并且脸色发白。

这种情形让我们有一点满意。同学来我家玩的时候，我常常会指给他们看李明城家，因为李明城家的楼就在我们对面，他通常都会趴在阳台上往外望，脸贴在窗玻璃上，显得很苍白。和我们西部厂区所有的楼一样，他们家的那幢楼也是灰色的，和另外一幢同样外形的灰楼相连，两幢楼之间有一段空隙，非常窄，为了不让人往空隙里倒垃圾、大小便，空隙的两头都被砖墙砌住了，那砖墙也是灰色的，他家那一片的灰色面积就特别大，李明城苍白的脸在这一片灰色中很显眼。

不过，孩子中的敌意也是很容易被消除的。过年那几天，我就又冲着他笑了。那是过年前三天吧，家家都准备好过年的东西了，开始忙着收拾电视天线。每家人都会爬到楼顶上去转天线，通常是爸爸在楼顶转，妈妈在家里看电视，再告诉站在楼外空地上的孩子，孩子再喊给楼顶上的爸爸，就这样，吵吵闹闹的，要到过完年才停下来。

我家在六楼，是顶层，门外架着一架铝梯，人们从那儿爬到楼顶去转天线，所以，一听见楼道里有人说话，我们就知道是转天线的来了。爸爸通常会出去打个招呼，问人家要不要帮忙。过年前，我央求了爸爸很久，终于得到同意，可以和爸爸一起爬到楼顶上去转天线。楼顶上风很大，在那儿，我看见李明城从他家的窗户往外望，我就冲他笑了一下，也不知道他看见了没有。

第二天我又看见李明城了，他举着一面很大的红旗，带着一群很小的孩子在院子里跑来跑去，院子里没有风，旗子飘不起来，于是李明城使劲跑，想让那旗子飘展，但旗子还是耷拉着。妈妈也看见了，她说："哦，是用被面子做的嘛，很有钱嘛！"

那是我们最后一次看见他。那几天过年，再加上下了雪，我们都没有出门，大年初三，妈妈从外面带回来一个消息，李明城失踪了。对此，人们做出种种猜测，有说他离家出走的，有说他被他爸爸的仇人害死的，也有说他被人贩子拐走。对于最后一种说法，妈妈非常不屑："都十一岁了，拐去能干什么？还长得那么丑！也就是个男孩子罢了！"然后又把我揽过来："人贩子要拐人，也得挑像我儿子这样的，你可给我少出门！"

我得承认，对于这个消息，我是害怕多于同情，我的同学也一样。开学之后，他的座位空了很久，没有人愿意坐，尽管那个位置是全班最好的，在第二排，又在中间。或许老师看见那个座位空着，心里发慌，所以她很想安排个人坐到那儿。她问谁愿意坐到那儿去，没人应声，她就让坐最后一排的刘大龙坐到那去。刘大龙摇摇晃晃地站起来，拖着声音说："要是李明城再找着，回来了怎么办？"老师说："那你就再坐回去呗，到底是人家先坐这

119

儿的。"刘大龙就说："啊呦，坐一坐再回来，那我多没面子啊！"全班哄笑起来，女老师红了脸，这件事也就作罢了。

我们挺希望他能回来的，老觉着失踪啊，死人啊，掉下水道里啊这些事，多半是报纸上的，可别真的发生在我们身边。再说，他爸爸在报纸上悬赏三十万块找他呢，这么多钱，肯定能找回来吧。

天气慢慢热了，我们"天使之声"又开始活动了，尽管天气还够不上只穿衬衣，但排练的时候我们都把外衣脱掉，为的是看着精神。大家都说李明城该回不来了吧，他就算回来能跟得上吗？我们都在唱难度很大的歌了：

> 这是一片辽阔的草原，
>
> 繁星般的野花，静悄悄地盛开，
>
> 和暖的微风，送来了花香。

唱了这些歌，你会觉得生活不大对劲，觉得歌里唱的和我们见到的根本不是一回事。别的不说，就说我们居民区的卫生吧，自从小区的一个小伙子打了一个清洁工之后，清洁工就罢扫我们这一片，这里更臭了。人们索性也不往垃圾台那走了，如果楼外没有人的话，有些人还会把垃圾从窗子里扬出来。一股说不出名堂的臭味也在居民区停留不去，谁都不知道那臭味是从哪里来的，我们居民区附近有很多车间，还有一个炼油厂的烟囱，发出种种奇怪的臭味，都没有这股味道那么强烈。

唯一不怕这臭味的就是李明城的妈。家家门窗紧闭的时候，她搬着一把漆成朱红色的小木凳子，笃笃定定坐在路口，专心致志地用红纸剪方块，大的有作业本那么大，小的跟邮票差不多，如果有人路过，问她在干什么，她就扬起头，傻笑着说："给我儿子剪红旗。"

这种事很让人心烦，不过，世界上烦心的事可太多了，你也没有办法。我不再往李明城家那边看了。

在这种空气里过日子，没法叫人心平气和。有一天我听见爸妈在厨房里咬牙切齿地吵架，这是从来没有过的事，他们尽量放低了声音，但语气里的憎恨、愤怒没有减少。我探头往厨房里看，只听见妈妈用抑制不住的怨毒语调说了一声："活该！"看见了我，他们都停止了争吵，并且做出若无其事的样子来，但两人的脸色都非常阴郁。

我很长时间都觉得不舒服，就因为妈妈的那一句"活该"。我从没有见过妈妈用这么怨毒的口气说过话。有的时候，窥见了一件骇人之事的一角，远比看见整个真相更让人恶心，而且这郁郁的恶心感很久都没法消除。

天气越来越热，屋里开始有绿头苍蝇了，这是以前没有出现过的。爸爸一再叮嘱我们，进屋子之前，先要把叮在门上的苍蝇赶走，才可以开门，免得苍蝇跟进来。然后，他又买来大瓶的喷雾杀虫剂，还买来酒精，用来擦洗门把手。喷雾杀虫剂很好玩，我在广告里见过，所以，刚一拿进家我就戴起眼镜，拿着喷雾杀虫剂满屋子追杀苍蝇。透过眼镜，我可以看见苍蝇的绿额头有一种明亮的光，以前只有在《动物世界》里看到过这种光。我越发来劲，一只苍蝇给我追得撞到阳台的玻璃窗上去，我趁它倒地挣扎的时候，向它连喷几下杀虫剂。就在那时候，我看见了。

先是看见了一点淡红色，在一扫而过的视线里，在灰暗的楼群中间，它显得很鲜亮。纯粹是下意识的，我又找见了那点红颜色，它就在我们对面那两幢楼的中间，那个由砖砌死的空隙里。已经褪了色的，但还可以看出曾经是红色的一块布。

后来，爸爸说我那时的脸色都变紫了。我跑到厨房去，对着爸爸指着外面，就是说不出话。爸爸一把把我的嘴捂住了，并且紧紧抱住我，让我不能动。爸爸正在切辣椒，他手上的辣味直冲到我鼻子里，我的脸那会儿一定变了好几种颜色，我想，我快要死了，爸爸要捂死我了。

那天晚上是爸爸陪着我睡的，他紧抱着我，并且不断地说："我在这儿，我在这儿，爸爸在这儿。"我说："你们都知道，你、妈妈，隔壁孙叔叔和阿姨，你们都看见了，连四楼都看得见，孙叔叔还在阳台上做饭。"爸爸好半天不说话，然后吞吞吐吐地说："我一直以为别人会发现，等别人发现就完事了。"我抽抽噎噎地哭起来了。

我发了三天烧。不过，事情三天后就结束了。一个打篮球的男孩子在那堵墙上击球，球碰进去了，他翻进去捡，他的号叫声整个厂区都能听得见。那墙拆掉以后，李明城的妈妈就把小凳子搬到那个缺口前面去，还是不停地剪红纸块，就算没有人问她在干什么，她也照样每隔一会就抬起头来，傻笑着说："我给我儿子剪红旗。"

星期六，爸爸把我送到"天使之声"去，伙伴们问我怎么两次没参加活动了，我说我病了。排练开始，刚唱了一句我就出错了。老师挥手让大家停下，静静看着我。我快要哭出来了："老师，我要退休。"几个女孩子咯咯地笑出了声，老师也笑，她打量着我，好笑地说："你是不是发烧了？"

1995 年 9 月 14 日

迷城

　　阿英的电话停机一个月之后，侯墨决定去找她。他买了火车票，在网上订了青年旅馆。他觉得这样有点像是去旅行，而不是去找一个失去音讯的人，随即他想，这说明事情没有那么坏。

　　阿英离开家去C市那天，是2月26号，侯墨开着摩托车送她去了火车站。在火车站，车要来没来的几分钟里，他觉得尴尬，因为该说的话都已经说过了，包括要她打电话，多上QQ。回去的路上遇到堵车，路边尽是等车的人，他顺势拉了一个黑活。等车的人，起初有点犹豫，因为侯墨的摩托车显得过于气派，他的穿着也不像一个靠摩托车载客维生的人。侯墨示意他坐上来，愉快地拉着他到了目的地，跟他象征性地要了一点钱。路上，在迎面而来的强大气流里，侯墨和那客人断断续续聊了几句，那人知道他刚送走了老婆，还跟他开玩笑，说那一定要当心，老婆去了一线城市，眼界开了，可别不回来了。

　　起初，阿英一直和他有联系，电话，QQ。头四个月，她在一个广告公司，第五个月，换到一个大酒店。到酒店两个月后，还寄回一点钱来，让他转交给她父母给她弟弟治病。然后就没消息了，电话停机，QQ头像一直黑着。侯墨把摩托车给了一直垂涎那辆车的表弟，动身去了C市。

青年旅馆很远，距离火车站足足有半小时车程。旅馆大厅和他在网上看到的一样，有厚实的原木桌子、民族风的桌饰、彩色的沙发、绿植、留言板，以及两只疲倦而阴沉的猫，但前台服务员和他想的不一样，年轻，穿白T恤，冷漠，没表情，说话没有多余的字。

只有老板没有让他失望。穿军绿色龙牙长裤、黑色T恤，T恤外面罩着一件海军蓝的防风夹克。是他想象中的青年旅馆老板的样子，而且笑容可掬，甚至叫得出他的名字。

阿英工作过的广告公司设在居民区里。他费了很多时间才找到地址上的那幢楼和那个单元。电梯是新的，还没拆掉保护板，木板上贴满了家装以及售卖家具、窗帘的广告。踩着满地的木屑和装修材料的渣滓，他找到那家广告公司，小小的铜牌上写着：金鼎广告有限公司。门口有个女孩子负责接待，问明来意，向里面喊："找周海英的！"

广告公司的职员和青年旅馆的前台一样，疲倦，冷漠，穿白衬衣，衣服上有污迹，他们示意他往里走，去找经理。经理是个微胖的中年人，喊人给他倒水，在办公桌后面和他说话。

周海英？已经走了很久了，在这只干了两个月。

去了哪里?

我们也不太了解。

在哪住?

她自己租了房子,不大清楚在什么地方。

谁跟她熟?

才两个月啊,正好这段时间我们又搬来搬去,她跟谁都不熟。原来有个做设计的女孩,和她同时来的,跟她有来往,不过她也走了。怎么联系?你去问问前台小罗。

拿着两个号码,一个电话,一个QQ号,侯墨回到青年旅馆。已经是晚上了,旅馆大厅里,几盏羊皮纸灯,散出微黄的光,一股浓烈的烟草味,凝固在大厅里,却找不到主人,大厅里只有旅馆老板一个人,他没有吸烟。

你回来了?今天玩得怎么样?

也没去什么地方,来找了找朋友。

以前来过?

没有,第一次。

那你可得好好住几天啊!

老板突然换了一种温热得近乎腻歪的语气说出这句话,让侯墨觉得被冒犯了。他不说话,到处看看,羊皮纸灯,一个假壁炉,桌子,桌子上的一份报纸。他拿过报纸。

第三版:《李彩霞的儿子:妈妈,你在哪里?》

今天下午三点，记者和网友一起，去李彩霞家里探望了她的家人。

李彩霞家住榆树坪237号，这是一处当地居民自建的小院，院子在山坡上，距离火车道大约三百米。院子里有十间房子，住着六户人家，李彩霞和丈夫张建明租了其中的两间房子，一间由夫妻俩居住，另一间住着他们的两个孩子。

大儿子张晓安，在华林坪小学三年级就读，小儿子张晓静，同样在华林坪小学就读，目前上一年级。张晓安已经知道了母亲的遭遇，脸上还有泪痕，但面对记者，他没有哭，只是小声地问记者，妈妈还能不能回来。在半个小时时间里，他这样问了五次。张晓静似乎还不了解发生了什么事，在哥哥照管下写作业，张晓安每次问过"妈妈还能不能回来"，都会回头看看张晓静。

李彩霞和张建明是十年前从河西迁来的。张建明告诉记者，他们之所以来省城，是因为张建明的堂兄在这里经营一个建材厂，需要人帮忙。十年时间里，李彩霞和张建明一直在堂兄的建材厂工作，李彩霞担任会计，张建明驾驶一辆康明斯，负责给客户送货。

建材厂经常要加班，事发当天，李彩霞和张建明加班到了九点。下班后，他们走出建材厂，沿着火车道旁边的公路步行回家，在榆树坪某彩钢厂门口，张建明想抽烟，让李彩霞扶着自行车，自己掏出烟来点烟，等他回过头，才发现李彩霞不见了，他们的那辆自行车横在下水道口。张建明还没意识到发生了什么事，等他搬开自行车，才发现这个下水道口没有井盖。他从彩钢厂的值班人员那里借来手电筒和铁杆，准备进行打捞，结果因为下水道水流湍急，他们没有打捞到李彩霞。他于是拨打了110，110随后赶到现场，由于缺乏专业的打捞设备，不得不和市政公司联系，市政公司随即展开打捞。今天是打捞搜救的第三天，在市政公司专家的建议下，他们在全市设置了六个监测点，只要李彩霞经过，就将进行拦截。

专家表示，李彩霞生还的可能性很小。

本报将继续关注李彩霞事件。

第二天，侯墨去阿英工作过的酒店。酒店在市中心，自称四星级。侯墨向前台说明来意，几经辗转后，被领到人事部，部长是个胖女人，穿黑色套装、紫色衬衣，头发染得半棕半黄，烫得蓬松，向后梳过去，露出宽大的额头，眉毛眼睛都像是做过手脚的样子，有种焦巴巴的醒目。但待人的态度端庄大方。

你是周海英的丈夫？我们一直想跟她家人联系的，没有联系方法，她登记的几个电话都打不通，地址也不全。

部长取出一个文件盒，抽出周海英入职时填写的表格。侯墨接过来，上面写的内容一点也不让他惊讶。婚姻状况，已婚，但配偶叫侯麦，联系人也是侯麦，后面缀的是个错误的电话，显然不是她熟悉的号码，填错了两处，涂掉，重写。地址也是错的，他们家那边没有"滨海路"。

她是什么时候走的?

两个月了，走的时候跟谁都没讲。

她住哪里?

酒店的员工宿舍。她的床还留着，等下带你去看。

她再没回来过?

没有，也没打过电话。

阿英住过的宿舍，就在酒店的裙楼里。门一打开，侯墨就认出阿英的床铺，床头一只泰迪熊，是她离家的时候带走的。带他进门的女孩子从床下拖出一只箱子来，说是阿英留下的。箱子没有锁，简单扣着。打开箱子，几件衣服都眼熟，皱皱地揉成一团，有一件生了霉点子。

还有一只属于她的储物柜，撬开，几本英语课本，两块点心，一块完整，一块吃了一半，裹在一张油纸里，都发了霉。

难怪屋子里老有股味道。女孩子嘟囔着。

英语书是她的?

她找了个地方，晚上学英语。

知道是哪个英语学校吗?

英语书上写着呢。

回到旅馆，当天的报纸在桌子上，同样是第三版:《李彩霞事件责问城市良心》。

9月16日，市民李彩霞掉进下水道后失踪，丢下了丈夫和两个还在念小学的孩子。四天过去，打捞仍在进行，李彩霞生还的可能性已经非常小，两个孩子即将面对失去母亲的痛苦。

李彩霞和她家人的遭遇，牵动了百万市民的心。本报关于此事的第一篇报道《昨夜，女工在下水道井口消失》见报后，本报市民热线8860123就响个不停，到记者写稿时，已有将近九百位市民，通过热线发表了自己的看法。

市民洪先生说："下水道吞噬生命，是谁的责任？一个本应让人安居乐业的城市，却变成了处处陷阱的人间地狱，究竟是为什么？"家住广场西口的市民魏先生认为，城市管理者应该借这件事进行反思，全面提高城市管理水平。在鑫海市场经营服装的刘女士则表示，作为东部爱心协会的负责人，她将在商户中发起募捐，希望筹到足够的钱款和物品，帮助李彩霞一家人渡过难关。

本报将和有关部门一起，对市政设施的现状进行调查摸底，并将连续报道调查结果。也希望读者能提供建议，群策群力，以减少此类悲剧的发生。

英语学校照旧没有线索，一个班三个月，人来人往，没人记得一个不大起眼的女人。让侯墨意外的是，英语学校报名表上留的地址像是真的，有街有门牌号有房号。捏着报名表，看着桌子上给报名的人用的碳素笔，侯墨有种奇怪的回到了现场的感觉，似乎阿英刚填过表，丢下笔，站起来，从他身边走过去，像猫一样，悄无声息。他似乎和她遗留的信息接通了，恍恍惚惚地知道了她为什么留个详细而真实的地址，为什么要离开酒店搬到新的地方，包括她为什么突然学起了英语。

她住的地方在市中心，是电力局的老家属院，就在大路边上，院子里有几幢灰色的楼，楼宇中间有些绿地和健身器材。楼道里满是尿迹，大概是找不到厕所的路人拐进来顺势方便造成的。阿英住在顶楼，一间西北向的小房子。侯墨敲了半天门，不见有人应声。

院门口的门房指点他和房东联系，给了他一个电话号码，空号。又转回头找门房，门房建议他直接去房东单位找。这个时间，单位已经下班了，只有等到第二天。

回到青年旅馆，天快黑了。报纸还在桌子上，被人抽掉了几张，还好，第三版还在：《李彩霞家人面临二次伤害》。

距离9月16日李彩霞堕入下水道深井，已经过去五天了，打捞和搜救仍在进行。为了尽快找到李彩霞，打捞小组将监测点增加到了九个，作业人员加班加点，尽量不错过任何一点可能。

事发至今，社会各界对这一事件给予了极大关注，本报发起的"责问城市良心"系列报道和讨论，仍在持续。爱心捐款也源源不断地送到了本报设立的临时募捐账户，截止到今天下午六点，我们共收到捐款 83 058.80 元，并将其中的 50 000 元送到了李彩霞的丈夫张建明那里。

与此同时，也有网友在微博上对张建明提出质疑，认为李彩霞的失踪有很多疑点，张建明当晚的表现有许多不合理之处。有知情网友指出，李彩霞和张建明的夫妻感情并不好，张建明有赌博的嗜好，夫妻俩曾多次发生口角，张建明经常动手打李彩霞，李彩霞失踪前一天，张建明还用铝条打过李彩霞，导致她面部带伤。这条质疑微博被转发了两千多次，引起广泛关注，但在李彩霞还没被找到，事态还不明朗的情况下，这些猜疑无疑会加重李彩霞家人的心理负担，对他们造成二次伤害。

那天晚上，侯墨梦见了那个女人。她脸上有伤，在面颊那里，头发湿漉漉地结成条，像很多小辫子一样垂在头上，她穿着一件过时的粉红色尼龙衫，浑身披挂着下水道里的脏东西，面条、烂菜叶，镇定地坐在旅馆的彩色沙发上，污水在她身边洇成一个圈，并沿着她的裤脚嗒嗒地滴到地上。她带着一种冷漠的浪荡样子，擦了一根火柴点烟，旅馆老板讨好地递上一只打火机，她不耐烦地甩了甩头，推开了打火机。在她甩头的时候，侯墨觉得有水点子溅到了自己脸上，伸手擦，却怎么也擦不干净，就在那时，他醒了。

房东打开房门的时候，一股霉味冲了出来。屋子里很安静，窗帘低垂，床铺中间摆着一只扫床的刷子。似乎已经很久没人到过这了。房东摊摊手，表示自己也不知道租住的女人去哪里了。

你一直没过来看看？

已经租给别人了，怎么好意思老往这跑？

最后一次见她是什么时候？

两个月前吧，交房租的时候。她打电话，我们在路口碰头，她给我一个信封，里面装的是钱，我大概看了一下，数目差不多，她就走了。

时间对不上，她在广告公司只工作了两个月，她说是四个月，她五个月前就租了这间房子，同时还常住在酒店的宿舍里。侯墨计算着时间衔接，走到了街上，眼前一片白亮的东西，定住神一看，是一张寻人启事贴在电线杆上：赵丹丹，十五岁，身高1.63米，穿红色连帽运动衣，黑色牛仔裤，白色运动鞋，于7月20日从家中出走。

车站那里还有一张，也是寻人启事：我父张满堂，八十二岁，身高1.82米，穿深灰色中山装，戴黑色礼帽，挂拐杖，患有老年痴呆症，9月19日在散步时走失。

经过阅报栏，他已经走过去了，却又折回来，报纸上有李彩霞的报道，这次有两篇，一篇是《李彩霞事件折射公民道德困局》，另一篇是《她是个善良的女人》。

大意是，井盖丢失与公民道德水准下降有关系。这一年来，本市发生过十五起行人堕入下水道井受伤的事故，其中有一位堕入深井后，摔成重伤，变成植物人，至今还躺在医院里。工商、城管等有关部门已经联手对废品收购站进行清查，目前已经收缴一百二十个井盖，对五家废品收购站进行罚款，另外两家勒令关闭。

《她是个善良的女人》写的是李彩霞的为人。记者采访了李彩霞的同事和亲友，他们对记者说，她常常帮助别人，帮同事看孩子，给同事带饭，厂子门口有个傻子，长年累月在那里游荡，李彩霞每次看到傻子，都给他送点吃的。

对李彩霞的打捞搜救还在进行。

这样讲故事有点落俗套，让一个男人寻找失踪妻子的经历，和另一个女人的失踪，和许多人的失踪平行进行，让所有的失踪都产生互文的可能。但事情往往是这样的，你生了一种病，然后发现到处都是同病者，你丢失了一只狗，随后发现满街都是流浪狗，却都不是你丢的那一只。人的境遇是一种筛子，筛选了落到我们视野里的人和事，人一旦掉到一种境遇里，就会变成吸铁石，把铁屑都吸到身边来。侯墨变成了一块"吸铁石"，在电视、报纸、电线杆上，到处发现失踪者的消息。

好吧，快进一下。最后那天，打捞李彩霞的第十一天，侯墨在旅馆的报纸上看到了李彩霞的消息，她已经被找到了。负责监测的人说，当天下午三点，他们看到一个灰白色的物体从下水道里一闪而过，立刻通知下游的监测点，半个小时后，她被捞了上来。报纸配了一张照片，在一群围观的人的腿中间，有一个被掀开井盖的下水道口，旁边有个形状不明的物体。

晚上，侯墨就往那个找到李彩霞的下水道口赶，经过一个黑黑的巷子，看见有几个男人在纠缠一个女人，那女人的叫喊越来越不成调。侯墨也不知道他是想救那女人，还是想凑到跟前去看个究竟，只是往跟前走，没等他走近，一个黑影子冲过来，手里亮晃晃地一闪，一阵子疼痛过后，他倒下去，身体里有热热的东西往外流个不住。恍惚中，他还想，这些东西最后恐怕也会流进下水道吧。

现在，换个角度吧。让侯墨出现在报纸上，让看报纸的人，变成青年旅馆的老板。旅馆老板坐在彩色沙发里，翻看报纸，然后，他的眼光定在报纸上，那篇文章的题目是"见义勇为青年被歹徒捅成重伤"，报道配有照片，昏睡的男人，是他的顾客。

放下报纸，他看到警察正在前台问话。

是啊，你知道的，在大城市里，人们随时有可能登上报纸，变成新闻人物。

2012 年 10 月 12 日

晚

祷

妈妈的语文史

好些年过去了，人们认真地输掉了自己。

——颜峻

"春眠不觉晓，处处闻啼鸟。夜来风雨声，花落知多少。"

——我出生前十年，妈妈在工作笔记上抄下这首诗。

是在哪里听到那首歌的呢？我要好好想想。每次我都会想起来的，这已经成了习惯，所以，每次我都需要想一想。我知道了，是在西宁火车站的候车室里。是在那里。

秋天的下午，五六点钟，天就黑了，灯还没有亮起来。在候车室停留的人，都在这个昼夜交替的时刻感到了疲倦，不再喧闹，不再嘈杂。那个男人的声音就在那个时候浮起来了。在那种疲倦的嘈杂里，他的声音，就一个男人来讲过于明亮，却依旧男子气十足。这个声音，在唱一首我从来没有听过的，却非常熟悉的歌。就是那样一个男子气十足却异常凄凉的声音，在整个候车室回荡。他唱了多久呢？也许没有多久，他再怎么坚持，也只能坚持一首歌的长度。

我在人群里寻找这个唱歌的人，很快，我就确定了一个人，实际上，我只是希望那首歌是他唱的。那个人，那个男人坐在椅子上，有个兜售打火机的人从他面前走过，向他示意，他摇摇头。卖打火机的人继续向前，那个男人忽然喊住他，买下了一只打火机。他并没有用打火机点烟，他不停地打着它，让它冒出火苗，又关掉。坐在他旁边的人奇怪地看着他，他立刻觉察了，这一次，他让火苗燃烧了很久，然后关掉它，并收起打火机。

他站起身，要走了。我追随他，离开候车室。为什么，我不知道。

他穿着短风衣，很快绕过人群，来到大街上。天黑了，他提着行李走在街上。走过广场、林荫道。谁也没有注意到有个女人在跟随他，直至他终于走进一个俄罗斯式样的旧楼房，消失在一个黑暗的楼洞里。我站在对面的街道上，久久注视着这幢楼，注视着窗子上映出的人影，它们模糊、柔润，像是在宣纸上洇开的一块水墨，没有来历，没有过往，只是一片正在生活之中的人的暗影，因而有着无穷无尽的可能。有的时候，映出的是两个人的影子，它们汇合在一起，随即分开，有的时候，某个窗子的灯光熄灭了，不久，通向大街的门洞里，就会走出一个急匆匆的人，最后消失在某个拐角处。

窗子背后也总是隐藏着意外。有时是一声短暂的哭叫，刚发出声，随后就消失了，即便久久等待也不会听到第二次；有时是一句话中的某个字，说话的人忽然提高了声音。还有一次，一个不安的女人打开窗子四下张望，她看见了我，满怀疑虑地仔细打量我，然后猛然关上窗子，随后，窗子又打开了，她和一个男人共同出现在窗前，咕哝着，埋怨着，再次关上窗子。

那个男人，没有再出现。

就是这样，我需要想一想。任何时候都是，哪怕要我叙述刚才发生的事，我也需要想一想，就像在记忆的深海里摸索礁石。也许在这之后我能追忆起一切细节，追忆起一个庞杂无比的故事，但是在开始的时候，我还是需要想一想。我什么时候变成这样，变得无动于衷、放任自流，我也不知道。也许是因为已经没有什么要记忆的了。

"春眠不觉晓，处处闻啼鸟。夜来风雨声，花落知多少。"

我想起这首诗，我能想起的诗，都是很早以前记住的，这首也不例外，这首是妈妈教给我的。她把这首诗抄在一个本子上，在我刚刚识字的时候，拿出来教给我。

她说，抄录这首诗的时候，她在师范学校读书。有一个春天的早晨，下过雨之后，她走出教室，看到外面的景象，总觉得要写点什么好。她不会写诗，就把这首诗写下来，写在工作笔记上。

工作笔记，六十四开，红色。

第一百页。

"X你妈"×100

——十岁时，我帮妈妈骂人。

我们曾经生活在西宁，西宁的生活没有持续多久，妈妈失去了小学教师的工作，爸爸去一间漏水的房子里关电闸，被电击身亡。我们回到兰州老家，妈妈，我，弟弟，还有爸爸的疯子弟弟，一起回到兰州。我们生活的那个地方，叫华林岗。

从兰州火车站下车，坐上1路车、101路车，一直坐到终点，坐到西站；然后再坐上3路车、103路车，再坐到终点，那一站就叫华林岗。3路车、103路车，不紧不慢地，怀着一种隐忍向着落日滑过去。

这一趟行程异常漫长，漫长到不适合任何一个回家的人去忍受。这中间要经过多少站，我从来没有计算过，人对自己熟悉的东西就是这样。直到现在，也一定是这样，就算我在车上睡着，我也能在接近终点的时候醒来。在二十一岁离开兰州之前，我从来没有离开这个地方。直到现在，我其实也没有离开这里，这之后的二十年，只是游魂的二十年。

就在搬回老家的第二个月，邻居家的女人经过我们身边的时候，开始向我们吐唾沫，或者不干不净地骂着一些话，快要进门的时候，总是重重地合上木头门，走进院子，她的声调还会再提高一点，故意让院子外的人听到。她说，她看见妈妈偷了她家的木杆，用来撑起果树枝条的木杆。

妈妈说没有，我再穷也不会偷别人的木杆，她就是要找个人来欺负，她就是那种乡下的认死理的女人，不要和她一般见识。

邻居女人还会站在院子里，高声骂脏话，每一句针对的都是隔着一道墙的我们。不要脸，偷东西，偷了东西做棺材用，克死了男人，只好给孩子找野爹，野爹也不好找啊，只好倒贴，整个华林岗都倒贴过来了。

妈妈说，我们要有教养，不要理会她，要轻轻地关门，那些脏话都是没教养的人才说得出口的，我们不能跟她计较。妈妈也的确是这么做的，妈妈是隐忍界的专家。然而，有一天，邻居女人再次从妈妈身边走过的时候，推了妈妈一把。

那天晚上，妈妈一直魂不守舍，若有所思。后来，她告诉我，她在练习回骂，她打了腹稿，先列出对方的不是以及种种劣迹，然后讲述自己的隐忍，如何不和对方一般见识，然后搜肠刮肚地想了所有她以为的骂人的脏话，放在最后说。有起兴，有叙事，有高潮。她不断温习，生怕漏掉一句话，她已经想象到，她得到了所有围观者的支持。最后，她会带着我们，走进家门，然后轻轻地关上门。

直到三天后，她才有机会遇到邻居家的女人。在擦肩而过的时候，邻居女人狠狠地向地上吐了一口痰，骂着"野×"，妈妈终于有机会拿出她准备的回骂了，她说，你站住，你以为你说的啥我没听见吗？你还要欺负我们多久？整个华林岗的人都看得到。邻居女人回过头来，以最尖利的声音，骂出一堆脏话，妈妈瞬间就被那堆脏话罩住了，完全没有能力回骂。她看起来还是很镇定，却退了一步，扶住了我家门前那只小小的石狮子，虽然她迅速把手从石狮子上拿开，但她已经扶过了，她输了。

就在那时，有什么东西在我的大脑中膨胀起来了，无休止地膨胀着，填满了整个大脑，随即又把大脑撑大了，无限大，我脖子上有一个无限大的空间，甚至有乌云飘在里面。我顶着这个巨大的空间，摇摇晃晃地走到邻居女人面前，以最快的速度、最歇斯底里的声音，骂出至少一百个"×你妈"。我不换气，我没有丝毫停顿，我排山倒海。我脖子上的巨大空间，以及我们站立的巷道，甚至整个宇宙，都被这一百个"×你妈"充满。

真正震慑邻居女人的，不是这一百个"×你妈"，而是我最后撂下的话和我怨毒的眼神：你等着，我把你的场（麦草垛）给你点掉，我把你家的猪全都闹死，把你家娃揣到河里，反正我不负法律责任，你有本事你就天天把你家娃跟上，不要让他出事。

回到家里，妈妈没有和我说话，她不知道该怎么和我说话。但我看得出，她甚为得意，似乎那一百个"×你妈"出自她口。

她全然忘了，她打的腹稿和她苦心铺设的起转承合，全都没有用上。

直到晚上，灯亮起来的时候，她看着我，颇有赞赏之意。她说，你是怎么做到的，一口气都没换？你是不是练过？我说，是的，我到河边去练过，练了很久，我骂的时候头都晕了，但我没停下。妈妈笑了。

"好不容易拍个照片，不要吊脸！"

——这是我们唯一的全家合影，拍这张照片的时候，我十三岁。

那天，我们的邻居，一个刚买了相机的男人，拿着相机来到我们家，他说他刚拍了一些照片，现在还剩两张空胶卷，他愿意为我们把这两张胶卷用掉。

我们迟钝地、怀疑地面对着这番突如其来的好意，但是妈妈很快就从这种已经控制我们很久的对任何事都无动于衷的状态中摆脱出来，她很快地掠了一下耳边的头发，变得神采奕奕、颐指气使，像回到当初那些好日子里去了。她大声地指挥弟弟去爷爷家里把爷爷接来，又叫我把梨树下那些破烂的竹笼子搬开，因为她选了梨树作为背景。这样一番鸡飞狗跳、四邻不宁，足以说明拍照是我们生活中百年难遇的事。

我远远地走到角落里，看见拿着相机的男人先是口瞪目呆，而后困惑不解，最终显现出一种混合着好笑、不耐烦的神情。

妈妈又大声呵斥我，要我给这个男人倒水、搬椅子，要我去换衣服。

爷爷接来了，天快要黑了，终于不得不拍照了。妈妈环顾四周，意犹未尽地坐在镜头前，叮嘱我们不能眨眼、不能吊脸。终于，妈妈安静下来，任由相机在她还满怀遗憾时完成了拍照，像她无数次任由命运摆布时一样，在缓缓前来的暮色里，胶卷凝固了那一刻。我要说，我要感谢这个男人，他为我们留下了唯一的一张全家合影。

坐在前排中间的那个老人是爷爷，我父亲的父亲。他的左边是妈妈，她把双手交叠放在膝盖上，肩膀微微下垂，她穿着她自认为最好看的那件淡蓝色衬衣。坐在爷爷右边的是姨姨，妈妈唯一的一个妹妹，那天她正好在我们家里。站在他们后边的那个男孩，就是弟弟。站在弟弟旁边的那个女孩，就是我。

光线已经很不好了，很暗，只够让这张照片刚好被冲洗出来，所以每个人看起来都非常古怪，眼睛很深，受苦的那种深，衣服似乎也格外褴褛，我们准备好的表情，也被这种黯淡的光线毫不留情地过滤掉了。也许，当时的我们，根本就只有这种褴褛的、令人不快的表情，只有在三十年前的照片里才能见到的褴褛。我们还未经过存放，就已经旧了。我们的努力，都是在负数基础上的努力，连表情也是。我们笑了，也还不是笑。这张照片像X光一样，拍出我们生活的真相。

但是，照片上的每个人都处于一种不易察觉的心醉神迷的状态之中，有一种那些认真而辛苦地生活着的人身上不可能存在的东西，那是毫无忧惧的生活才能助长的一种极度的涣散、可耻的无畏。

照片上没有爸爸的位置。

这种位置不是存在于空间之中，不仅因为照片上没有爸爸，而且因为妈妈、弟弟还有我的表情上都没有一丝缺憾，以至于使每一个看到照片的人都觉不出异样，没有人会想到一个没有父亲的家庭还能这样亲密无间，就像没人相信房子抽去了房梁竟然没有倒塌一样。全家合影上不存在的爸爸，也从来没有存在过。

这是爸爸的照片。这是二十二岁的他，穿着当时最时髦的军便服。在那个时候，一个人能有一身军便服，是最让人羡慕的事情，即使平时没有这样一身衣服，在照相的时候，也一定要想尽办法找到一身。

爸爸，二十二岁的爸爸，就穿着这样一身衣服。他有一张异常英俊和干净的脸。在我们生活在西宁的那段时间，他是周围人的欢乐之源。他们说，他天性快乐，慷慨大方，经常请他们喝酒，敢于打任何赌约，包括在雨后去积水的电工房关掉电闸。

这一家人，从细胞开始，变成人，聚在一起，然后散落在四面八方，散落在再也不能相见的各个空间。想到这里，我常常觉得有无限的空虚。

那种空虚感，就是爱。

"那可是一条人命啊！"

——妈妈对十五岁的我说。

家里没有一块完整的玻璃或是镜子，它们总是破的、裂的，裂缝上贴着胶布或是烧得半焦的塑料。镜子都是疯子叔叔在犯病的时候打破的。从这样的镜子里照出的脸，是八角的或六角形的，并且有三只或更多的眼睛。我常常想，我怎么没有成为毕加索那样的画家呢？

我的疯子叔叔，是我父亲家中最小的孩子，是我们的父亲留给我们的无与伦比的遗产。他时好时坏，起初以好的、清醒的时候居多，慢慢地以坏的、疯狂的时候居多。他被整个家族委派给我父亲照管，他跟着我们去了西宁，随后又跟着我们回到兰州。

他怎么不死呢？他怎么不吃错耗子药呢？怎么不把农药喝下去？怎么不在河边行走时掉进旋涡里去？那些跟在他身后的孩子丢出的石头，怎么没有一块正好打中他的太阳穴呢？黄昏的时候，他嗷嗷叫着，欢乐洋溢地拖着一根大树枝在河边、在街道上乱走，身后是一大群大小不等、像过节一样的孩子。

十三岁，我十三岁。有一天我们看见家里堆放杂物的房子在冒烟，我们循烟而去，在那房子里堵住了还没来得及离开的疯子叔叔。十五岁，我十五岁。妈妈在午睡中，他点着了妈妈睡的床单，站在床前用手扇着火焰，希望火能燃烧得快一点，妈妈醒来，被他几乎掉出眼眶的眼珠子和似乎缺了半边的脸吓得浑身瘫软。

就在妈妈的床单被点着的那一天，就在那一天。我在端给疯子的饭里拌上了农药。一点不含糊，是有毒的农药。夜里，他又呕吐，又腹泻，在地上翻滚，嗷嗷直叫。我狂怒地跑进厨房，拿起菜刀，准备了结这一切。妈妈闻声赶来，用双手捉住我拿着菜刀的手。劣质农药使我避免了在十五岁时成为杀人犯。

妈妈用似乎发自气管的声音跟我说话，因为她极度恐惧。她说你要不要命了？那可是一条人命啊！就算你没干成，让人知道了你怎么办呢？我们一家人怎么办呢？我们就不得活了！说几句后她就止住话，屏息倾听屋内屋外的动静，好像到处都有人在偷窥。忽然她奔到门边去，用双手哐啷一声推开双扇门，向门外四处张望。月亮像金钩子，炯炯地挂在天上。我坐在穿过门框映进屋里地上的夜光里，坐在那一块白色的方形和妈妈波动的影子里，开始觉得恐惧，恐惧到冰凉彻骨。

妈妈用发自气管的声音告诉我，像临终的人讲述秘密。她说，爸爸一家都极度憎恨妈妈和我们，疯子叔叔也不例外，即便他疯了，也还记得恨。唯一不恨我们的，是爸爸，但他去雨后积水的电工房关电闸了。不恨我们的人被电死了，留下的都是恨我们的人。

我们的血液中是不是也潜藏着这种疯狂的因子呢？是不是我们早就疯了而自己不知道？每到黄昏，我穿上姨姨给我的那条无袖、半透明、米黄色的长裙子，对着镜子在耳边别上一朵鲜花，和我的朋友艾丽娅一起在华林岗的街上闲逛，有的时候我赤着脚。天天如此，天天黄昏在街上闲逛。

遇到妈妈心情好的时候，她会和我说话。她说，没见过女人在耳朵边别鲜花的，还走到街上去，除了疯女人，没有人这么干。就是疯女人要别花，也绝对不会是一朵鲜花。但是她好像又有点赞赏，她说，小姑娘，怎么着都好看。春黄菊，小小一朵，黄灿灿的，别着，也好看。我就这样走到街道上去，没有受到任何阻拦，包括那朵春黄菊。

我的妈妈其实和我一样疯狂。她允许我闲逛，允许甚至赞赏春黄菊，在她看来，生活早就对我们束手无策了，所有的戒律清规也都通通对我们失效了——自从最坏的事情被生活强加于我们之后。

就是那样一个晚上，别着春黄菊在街上闲逛过后回到家的晚上。一棵巨大的枯树横亘在门前的空地上，树上结满用塑料袋、废纸、绳子、泡沫塑料扎出的花。疯子站在他的作品前喜不自胜，怪叫着，跳跃着，有时一条腿跃起，有时两条腿跃起，像是个用炭笔画在墙上的小人成了精。一群孩子围在我家门口，欢呼，怪叫，丢杂物。妈妈靠在门框上无力地挥着手，吓唬那些孩子，说这么晚了你们还不回去，看我告诉你们家的大人，快回去吧。孩子们好像听到了最可笑的话一样，闹得更加疯狂，他们中有人冲上去拍拍疯子，对他说，再跳个舞给我们看吧，再脱个裤子！

我站在月亮地里，看这一切如同看戏。要很久，我才能明白眼前的事情和我的关联。我走过去，满怀怨毒地对妈妈说，你怎么不像骂我们一样骂他们呢？妈妈的眼睛迅速亮起来，直视着我。我挤进门去拿出一把铁叉子，冲着孩子们冲过去，愤怒到大脑一片空白，我喊，我骂，你们这些狼日下的，你妈的腿没叉好，养下你们这些野×，看你妈脱裤子去，看你爸的尿长毛短去，×你爹，×你爹。

孩子们叫着母夜叉来了，一哄而散。我的铁叉子触到了人的身体，一刹那的杀人的恐惧之后，我丢掉铁叉子，依旧狂喊乱骂。

"出去买顿饭。"

——买，妈妈后来最爱用的字。

十七岁，我念完了高中，待在家里，无事可做。弟弟念完了初中，待在家里，同样无事可做。妈妈是从那时候开始骂人的，什么都骂得出来，有时候还加上道具，用菜刀剁案板。也许在那之前，她就已经开始骂人了，但我没有明确地意识到这一点，直到她因为我们待在家里开始骂人。

那一年的秋天，每天早晨，朝霞异常汹涌，仿佛赶在黎明前要做一番大事，天亮之后就佯装无事。也许有早起的人觉察了，我听到有人吱呀一声打开木门，他能看到什么？过年时挂的灯笼旧了，没有坏掉，在门前摇晃，屋檐下滴着雨声。远一些的地方，草像蛇一样疯长，圆滚滚的，绿得发黑，倒了的佛像就死在草丛里，含着几千年的笑。这个，谁也看不到。到过这里的朝霞，肯定也到过那里。

十七岁看见朝霞的早晨，朝霞消失之后，什么声音也都来了。妈妈的声音在隔壁的屋子里响起来了。她什么也不知道，她不知道朝霞。

妈妈的屋子总是那样，阴暗，潮湿，充满着药物和久病之人的气息。那种味道近似于煮得太烂的面条，来自她屋里的一切东西：痰盂，放在床边的脸盆，用纸盖着的半碗剩饭，上面还压着一根竹筷子。她拥着被子坐在床上，用虚弱的声音说话。总是那样，她把弟弟叫床前训斥着，那情景仿佛是临终时回光返照，既让人憎恶，也让人迷恋。

总是那样。她说你过来。弟弟拖拖拉拉走到床前去。然后，她问昨晚上哪儿去了？又说昨晚上我看见你抽烟了，你叼着烟在街上走。你知不知道抽烟不好？你把丑陋当作美。要是有人在给你的烟里加上大烟，那我们还活不活？现在的人坏得很。她清清嗓子，却依然用黏腻的声音说下去，你昨天吃饭的时候说我神经质，你说，你说，你说神经质和神经病有什么区别？啊呀，我的儿子说我是神经病。接下来是一阵快速的、含混的关于两个词语的辨析。最后，是弟弟大声地结束了这段带有学术意味的争吵，他说你是不是每天这样躺着躺腻了，不这么拐上两句你就不舒服？妈妈愣了一下，然后拖着声音叫起来了，啊呀，我的儿子说我是神经病啊，我的儿子说我是神经病呀！我还不如去死掉！弟弟不耐烦地走出来，和我的目光相对的一刹那，他幽暗地笑了。是的，在这种情景里，滑稽剧的成分远远大于悲剧的成分。

　　就是这样，我分不清我们是因为互相热爱还是互相憎恶而相互需要，或者，两种都有，而且，它们的强烈程度都超过了我们的虚荣心所容许的范围。

　　妈妈。

　　让我停一下。

　　早晨这样度过，黄昏也不例外。妈妈坐在巷口的石台子上，周围是一大群女人。弟弟远远地走过来了，妈妈抬起头问，你到哪里去了？你还知道回来啊，你怎么不死呢？就知道回家吃饭睡觉。弟弟迅速而难堪地扫了眼那群半张着嘴、乐呵呵的女人，模仿着妈妈的声音接了下去：就算是上公共厕所，你也得打个招呼吧。

妈妈向那些女人说：你看你看，你们看我养了个什么东西？那些收不住脸上表情的女人不耐烦地、好笑地劝说着她。一个女人说，我们那个儿子回来再晚我也不管，这么大年纪了，睁只眼闭只眼省心啊！又有个女人说，省心？省什么心？只要活到世上，张嘴吃饭，就一天都省不了心。

终于有人提到了吃饭，妈妈立刻开始了。她说，要是有一种针、一种药，用上一次，一年都不吃饭就好了。哪怕这一针和一年的饭钱一样贵也可以，吃饭最费事了，吃饭最累了，不吃饭就好了。那些女人相互交换一下眼色，笑了，想想看，一个连吃饭都嫌累的女人。然后，就会有个女人说：那就让你儿子快把药发明出来啊，把我们也解放解放。妈妈一点也不会觉察，一点也不会发觉她早就说过她的发明了，而她们早就这样回答过她，她还在说，她说，吃饭太累了，最累的就是吃饭。

我为什么没有冲过去伸出手，用手把妈妈的嘴堵上，把她拖回家，一只鞋子拖掉了也不放手地把她拖回去，把她关起来，把门锁上，让她哭喊？我实在想冲出去，把妈妈拖回家，再把所有鼓励她丢人现眼的女人都用水、大粪浇走，让她们边走边号，回家向她们的男人告状。我没有，我站在那里，像是已经把这些动作都完成了一样，浑身都紧张到发酸了。

不止这些。除了沉默，用以代替日常用语的是这些话。不说"吃饭了"，绝不这样说，而是"胀着吃来"。不说"让一下"，而是"把你的尸体挪动一下"，还有"你一点都不要×脸""我看见你就恶心"。还有一些千奇百怪的称呼，"死×""毛猪""狼日下的"。从来都是伤害，从来都只有向着死亡的活。在黄昏我要出去时，妈妈咬牙切齿地说："干什么去呐这么急？卖×也没有这么紧张，有本事你卖上些钱拿回来。"

我沉痛地、愤怒至极地看着这个是我妈妈的女人，她使我感到的被侮辱的刺痛胜过世界上一切人能给我的。她把生活使她受到的伤害、感到的绝望转化成这些污言秽语，既打消她自己对生活的希望，也要打消我们的希望。她像是一股污浊的、强大的涡流，把她所能卷走的一切都带到阴暗的最底层去。

我的母亲，我的妈妈。我的住所。她的呼吸带给了腹中胎儿呼吸，她吃蔬菜、粮食、水果，眺望朝霞的景色。她在秋天生下了我。我的妈妈，华林岗唯一一家师范学校1965年的毕业生，学校女子篮球队的中锋，学生会的宣传部部长。在她毕业的单人照片上，她留着齐耳的短发，露出牙齿微笑。洗印照片的人把她的脸庞染成黄色，脸颊染成绯红，她穿的有黑色小圆点的衬衣被染成浅绿色。

她有一副沉厚的歌喉，听起来稍稍有些做作，那是她要向人们表明，她是受过专门训练的。

她喜欢蓝色、绿色，那是我至今也喜欢的颜色。我和弟弟穿着她缝制的蓝色、绿色的各种衣服。她爱吃玉米、爆米花，那也是我至今喜欢的食物。在西宁的那些日子，在我和弟弟还很小的时候，每当黄昏或者晚上街上传来爆米花的声音，她就赶紧找出装在麻袋里的玉米，装上一大碗，让我或是弟弟送到爆米花的人那里去，并且叮嘱我们一定不许走开，否则我们的盆子很可能会被别人挪到队伍的最后。她极为挑剔，能吃得出她喜欢的那个爆米花的人的手艺。

黑暗的长街被蓝黑的夜色笼罩着，红色的火炉，被火光照亮的人脸，开炉时的轰响，故作惊讶跑开的女人，笑声，骂声。那时候什么都还没有来临，那时候阳光普照。

妈妈，弟弟，爷爷，姨姨，疯子叔叔，艾丽娅。再也不会有人让我感受到他们让我所感受到的东西：难以言传的亲切、了解，用憎恶和冷漠表达的热爱，想要死去的强烈愿望。再也不会。这些已经足够了。

只要一段乐曲，一个在街头独行、和父母失散的孩子；只要一盏街灯，一个穿着黑皮裙子站在午夜两点的车站的女人；只要从热闹非凡的声色场合走出，来到寒风刺骨的大街上，裹紧衣服，抱起胳膊的一刹那。或者是躺在医院的床上被金属探进体内；或者是低头，微微闭上眼睛；或者是和自己身体的接触；甚至看到街头小贩被欺凌、辱骂，甚至假扮痴傻的乞丐伸出的掉瓷的盆子。只要一刹那，只需要用低头和眨眼来掩饰，只需要深呼吸或是自骂出声，像用深呼吸来压抑咳嗽，就足以让它迅速消失，这种突然被唤起的难以言传的亲切、了解，以及想要死去的强烈欲望。一生都在焦灼地热爱着，循规蹈矩地狂乱着，像披着人皮的忧患重重的幽灵，不动声色地行走在广场、人群之中。

而凄楚的音乐在一切之上。

妈妈。

"你长得还可以，就在车上卖个票吧。"
——妈妈对未来的规划。

妈妈的心愿是让弟弟成为一个招手停的司机，开着贷款买来的车在华林岗通往城市中心的道路上狂奔乱撞，像一个欲火中烧、狗急跳墙的铁皮甲虫。她总是说，你弟弟要是有个事干，也就能把他拴住了，有个事干，他也就学好了。

自从有了这个打算，她见到漂亮的布块就会小心地收起来，说等车买来了她可以用这些布块拼出座套和椅垫来，那样就不用再花钱买了。她每天都注意看报纸，特别注意那上面的售车广告，那些广告让她有时喜，有时忧，那多半是车价又上涨或是下调了。自从她决定要做一个招手停司机的母亲，她就不再站在乘客的立场上说话。每次看到报上登出招手停司机殴打乘客或是宰客被处罚的消息，她总是满怀愤怒，不停地说人家挣钱也不容易，都是人嘛。直到她也遇上同样的事，直到她也被辱骂却沉默着。

157

她算出了经营招手停每天的盈利直到一年的盈利。根据她算出的结果，我们不用一年就能还清所有的欠债，甚至要不了三年我们就能让华林岗的所有势利眼刮目相看。她说我们还可以坐着车去给爸爸上坟，这样的话，带去的有蜜糖的东西就再也不会像以前一样被晒化。

　　至于我——"你长得还可以，就在车上卖个票吧"，妈妈这样说。那时，我将在车上跳上跳下，冲着街上每一个人叫喊，如果是男人，就该朝他笑，如果问了票价而没有上车，就该诅咒、辱骂他们。骂人的话，也都整齐划一。我时常和艾丽娅在闲逛的时候，模仿这些话，"嫌贵就打面的去呀"，"一看就是个穷怂，坐不起车就少问"。所有在车上跳上跳下的男孩子或者女孩子，最后都学会了这些职业语言，谁也别想学不会，这是华林岗的所有少男少女最终的出路给我提供的样板。通过卖票，我或许还可以攒下一笔私房钱，在出嫁之后办起一家小型的缝纫店或者小吃铺，就是这样。

　　那早先经历过的笑容已经沉寂，黯淡的巷子里的面容迅速扭曲、幻化。纷乱的声音像铁匠铺里发生的坍塌。又总是有个凄楚、沉稳的声音凌驾在一切之上，不紧不慢地进行，永不受干扰，也永不终止。

　　弟弟说等车买来了，手续办好了，他要开着车只拉我一个人，随便我想去哪里。第一次，第一次只让我一个人坐上去。我们都明白这句话的真正含义。在那一刻，我真正感到我们是同一个母亲的孩子。我原本以为他不知道，我原本以为他只是绿色台球案旁边那个结实、沉默的孩子。画面黯淡了，扭曲了，而凄楚的声音无处不在。

五年后，车买来了，在那个秋天的下午。那天，弟弟说要出去接车，我算好了他会在什么时候回来，特意走了出去，很晚才回到家。但我还是看到了那辆车，它停在院子中间的梨树旁边，白色，有十七个座位，座位是绿色的。我走近车窗，车窗上映出了我的脸，狭长，有病容，像埃尔·格列柯画中的人物。我用手碰碰车窗，我说，怎么新车就有尘土呢？要擦一擦。弟弟说它是真的吗？它不会跑掉吧。随即他又幽暗地笑了，像每次从母亲床边退开时一样。我微微笑了，得到我的鼓励，弟弟重新笑了。

为了第一次开我们自己的车，弟弟买了一件黑颜色的弹力背心。他说，他看到的司机都穿着这样的衣服。

只是，我不会在车上卖票了。

"你将来就和你姨姨一样不要脸。"
——妈妈这样评价她的妹妹，预言我的将来。
我至今忘不了姨姨家的花园。

我的妈妈只有一个妹妹，此外没有兄弟姐妹。我的姨姨，多年以后我已经记不清她的模样，只记得她的眼睛大而黑，颧骨高，包着一层黄而紧的皮，说话很快，即便是最乏味的事情，也能让她讲得充满起伏，惹人发笑。跟人吵架，她从来没有吃过亏。她嫁了四次，一次比一次嫁得好。最后嫁给了一个有钱的皮货商，所以她身上总是有一股皮子的腥味，有时是一种冲鼻的辣味，那说明她家的店里刚进了一批假皮子，准备以次充好。她身上满是动物的味道，像是猎手或被猎者，或者什么都不是，只是一个咻咻的、眼睛黑而深，有着特别诱惑力的女人。

她在年轻的时候是美的。我看过她和妈妈合拍的照片，她比妈妈会摆姿势。

她嫁了四次，每次都是她另谋高就，先行离去。在她的家里，总会有一两个陌生的男孩或是女孩来做客，一样的忧郁，一样的拘谨，一样的脏和邋遢，一样的不叫她妈妈，也不叫阿姨，什么都不叫。她记不清那些孩子的一切，有时还问孩子：你不是上初中了吗？啊不是你？那或许是小明吧。最后，她嫁给了皮货商人，她的牌友诡异地问她还有没有什么打算，她两手一摊，坦然地说嫁不动了嘛，然后，手底下传出清脆的洗麻将的声音。

我喜欢我的姨姨，她坦然，她无所谓，她不知羞耻，她记不住自己孩子的事情，她身上有皮子的味道。我喜欢这一切。

她总是对我说，你要帮帮你妈妈啊，你不帮谁帮呢？你弟弟眼看是没指望了。又说，你妈妈要强啊，嫁了你爸爸那样的也硬撑着，其实离了也就离了，你看看我。又说，你那个疯叔叔怎么不死呢？要是我，早就下点毒药把他闹死了，再不就把他用三马子一拉，丢到野地里去。她的话开始支离破碎，语无伦次，嗓子好像也干涩起来。

我知道她真正要说的是什么。如果对疯子叔叔能够这样不择手段，弃之不顾，那也就能对生活不择手段，无所不为，把平时我们被灌输的道德都丢到枣树林子或者更偏僻、更加幽静的地方去。这中间没有什么区别。我知道的，我知道，为这种帮助，我要付出些什么。只要恰好有那么一个男人——他或者是我们家最大的一个债主，或者是银行里能贷款给我们的男人——只要有那么一个男人就可以，我们就都能有一个顺当的借口无所不为。一想到我有可能作为一个诱饵，一个早就有准备的猎物存在，一种既心酸又心醉的感触就深深到来。

因为早早地和这种事沾了边，我的脸上呈现出一种和年龄不符的妖淫模样来，至少我觉得那是妖淫的。这就是我，是我十七岁时就有的模样。一切都向着应该的方向走。我变成猎者或被猎者，或者什么都不是，只是一个赤着脚，在人海里搜寻的人。带着这副我以为的妖淫的样子，站在姨姨的花园前，我的焦灼就消失了，然而，新的焦灼也来了：我为什么会因为一个花园觉得安宁呢，我依然没有变化吗？

那个花园，在1986年或者更早些时候就存在了。一圈矮矮的白色栅栏里面，筑着一座两层的小白楼，院子里的花长得满满的。我至今记得那些花，它们大多是些带着异域气氛的植物，开得素淡而不怀好意的白绣球，一种披鳞带甲的波斯菊，还有杂乱无章的荷兰菊，东挑着一朵花，西挑着一朵花，朵朵花都像龇牙咧嘴的脸，又有些深黄色的萱草，肥硕而淫荡的美人蕉，大片的金盏花，分了许多头的向日葵，还有些罂粟，它们在禁毒最紧张的日子里也没有被人拔去，还有些花是我不认识的，或者结着刺果子，或者开着蜥蜴那种灰色的、铃铛形的花串。我站在那些花面前，放慢了步子。每次都是这样，在那些花面前，我不知不觉放慢了步子，那些花，有一种令人震惊的无限贪欢的意味。

房前有一道白色的走廊，走廊被几千几万条拉到屋顶的金银花枝遮盖。她就坐在那里。

在1996年那次车祸之后，报上登出了她生前的照片，我才得以仔细端详她的脸孔。而在当时，我只觉得那脸像是一团白色的雾气。她上身穿着长袖的灰白色T恤，下身是一条长裙，底色是浅浅的米黄，裙子的下摆却用浅褐色印着许多花朵，沉积着，越往上越疏。她的头发好似刚洗过，湿漉漉地打着卷子，直垂到肩上。脚是赤着的，穿着一双白色的拖鞋，坐在一张帆布躺椅上，看一本书。

我们都将无可避免地堕入意兴阑珊，只有她幸免了。她永远都是二十九岁。

我问姨姨她是谁，姨姨笑了，说，婊子，老驴认的干女儿，他还打算供她上完大学，一点不顾忌，就招到家里来了，婊子，真真是个婊子，一点没羞丑，我但凡生下这么个姑娘，早都叉到厕所里淹死了。我看着窗外的金银花，说我昨天差点把疯子用铁叉子叉死。她说，早该死了，糟蹋粮食不说，还死磨人，要是我，嘿嘿，早下药把他闹死了。我说我要帮帮我妈妈，要我怎么着都行。姨姨笑了，想开就好了，你不帮谁帮呢？一个是帮你妈妈，另一个，也给你奔个前程。你还小了点，十八岁就好了，不然我们也担不起这个责任，还差几个月？十个月，我说。也好，说不定往后我们还要借你的光呢，没出嫁的姑娘前途最大了。她把手放在我脖子上，用手指轻轻地掠了一下。我淡淡地笑了，那还是要看人，像姨姨你，嫁了反而越走越好了，谁能跟你比。姨姨说那是，不过，倒是长江后浪推前浪的时候多。她仰着头笑了，忽然她说给你件衣裳，老驴给那婊子买的，还没到她手里，不如先给你。她抖开一件米黄色的长裙子给我看，笑着说你是个大姑娘了，你该穿些你该穿的衣裳了，你已经长大了，你已经长大了。她把衣服按在我的肩膀上。米黄色的裙子的确很合身，被米黄色环绕着，我变成了另外一个人。皮货商人和他的儿子站在门口，他讨好地说，其实她穿上才好看呢。我低下了头。

我抱着卷好的衣服出现在走廊上，那女子放下了书。阳光斑斑点点地透过金银花照在她脸上，使她像只豹。她看着我，我知道她有话要说，是的，她开口了，她说，你知道这件衣服是给我的？我说，是的，我知道，你不会抢回去吧。她笑了，你穿上它要比我好看呢，她戴上一副黑框眼镜。

姨姨看见了我在和她说话，她静静地站在窗户前向外张望。她也许也在想，这个女人，会不会扑上来把这件衣服抢回去呢？

他们说你是大学生，我说。这算什么，大学不能说明什么，你和我是一样的，我一看就看得出，我能认出来，她说。我笑了，你不该戴眼镜的，你不戴才好看呢。男人不喜欢戴眼镜的女人，所以我偏偏戴着，她微微地笑了。她抬起手里的书，遮住脸，那是本《犯罪心理学》。我说，你是学这个的吗？她说，你看呢？还有两年才毕业，毕业了就好了。我说，两年太长了。她说，还好吧，再不要脸两年就好了。我说，你真是和我一样呢。我们都笑了。

她从金银花上摘下一片叶子，夹在掌心，孩子气地拍了一下，又缓缓平摊开手掌，让那片绿叶子露出来。小时候，她说，小时候我们经常玩这种游戏，摘些豆角或者喇叭花的叶子，往别人衣服后背上贴，谁给别人背上贴得多谁就赢了，豆角的叶子是最好贴的，叶子面上有毛呢，我们家菜园子里的豆角叶子都快让我揪光了。我说你贴过地雷花没有？把花芯子抽掉，给花瓣上沾些唾沫，把它贴在脸上和额头上，都觉得美得不得了。她把身子向前俯到膝盖上，用下巴抵住膝盖，长长地吐出一口气说，我见过好多岁数挺大的人，说起过去的事来仍是小时候、年轻时候的那些事，二十五岁以后好像就没有什么可说的似的，二十五岁之后，怎么活着都不要紧，我现在已经有这种不要紧的感觉了。

我走出院子，金银花的味道尾随而至。秋天的林荫道还是和夏天一样，空气里有附近山上野草的味道，路上落着细碎的小白花。这样的地方，无论如何也不适合狂叫，如果有人碰巧看到我，他会觉得眼前的图景是美的，我慢慢地走下去。没有发出的狂叫，像一条被火红的炭灼伤了的蛇，在身体里乱窜，到每个角落、每个细胞里都去看了一看。

五年后，我在宾馆的大厅里见到她，那是她和别人合写的一本法学书的首发式。她认出了我。我说，你现在好了吧。她只是笑。我说，你现在还戴眼镜吗？这句话唤回了我们心照不宣的亲密感，她指指坐在台上的一个中年男子说，没有什么本质的变化，年轻人到哪里都是一样的。那个男人看见我们，向我点头，笑。她轻声说，看你妈个蛋。又看看我说，你呢？再也不穿那黄裙子了吧？

1996 年，她死于一场车祸。那一年，她二十九岁。

报纸上登出了她的照片，她的朋友写了怀念文章，说她是个好学上进的女孩子。她的死去，让他们伤心。他们说，她从来不在他们面前说任何让人不高兴的事情，即便在她最困窘的日子里也是如此。她异常自尊，自尊到敏感和反常的地步。任何时候，她都以笑脸示人，他们从来不知道她是怎样渡过难关的。久而久之，他们都开始自我欺骗，他们都宁肯认为，她是个有能力的女孩子，能够安排好自己的生活。他们不再为她发愁、筹谋了。

照片上，她穿着异常朴素的白衬衣，让自己像个五十年代的人。我知道她为什么这么让人迷惑，为什么这么刻意地让自己有双重的生活，并且不让她的两个世界有一丝一毫联系的线索。

她永远都是二十九岁。她已经到了属于她的幽深的山林中。

　　我置身于一个林木幽深之地，松林遮天蔽日，松树柏树在那里像是生长几百年了，遮天蔽日，让人不知晨昏。悬挂在每一棵树、每一枝杈间的，是开着花的藤萝，那些花有着种种毒辣的颜色，深红、橘黄、黑色的斑点满布其上，林间的草地上，却开满白色的花朵。徜徉其间的，是黑色的豹子，有花纹的狐狸，它们全有和善的眼睛，走过我身边，也只是嗅一嗅我，随后低下它们的头。我在那里像是很久了，更好像是生来就在那里，从未稍离。我有时像是在等待，等待一个人，一种际遇，却不知道我等待的是否知道有这样一个所在。荒野不让我感到恐慌，野兽不让我恐慌，但最终降临在我心中的是一种更大的、更广漠的恐慌，黄昏就在那时来临，我看见山林间的烟水苍茫。每次我都会在这个时候惊醒，耳边却依稀留着一种颠倒的嘈杂，像是一堆铁器被倾覆之后的余响，我开始觉出冰凉彻骨的恐惧，像是梦中情绪的延续。

那是几年之后，我开始写作之后，在一篇小说里写下的段落。这些段落，关于幽深的林木，关于等待的女子的段落，都是献给她的。

"来，我敬你一杯。"
——在他的婚礼上。

就这样，米黄色的长裙子、春黄菊，这些疯狂的外衣装扮了我，用疯狂的外衣挑衅生活，其中自有乐趣。我就这样走到街上去，走在1991年的华林岗的街道上。

黄昏的小镇子，像是海底的世界。天空高而远，红得有点奇怪，腥红色的云像蟹爪一样张开，云彩形成的旋涡，像大大小小的被切割了的眼睛。我赤着脚从镇子的街道上走过去，摇摆双臂像柳树枝条。

那个单位在小巷子的尽头。它俄罗斯式的建筑，它在春天开放的白丁香，它每天下午播放的传遍我们乡镇的音乐，早已成为我血液的一部分。我拒绝的侮辱，我感受到的苦痛，我在凌晨两点的惊醒，我胃痛的久治不愈，我在人潮如涌的大街上忽然没了力气，忘记了走路的动作，全和它有关。

我总是在大门口站一会，直至门口那个穿着制服的男人注意到我，开始向我张望，我才走开。我绕到这个单位后面的围墙那里，踩着土堆跳上矮墙，在墙头坐一会，然后跳下去。

就是在那里。每天，都是在那里。在那矮墙里，是另一个世界。

我坐在围墙上，一条树枝挂住我的后颈，我拨开它，茫然四顾。暮色来临了，树、房屋都像是剪影。我面前是那个单位的操场，空无一人。足球门在半是草地、半是黄土的操场上投下两个阴影，并和它们的本体相连，这么一来，大地像是不存在了，只有两个黑色的方框悬在空间之中。我身后的树枝颤动不已，带来了细碎的响声，也引起了什么地方的鸟儿的梦呓。一切都静下来的时候，我听见一种微微的、犹如猫熟睡时的震动，它来自什么机器，或是大气的下落，或是大地的震颤。我同时也听到了篮球击地的声音。我跳下围墙，在操场上慢慢向前走去，长棍呼啸和击地的声音越来越响。

多年以后，还时常会有那种情况发生，我会忽然记不清他的样子，怎样努力也是枉然，我甚至想像描绘嫌疑犯那样描绘他的形象，他皮肤的颜色，眼睛的形状，眉毛的扬起。但也还是徒劳，我不会比任何一个只见过他一面的人描绘得更像他本人。他的形貌好像隐在幽暗里，仿佛只是一种感觉，一种由来已久的亲切感，一种声音，一种想摧毁自己的愿望，一种无力感，使我得以辨识他。或者，他已混同了其他的形象而存在，又或，我想望得太过强烈，因而顺从自己的意愿塑造了他，也许，他就是我自己的形象，是我对自己的了解的一种投射？我不知道。

那时候也总是那样，我会被一种难以名状的悲哀紧紧攥住，我匆匆地以各种理由去找他，像温习课本一样使他的面容变得真切，然而，只需要一转身，就会重新忘记。或许，他什么也不是，他只是我那些从未实现过的愿望的化身，只是那些我得不到的东西的一次集中的答案，一次解释，一次补偿。或者是这样吧。我不知道。

我只能说，他黯淡而沉默，说话声音像夜色。这听起来有点费解，但是，我只要想到他的声音，最先想到的，就是夜色。那种粗糙，有颗粒的粗糙，那种遥远，那种清凉，让人沉迷的安稳，都是夜色所独有的。

暮色在继续颤动着下落，整个世界成为一片没有层次的幽黑与墨蓝，只有我是鲜明的彩色，踏着长棍呼啸击地的节奏走近。

在那之前，我曾无数次翻过围墙，走近那个被梧桐树环抱着的练习场，它是方形的，由五个小的练习场组成。而他，通常是在最右边的那一个。他是孤独的，我即便不懂得武术也知道他是孤独的。他紧抿着嘴唇，在其他人的包围中闪、躲、冲、出击。他故意撩拨他们，故意显得迟缓或者笨拙，这激起了他们的热情，使他们满以为自己的蛮力占了上风，他转着手腕露出犹豫的样子，他们则向他叫好、招手、媚笑。忽然他机警地跃起，随意翻个腕子就出击了，在即将打到对方的时候，他收住了手。他站着，目光变得邪恶、厌恶、慵懒。接下来又是这一套的重复。他身上的生命力使他像一个焦灼的点，一股黑色的金子，却散发着胶状的光芒。

暮色，被拖长的人影，长棍呼啸击地的声音停止。他横提着长棍站在场子中央，看着我。片刻之后他低下头，随后，他重又站住。月亮的光清澈地直射下来，他像是暴风雨来临之前从地平线上涌起的乌云。

就那样，我无数次靠近他，而他，也意识到我是有意而来。是的，他忽然停下动作，疑惑地看着我，随即，又继续他的动作。在少年时代，曾经有无数次那样的情景发生，他忽然停下动作，那一刹那，我再次听到大气在匀匀地下落。

你好，他说。

你好。

我看到过你好多次。

是啊，我来过很多次。

你叫什么名字呢？

你叫什么名字？我没有回答，我反问他。

我叫小白。

我们都谈了些什么？那一年，就是和小白相遇的那一年，都有些什么呢？销声匿迹了很久的喇叭裤重又兴起；男孩子中间流行起戴银戒指，在聚会场合，他们又开五指互相攀比，没有人觉

170

得这样俗不可耐，至少在戴着银戒指的人之中是这样；还有那四首随处可以听见的歌，那一年，活着的人都被那四首歌包围。还有那些传说。

人们说，城里的一家包子店是和火葬场联营的。人们说，最初发现这一恐怖事实的，是一个死者的家属，家属去火葬场送葬，才发现停放在冰柜中的尸体缺少了四肢。被谣言侵袭的那家店，生意反而更好了。还有一个也和火葬场有关。一个出租车司机在最繁华的街道上，载了一个穿着白裙子的年轻女人，她要去的地方在火葬场附近。下车的时候，她付给司机的是百元面额的钱币，她不要求找零。天亮了，那钱币变成了冥币。还有，在一个公路隧道里，常常会有可怖的景象出现，有时候是一个躺在路中间大哭不止的婴儿，有时候是一个独自行走的古怪老人。

和他在一起的那些夜晚，我们的话题中充满了这些骇人的、阴郁的东西。我们谈论生与死、疾病、鬼怪、天外来客，谈论这些对我们来说遥不可及的东西。我强烈的献身欲望使得我们俩的相处像是一场搏斗，一场汽车拉力赛，一场在钢丝或者圆桶上进行的杂技表演。屋子里总是充满了扣人心弦的绝望气息，混合着令人眩晕的人体热度、肉体气息和令人恶心的真情，只要稍稍停顿，这些东西就会扑面而来，足以令人窒息。我们需要谈话，需要大量的谈话做替代品，以掩盖这种令我们尴尬的真情。它太强大，甚至已经超过我们的虚荣心允许的范围。

我们就这样毫无顾忌地谈到死亡。死亡是什么？十一岁或更早的时候，有一天，我看见了一起车祸的现场，人们伸长了脖子，目不转睛地盯着路中央的一摊血，那血是黏稠的，暗红色的，顺着路的坡度流出一股细而蜿蜒的血线来，而且仍在延伸。在回家的路上我不断回头看，好像那股血线已经追踪而来，最后我索性狂奔起来，许多天我都不停地擦洗脚后跟，或不时地抬起脚来看个仔细。

死亡是沿着黑暗下降，笼子里猛兽的喘息声，是清晨通往行刑场的马队，露水跌落，铁链子发出生涩的摩擦声。或者是热带的丛林里，毒辣的植物爬上电话线杆，而远隔万里的城市中，有人在通话，喘息。或者是撒开双手向阴郁的芦苇林跑去的人，埋在沙土中的半只胶鞋，黑色的粪迹。

死亡，情欲，总是结伴而来。特别是在那种摒弃了一切杂念的狂爱之中，忽然停下，忽然决定要置身事外的时候，应该可以觉出一种愁惨的诱惑已经追踪而来。

记忆重新闪回，因为闪得太过急促而使那光线的空间发生了一瞬间的紊乱和暂时的扭曲。画面再定住的时候，我闭上眼睛，以适应那颜色、气味、节奏的变化，那突如其来的黯淡和凝重。

弟弟买来中巴车的那天，第一次开动那辆车的那天，他穿着黑色的背心，开着可以坐十七个人的车，拉着我一个人，去参加小白的婚礼，那就是弟弟开车第一天所做的事。

快到酒店门口的时候，我看见各式各样的车停放在秋天的阳光里，反射着阳光，几乎让人无法睁开眼睛。人们不停地议论，说全市最好的六辆车，有两辆就停在那里。

我不懂车，即便是在家里有了中巴车以后也还是一样。我不愿意懂的事情，就算在我眼前出现一千遍，我也有本事不去懂得，不去记住。那是距离我的狂乱那么遥远的事，如果试图接近那一切，对我而言就如同种下豌豆苗攀上天堂一样愚不可及。可是，和他有关的事，我都要记住。

小白和他的妻子站在酒店的门口，他穿着藏青色的西装，他的新娘穿着白色的婚纱。阳光太强，秋天的阳光总是那样没有遮拦，他们都皱着眉头。酒店的墙也白得耀眼，像是假的。只有深颜色的他，坠着这一大块耀眼的假颜色，不让这些东西太迅速地向着乌有的方向溶解掉。按照惯例，看到人来了，他们要露出笑容。看到我的时候，他没有笑，他只是不皱眉头。

他需要通过这样做和世界有点联系，需要这蜘蛛网一样的线索网住他，挽救他的倦意。我知道是这样，肯定是这样。他不需要再被人了解。他从此以后将永远像个坚硬的松果，似乎一览无余，却又有个隐秘的、坚硬的核心。了解意味着悲伤、狂乱、破坏，意味着拽着世界向乌有溶解。他不需要再被人了解，他像个懒洋洋的、无动于衷、无所谓悲喜的偶人，命运从此只能表演，而无法介入，生活也将束手无策。

在婚礼上，他们要他鞠躬，他就鞠躬，要他亲新娘，他就亲，他任人摆布，却坚不可摧。

他敬酒敬到我面前了，他说："来，我敬你一杯。"在那之前，这个乏味的仪式已经在这个大厅里重复过无数次了，每一次，被敬酒的人，如果是女人，就故意露出一副无动于衷却拼命忍住笑的神色，等他和他的妻子把敬酒的词语大声重复许多遍之后才会站起身来。如果是男人，就连喊带叫，表示自己什么也没听到，或者对他们的态度不满。永远是这一套，没有人厌倦。我在他们将要走近我们这个桌子的时候，就站了起来。他绕过别的人，走到我的面前，他说，我敬你一杯。我们都懂得这句话的含义。没有什么犹豫的，我喝掉了那杯酒。又喝掉第二杯。

我不再谈论死亡了。那以后，我们都不再谈论死亡了。因为，死亡开始陆续到来了。一块一块地到来，像河边的沙岸，在水浪的侵袭下，一点一点地坍塌、消失，如果你站在沙岸的边缘，就能感觉到那种坍塌和消失，世界在你指缝里，在你脚下化为乌有，你即将无处存身。

来，我敬你一杯。

"一，二，三，四。"

——电影院里的脚步声。

我穿着米黄色的长裙走在街上，天空是血红的旋涡。有的时候，我和艾丽娅一起。我们走过一个个灯光昏黄的小店铺，有的店铺有音乐传出来，有的什么声音也没有。我们四处寻找一段可以听的音乐，或者一两段可以听的支离破碎的故事。

艾丽娅。艾丽娅。

她的名字是那么适合念出来，只要开一个头，另外两个字就那样自然地跟随其后，从唇间流出。念得久了，甚至成为一个音符。

十九岁，我和艾丽娅同时开始了，和我在一起的是小白，和艾丽娅在一起的是一个大学生，我们叫他林。就像电视剧里经常发生的那样，两男两女，大家小心翼翼地恋爱，互相壮胆。我们一起在街上闲逛，去华林岗唯一的一家电影院看电影。

俄罗斯式的建筑，灯光下的人群。电影院，贴满海报的墙壁。

华林岗的电影院和华林岗其他的建筑一样，都是俄罗斯式的，它似乎在我能记事或是更早的时候就存在了，也是从我能记事那时候开始，电影院里从未坐满观众。总是那样，只在观众席的中间部分，黑压压地坐着一片人，其他地方空空荡荡。

冬天，电影院不供暖。每当片子放映到中间，场子里就会响起零星的、不规则的跺脚声，这声音逐渐宏大，有更多的人加入其中，渐渐地，它变成全场观众的共同行动。人们跺脚，和着节拍，一，二，三，四，像是抗议，更像是自嘲，就这样直到一部片子结束，人们走出电影院，都带着笑容，一种不易觉察的亲密在人们中间流动，那是人们参与了一个共同的行动而带来的。

一，二，三，四。

一，二，三，四。

在跺脚声中，艾丽娅悄声说，你好像不喜欢林呢。我说是，她问为什么，我说不知道。她说，但是他多帅！她忽然兴奋起来，说你不喜欢他我可高兴死了，真让我长出一口气。我微微笑了。她忽然怀疑起来，她说，难道他不帅吗？我说，他就是那种帅，那种好看的男人，鼻子比别人高一些，眼睛大一些，个子高一些，这和一件更白、更新一些的衬衣相比，没有什么两样。她说你知道什么，你根本还是个小女孩呢！她又突然高兴起来，每当她要谈到什么秽亵的话题时，她都会这样高兴起来。她说，你想他会要我吗？我说，怎样要呢？就是男人要女人那种要法，她说。我不安起来，我说，你经不起呢。她说，这样的话你都说得出来，你真是出道迟得道早。我笑了，我说，你经不起他离开你，她说，从前不是有过吗？你以为他离开我会让我去寻短见吗？我说，那不一样，以前那些男人和你，谁离开谁都没有关系，都无所谓，他们和我们一样穷，一样没有希望，但是他不一样，他上过大学，他在好地方工作，他离开你，你就再也不会看得起自己了，别人也一样，也会看不起你，人人都会知道你让和我们不一样的人玩过了，那比让猿猴玩过还惨。她说，你以为我真看上他了吗？看上他的前途了吗？我才不稀罕呢！再说你还不是一样！我微微闭上眼睛，笑了，脸向着银幕的方向，这时我感到头发里有一股突如其来的灼热，随之而来的是一股头发被烧焦的味道，一个烟头停留在那里，它引发了这场小小的灾难。而小白，坐在我旁边的他随即起身冲向后面的座位，从那些人里揪出一个精瘦的年轻男子。我听见小白在对那个男子说，你没有姐姐吗？你没有妹妹吗？你没有妈妈吗？

时至今日，我还记得当时的感觉，我不得不承认我在意识里期待着一场更大的混乱，有人尖叫，有人被踏倒，有鲜血涌出，人们纷纷拥向太平门以求逃生，然后是浓烟和疾驰而来的警车。然而，我所期待的一切并没有发生。那个瘦男人大概早被小白和林吓傻了，他们都那么高，那么壮，而小白又那么黑，更显得牙齿像兽一样雪亮。所以，那个瘦男人，根本没有意识到小白的话是多么不堪一击。小白还不曾学会双重生活，一个在这里，一个不在这里。而我，至少从用农药给疯子拌饭的那一天起，就已经丧失了这种对生命的专注、纯真和耐心。

我没有冲上前去，而是在原来的座位上站起来，用一只手叉腰，另一只手伸出，嚷得让全场都听得见。我说你这个有娘生没娘养的，你还老母牛来月经，牛×红得很，痒了是不是？骚瘾犯了是不是？不行了回家干床上绊球去！艾丽娅也毫不示弱，依样站起，一样一只手叉腰，另一只手伸出，大声叫骂。我们真是绝代双骄，我们真是风华绝代。

我看见我站在黑暗的电影院里，充满英雄主义气概地破口大骂。其他的一切全成为背景，黑压压的人群，被观众遗弃的座椅，银幕上鲜血淋漓的场面，全成为背景。只有我，是鲜明生动的颜色。

小白告诉我，那个男人向我扔烟头，而且在说我。小白又说，他好像并不了解我。我静静地望着他，多少天里第一次感觉到绝望和痛苦，我知道我多么希望毁掉这种我不可能得到的真情，这种希望使得我的感情像个裂了缝的鸡蛋，让我的表演欲像苍蝇一样有了可乘之机，它使小白信以为真。那时候我还不知道，我也不可能知道，我对生活的这种即兴发挥，也将毁掉他。

华林岗的人不再骂我婊子了，也不说娼妇，什么都不说，他们只说啧啧。

时至今日，那种表演欲还是存在，那种毁掉一切的冲动也还是存在，那种源于贫穷、源于被侮辱的自弃，那种一旦快要拥有什么时心生的恐惧，都还存在。不知什么时候就会发作。最近的一次，是在西安的闹市区，我听见两个女人在吵架，并且被人围观，我努力挤进人群，去帮助那个气势稍弱的。结果不言而喻，我胜利了，她们再说不出一句话，然后，我问两个吵架的女人，你们为什么吵架？吵胜的这位高兴吗？有什么感想？我听见人群里有人说，这种人为什么不送到五院去？我想五院大概是疯人院吧，我想是。

我是华林岗街巷中的皇后，从来都是。那种尊严与高贵大概只有真正的皇后可以与之相比。我是贫穷之皇后，褴褛之皇后，自弃之皇后，愤怒与激情之皇后，一块斑驳的颜色，幽暗中的脸，哀哭不止的童年。

我也摆脱了那种仅仅作为穷街陋巷中的皇后而存在的生涯，摆脱了哀哭不止的童年，摆脱了对镜子中的自己的爱恋。但这种印迹早已经汇入命运之中，不知什么时候，只要我的生活裂开一个小小的缝，它们依然像苍蝇一样，准确无误地找到我。但是，至少我看起来已经摆脱了这一切，至少看起来是这样。

而他们却永远停留在那里。妈妈，弟弟，爷爷，艾丽娅，姨姨，他们永远停留在那里。停留在冬天，停留在北极星炯炯照临的北方。

在旧书摊上或是送往造纸厂回炉的纸堆中，也许还能找得见那本《一九九五年案例精选》。墨绿色封面，黑色的书名，同样是用黑色，画着一双英气勃勃圆睁着的眼睛，还有一道白色的闪电，一行小字写着"正义与邪恶的较量"。就是那本书。在它的八十七页，那个案例的题目，即使隔了这么多年，我依然记得："伸向花朵的魔爪"。

那篇文章一开始，就用生动而富有感情的笔触提供了一个案例。一个在夜里赶去会男朋友的女子，被一个恶棍拖到路边干涸的水渠里，用她的围巾堵住她的嘴，强奸了她，最后还伴着得意的笑声告诉她他是谁，并打晕了她，让她在水渠里躺了一夜，直到第二天早晨才被人发现。至于破案的经过，作者一笔带过：那个恶棍在进行另一次强奸时，被人当场捉住。作者最后发出悲天悯人的呼吁：假如第一个受害者能够及时报案，就可以免去更多的悲剧。

就在那本书的八十七页。在旧书摊，或者在帮你的朋友搬家的时候，在那些要丢掉的书里，还找得到。或许那一页，八十七页，还折起了书角。

那就是艾丽娅在那年冬天遇到的事。有一个细节却没有被提及，也无人知晓。他还在数数。那个男人，当时还在数数。

她说，当她意识到挣扎也于事无补的时候，她开始平静下来。透过那个男人的肩膀，她看见了天空。北极星非常非常亮，一座狭长的小楼在天空之下幽暗地矗立，在大地上投下了黑色的、狭长的影子。她甚至还有足够的时间来担心：假如水渠里突然开始放水的话怎么办，她也听到了大地深处的种种响动，土地在沉闷地震动，泉水挟裹着冰雪纷涌而至。这一切都使人有一种春天的错觉。

她被打掉了一颗门牙，这使她看起来非常滑稽而悲惨。她不停地说她小时候的事。那时候她妈妈还没死去，她每年四季的衣服都是她妈妈做的，棉衣、单衣、内衣、鞋子，都是，那些衣服她一直留着。她爸爸说，都不能穿了，留着干什么，就剪了一块当抹布。她一下就哭了，把那块布抢过来，她爸爸打了她，到底把那块布抢走当抹布了。她把所有能收集到的小衣服包了一包，连夜送到她姨姨家去藏着，结果，衣服让他们送了人。她说，她最终什么也没留住，要是留在家里，说不定还可以剩下一些的，当抹布也用不了那么多的布啊。她忽然就伏到我身上哭起来，她说，我妈妈生下我，把我养大，给我衣服穿，把我一点点养大，不是让他们这样对待的。

她告诉我那个男人是谁，我们都知道他是谁。

艾丽娅告诉我这些话的时候，屋子外面正在跳大神，那些歌非常好听，非常欢乐，让我来哼给你听："过路的仙人你停一停……"

她爸爸对华林岗的人说她是让鬼给迷了，所以才会在水渠里让人发现，她身上的伤，她掉了门牙，是她发狂的时候自己弄的。镇子上的人就说，那就请一回神吧，年轻姑娘一旦鬼上身，不把鬼赶走，一辈子都会神神道道的。她爸爸就请了神。

她爸爸说，请神花了他五百块钱。不过，他请的金半仙很灵的，一燎，他女儿就好了。金半仙比李半仙好，李半仙是骗酒喝的，喝醉了就敷衍人。

第二年春天，艾丽娅嫁到了四川。那天晚上她冻伤的手和脚每到冬天就犯病，开始是木木的没有感觉，后来就红肿，肿到发紫，半透明，然后开始化脓，她试过用茄子根煮水泡，试过用辣子根煮水泡，都不管用。这样肿肿疼疼，要闹一个冬天，一直到第二年春天才会慢慢好起来。这是她写信来讲的。她还说她生了个儿子，给他起了个名字叫梦林，谁都觉得这个名字不好，怪里怪气的。

我梦见过她。她还是在华林岗时候的样子，只是手是红肿的，一跟她说话，她就流下泪来。我的梦就醒了。

她永远停留在冬天，停留在八十七页，红肿着手。

我要说，那天晚上，她是去大学里找林的。

许多年以后，那里会以一种神秘的速度流传着关于她的传说，或者关于我的传说。都说她的脸庞像满月一样，眼睛像夜色一样，但暗藏着深绿。她的脚印是苔藓的苍绿。直到如今，你沿着有着哭泣的柳树的河岸，分辨着那些被蚂蚁占据的绿色印迹，还能够找到她。她平静地躺在河水之中，黑色的长头发随波浪和植物的根须一起漂荡，她贪婪地吞咽着泥、砂砾、爱、激情或是其他的什么。她混迹在人群中也那么容易被辩识、指认。她活力四射，但通常是一副懒洋洋的、妖淫的模样，她嘴角含着笑，像是热爱，又像是自嘲，她走路时眼睛下垂，但抬起眼睛时又是那么迅速。别在她耳边的春黄菊既不枯萎，也不凋谢。她来过了，又离去了。

"你要是想出去，除非我当场死掉！"

——二十岁时，妈妈阻止我出门。

小白问我，我的家里都有什么人，我说了妈妈、弟弟、爷爷，没有说起疯子。现在还不是时候。至少，现在还不能让他知道那个所有华林岗人都熟悉的疯子和我们有一丝一毫的关系。真的应该把疯子丢到枣树林子里去，春天来的时候，让一棵格外肥壮的枣树苗从他的身体里长出来。有了某种东西作为倚仗，我忽然变得心狠手辣。

他问我我们一家人怎样生活，我告诉他，我们和华林岗所有的人一样，种枣树、梨树或者苹果树。就这样生活下去。

现在不是已经要收获了吗？是的，收获的时候来了，我们要收枣子、黄苹果，还有葵花籽，那些葵花早在夏天就已经成熟，但是我们任由它们在地里生长，干瘪。现在，无论如何都要把它们收回来，不能让它们再那样伤风败俗地生长下去了，那些葵花在向全华林岗的人证明我们如何懒惰和散漫。

他说，他要去我们家，在我们决定要收获的时候。别的时候他不会去，现在，这个季节，收获的时候，他要去。他喜欢干活。

我笑了，把手指插在头发里，把手支在桌子上。他的窗子外边是纯净的、墨蓝的夜，大地，黑森森的果园，有灯光的房屋，在目之所及的地方，在山脚下，火车鸣着汽笛远远地开走了。我跟随火车的震动进入了梦境，唱起恍惚的歌。

让另一个歌声响起来，让那个歌声压过我的声音，那个声音格外粗野，长长地拖着腔调，惹起了哄笑。笑声回荡在早晨的、通往果园的路上。让那个声音出现，就这样，两个场景被歌声接下去。

唱歌的人一定是在果树林子里，我们四处望也望不到他，敢这么唱歌的人，是已经把自己藏在绿色的果树深处的人。我们停止找寻，沿着那条白色的土路向前走，白色的土路被人的脚底和车轮碾压得又硬又平，可是只要一场雨水，它就又将泥泞难行。现在它在初秋的阳光下闪着光亮，吸收着光亮，像一条认真的河流。果树就在路两旁，那些结着果实的枝条被坠得向下弯曲。于是，人们在每棵树木中间撑起一根高大的木柱，在柱子上系上绳索，再垂下来，牵住那些长满果实的枝条。有的果实就落在树下的草地上，草丛也不能遮挡它们金黄的光泽。一种强烈地想要继续生活的愿望突然来临，它使眼前的一切如镌刻般清晰。

我们不想要倾诉，也不对即将到来的忙碌心生恐惧，即便是偶然眼光相触，我们也很快就避开对方的目光。

果树像一些巨大的、墨绿色、毛茸茸的锥子，就连果子灿烂的颜色也改变不了它们本身的阴郁形象。坐在果树下就觉得阴凉，偶尔有灼热的阳光从树枝之间漏下，也是稍纵即逝。没有别的声响，除了树叶被拨开，果子被摘离的声音。就连土块在脚下被踩碎的声音都是那样燥烈，低头看一看，也只看见土黄色的印迹。

围绕在果树周围的向日葵被砍倒，堆积在树下的空地上，像一些灰黑色的、萎缩了的、令人憎恶的尸体。他拿过一把砍刀，砍掉葵花秆上连着泥土的根，再把葵花干瘪的花盘砍下来丢在一边。葵花秆在他的手里震动、裂开，露出里面雪白的秆芯。葵花秆越积越多，他就用芦苇捆扎起来，让它们服服帖帖地躺在地上。把葵花秆子捆成捆然后丢在地上的声音真让人愉快。那种最初的、由干瘪的葵花带来的不舒服的感觉很快就消失了，葵花盘子整齐地垒在一起，越来越高，花萼一律向上，像幽暗的墨绿火焰。

我铺开一张报纸，坐到葵花盘子旁边，一只手捉住一只葵花盘子，让它们面对面地相互摩擦，黑色的葵花籽从花盘之间流泻下来，逐渐堆成小小的一堆。花盘摩擦的声音一开始令人焦躁，后来则变得熟悉、有韵律，并逐渐充满了整个空间。偶尔停下来时，就让人觉得过于安静，只有让那声音再响起来。胳膊上被植物叶子割出的细小伤口，在汗水的浸润下让人觉得疼痛，我想他也一样。我们没有停止，只是默默地、愉快地让黑色的葵花籽积累得更多些。

我知道妈妈在不远的地方观察着我们。我知道。她有时停下动作，有时减慢手中干活的速度。她无疑想要表达什么。终于，她有所行动了。她摘下一个果子，用衣角包着，旋转着，擦了擦那个果子，然后慢慢走过来。我迅速低下头，用力摩擦手中的葵花盘。妈妈的声音响起来了，她说，吃个果子休息一会吧。她把果子递给了他。他立刻接过果子，笑了，随后闻了闻果子，咬了一口。妈妈在脸上的笑容还没有成形之前，就转身离开了。

很多天里，妈妈都是一副若有所思的样子。有一天，她忽然没头没脑地说：他是个好孩子呢。我们都习惯了这种表达，习惯了由一件事迅速转移到另一件事，从不说前因后果，从来不说。无休止的谩骂也伤害不了这种没有头绪的表达。我们都接得住这种表达，这种表达也从来不曾转移到别人身上。

不过，要不了几天，她就又陷入那种疯狂、绝望和无端的愤怒之中。

快黄昏的时候，妈妈就开始坐立不安，她不时地望望院子，看着门外。终于，等我的双脚准备跨出门外的时候，她连珠炮似地、早有预谋般地说，烧着坐不住了吗？急着卖去吗？丢人害臊的都不知道，谁家的女子像你这样子！她是鼓足勇气才说出这些话的，这从她那颤抖的声音里就能听得出来。

是的，她从来没有学会表达，从来没有学会用另外一种方式来表达她的担心和忧惧，她所拥有的，只是这些污言秽语，这些我在很久以后将深深怀念的话语。是的，深深怀念。

沉默片刻之后，她决定采取进一步的行动。她搬过一把木头小凳，坐在两扇木门中间说，今天你要是想出去，除非我立即死掉！我没有从门口经过，我攀上梨树，从那里跳出矮墙，摇摇晃晃地走开了。即使走出了很远，我的后背还是僵硬的，那是因为我防备着她会抄起她能拿到的任何东西追砸过来。然而没有，走出很远我还能听见她扯长了声音的哭骂。

她在喊，她在骂，死不要脸啊，一点羞丑都不知道啊，当初一生下来就应该摔死啊。妈妈的声音在空气里变得残破，成了锯齿形，锯过来锯过去，系着白天和晚上的那根绳子一下就断了，暮色一下子就挂不住了，一下子就罩下来了，牲口忽然醒了似的喃喃叫着，它是饿了还是高兴了，谁知道呢。板车吱吱呀呀地在什么地方转着，连转轴里木头丝子爆出来的声音似乎都听得见，马粪的味道、烟火的味道也混杂着来了，让妈妈声音有了一种喜剧感。

我在被她的声音追逐着的、歪斜的小巷子里越走越远。

这些都久久地令人怀念。

晚年的她终于不再这样说话。面对着她那可耻地发了迹的女儿，面对着她被这个女儿供养的事实，她终于选择了沉默，并用一种战战兢兢的近乎讨好和谄媚的态度，来表示对这个事实的默认。

然而，一旦进入了这样的状态，她好像立刻显出了衰老。她不再是那个把生病都当作一种战斗，把一切苦难都夸大，把一切绝望都积极接纳的母亲。她采取了一种中庸的态度，以表示她的心满意足，以忘记过去许多年以来经受的痛苦、侮辱。生活之流在此停滞。她心甘情愿地进入暂时的永恒之中。

我不愿意是这样，我不愿意她身上经历的一切使我过早地明白生活的全部真相，我不愿意明白流逝、轮回、无常，我不愿意这一切使我无所畏惧、无所顾忌，并且把快乐当作正在发生的一切。我宁愿我从没有懂得生命指向虚空，人与事甚至不能占据时间，而是被时间之风吹送到虚空之境。我不愿意懂得这一切。

我多么希望她还像过去那样，用卧床不起向生活发出控诉：看，你把我折磨成了什么样！甚至在这种没有对象、无可针对的赌气般的做法里，都有一种信心、一种积极的情绪。我宁愿她还像过去一样，被种种隐秘的愿望驱使着，站在暮色将临的木头门旁污言秽语不断，并且句句别出心裁、出奇制胜，显示出她非同寻常、富于创造力的心智。我宁愿在和她的对抗里，互相折磨，互相表演，直至双方都精疲力尽。

别人对待她与对待我的态度的不同，等于是向晚年的她一再暗示她和我的实际处境，也提示着她被女儿供养的事实。她最终不得不接收了这种反复的、水滴石穿的暗示，变得反常的恭顺。

这和她一贯所认识的、所实践的是不一致的啊。尽管她总是把金钱挂在嘴上，并且做出用钱去衡量一切的样子，但那也只因为所有的人都在告诉她，这样才是一个务实的、被人认可的人；

她满心惶惑，却要做出随波逐流的样子，以免被人们认为不合时宜。其实，她始终是个孩子，一直保持着她的赤子之心，在她看来，人和人的纽带是那么自然，不用借助任何外在的东西去强调，去定位。即便是她的那些恶言恶语，也似乎是出于一种依赖和信任，看，我甚至都能骂你呢！她从不想想后果，这使她的那些言语也有了真挚之处，充满了甜蜜。

我憎恨那些暗示了她的人。他们和她一样都不明白，我负担她晚年的生活，是一件多么自然的事，甚至不用母亲和女儿这种血缘关系来要求，来强调。我那么希望她心安理得地接受这一切，照样骂人，照样摔东西，照样对我的那些朋友拉长了脸，只要她不喜欢。

可是我无法通过自己的行动让她明白这些，我承袭了她的不会表达。有一天，当她终于万分小心地告诫我说，与人交往，特别是与男人交往要小心些时，我脱口而出的话依然是："我的事你少管，我要是不和男人来往，能有今天吗？"后面的这句话特别刺伤她，她瑟缩着，不再说话。当我坐在宴会的角落里，却忽然抑制不住一阵突如其来的心酸。我赶回家去，看见妈妈在，听到她问："怎么这么早就回来了？"那种心酸的感觉才又消失了，而我说出的依然是："要是回来迟了，还要看你的脸色呢！"

几天后，我经过菜市场，看见一个中年女人和菜贩讨价还价，终于，菜贩恼了，开始辱骂她，骂的那些话，也没有一点意外，他骂她穷，死不要脸。她既没有回嘴，也没有掉头离去，而是低头用嘴衔住网兜的一只提手，在里面翻找零钱，像是什么也没有听见，她已经习惯了这些。

我看到了这个酷似妈妈的动作，眼泪夺眶而出。我记住了她穿的咖啡色裤子，带绊扣的鞋，蓝色的带碎花的衬衣，我记住了这一切，我开始在人群中仰头狂奔。跑过菜市场，跑过那条安静的、被树木荫蔽的坡路。

妈妈。

妈妈无处不在。

"最坏的，最穷的……最爱的，最爱的。"

——妈妈临终的话语。

爷爷一直在为长寿做准备。

他从每天看的报纸和各种老年杂志中学习长寿的秘诀：拍头，叩牙齿，把泡有蝎子和树根的酒喝下去，还有，倒退走路——这种长寿方法甚至有一种貌似精确的计算方法，每倒退走一步路会使人的寿命延长三十秒。他为这种长寿妙方摔断过两次胳膊，一次是在他七十四岁那一年，左胳膊，一次是在他七十七岁，右胳膊。七十五岁时，他碰掉了两颗门牙。还有脱臼、数不清的淤血。

七十七岁时，他已头发全白，胳膊上打着石膏，吊着绷带，还是乐呵呵地笑着，露出门牙处的黑洞，听着家人对他的劝解，那情景，只有当你设想一个挨批评的小学生是白头发时，才能体味其中悲剧的成分。呵，其实不能算悲剧。我不知道它属于什么。

爷爷在厕所里和大街上打苍蝇，用一只断了柄、接了一根竹条的苍蝇拍子。一打一个准。别人说这里的苍蝇能打得完吗，他说打一个就少一个。

妈妈曾在我小时候和我一起嘲笑爷爷，嘲笑他倒退走路，在公厕里打苍蝇，以及他的顽固、不听劝阻。每次，只要说起爷爷，她总是妙语连珠，她模仿爷爷打苍蝇的姿势，还有爷爷跟别人纠缠不清时常用的语言，并加以夸张，加上她的评点，她模仿得惟妙惟肖，让人没有办法不笑。那时候，她还不曾卧病在床，爸爸没有死去，弟弟至多也只是顽皮，还没到进看守所的地步。

直到有一天我回家，看见妈妈在院子里打苍蝇，并把打死的苍蝇放在一张纸上，说要喂给鸡吃时，我忽然明白妈妈老了。我捏着木头门框，身体里像有一架提灌机似的要把全身的水抽到眼睛里来。即便是和小白分开，也没有让我难过得如此清晰和真切。

妈妈死在一年后。

在陷入昏迷的最后那些天里，她喃喃地说"最坏的，最穷的，最看不起的，最糟糕的"。而在最后时刻到来之前，她说的是"最爱的，最爱的，最爱的"。

她最爱什么呢？她从来没有说过。

我仿佛又走在华林岗的小巷子里。夜气浓腻地充塞在每一巷、每一家、每一处，有没有人在离院门很远的地方掏出钥匙；有没有一双黑色的胶鞋，鞋底因沾上了污物而在地上蹭着；有没有坐在铁皮炉子上的水壶冒着热气，使屋里充满了令人昏昏欲睡的温暖；有没有明天该去修理的老座钟，在不该鸣响的时候出了声，引起了埋怨；有没有贴在墙上的报纸，耷拉下一只角；有没有一个男孩子，在夜里被潮湿惊醒；有没有爱，梦话；有没有打点行李准备离开的人，把吃剩的半只饼子用纸包裹，装进行李。只有长巷子，只有画在墙上的、张牙舞爪的小人，只有月亮鬼鬼祟祟地在屋宇间游走。整个城市都像是睡着了，就我看见了这月亮。这月亮照着拉着窗帘的窗子，照着晾着一双忘记收回的鞋的阳台。这月亮在城市上空移动，像是一个蜷成一团、浊黄的、闭着眼的胎儿，它移过钟楼，移过有着呻吟、梦话、咕哝的小巷子的上空，移动了几百年，几千年，移动着，成了一个死胎，既不烂，也不坏，像是泡在防腐剂里，只是移动，移过宇宙包裹着的大梦。整个城市，整个宇宙都睡着了，就我看见了那月亮，那月亮神秘地、不可告人地移动着，使我成了一个目击者。我满心都是恐惧，满心都是孤独。这种孤独还很漫长，还很漫长，应该忍

192

受，并且喜爱。

"让我们都能在一起，在一起；让我们都能在一起，快乐无比。你对我笑嘻嘻，我对你笑哈哈，让我们都能在一起，快乐无比。"

——一首童谣

妈妈去世半年后，我回了西宁。

我去了当年我们去过的所有地方，工厂厂区，菜市场，小学中学。许多地方已经被拆除，完全看不出原来的样子，也有一些地方，已完全荒废，成了可怖的寂静岭。

在大十字附近的马路上，我坐在路边喝饮料，一个男孩子跟我搭话，他说，他是出来徒步旅行的，他愿意陪我走剩下的路。这句话容易让人误会，但他没有做出进一步的解释。我说，好。他说，你不担心我是坏人吗？我说，我不担心。

我们一起去了很多地方，湟源，乐都，海晏，刚察，格尔木，德令哈，都兰，乌兰。我们去了盐湖小镇，黑马河小镇，倒淌河小镇，无数小镇。

靠近西宁的地方，湟源和乐都，还和我们当年离开时一样，碧绿无边，白杨树、麦田和青稞地，是各种不同颜色的绿，大大小小的河流，在碧绿的树林和田地间穿行。再远一点，可以看到更多，山坡上的村落里，戴着红头巾的女人，拎着一桶水疾走；山路转弯处，一个黑瘦的汉子，面无表情，牵着一匹马，摇摇晃晃地走着，时不时回头看看他的马，嘴里念叨着些什么；小镇的广场上，一群孩子在玩滑板。

一个荒原小镇上，还保留着五十年前修建的新华书店，书店里，还能买到当季出的新书。但从新华书店出来，就看得见草原和远处湖泊灰色的水面。小镇上还有很多川菜馆子，一家挨着一家，玻璃窗上，写着那些常见的川菜的名字。还不到饭点，只有一两家川菜馆子外面停着大卡车。

街道尽头的最后一间房子，是一间被废弃的理发馆。两个小孩子，一个坐在窗台上，像荡着假肢那样荡着双腿，另一个站在地上，他们在比赛骂人，看谁在一分钟里骂的"×你妈"多。最后，坐在窗台上的那个孩子胜利了，他得意扬扬地告诉另一个孩子，应该少换气，才能骂得多。我拿出一张钱说，你骂胜了，钱给你，骂得好，好好骂。

他在一旁笑了起来。

世界只剩下荒原，只剩下土坯房子，只剩下"×你妈"，只剩下这个陌生人可以与我共享记忆。话语逐渐沉寂，世界在混沌的沙土的下落中觉不出震动，就连自己的呼吸，听起来也远在天边。人影也慢慢融化在灰黄的沙土里，只留下断续的、荒寒的，像是传自很远地方的语声。最后，声音也要消失，什么都不要留下，就留下沙土，灰黄、缓慢地下落。

突如其来的恐慌，突如其来的疏离。我为什么会在这里？突如其来的，对身边这个人的亲切感。

我说，你知道吗，他爸爸只打过他一次，因为他把厂里的零件拿回家卖废铁打过他一次。我给你看他小时候的样子。我翻出行李，我给这个陌生人看他的照片，他十二岁的照片，这是他家的院子，这是棵苹果树，那只狗叫小黑。还有他额头上伤疤的来历——那是他十五岁的时候，和学校外面的流氓打架留下的。

我无法停止地说，无休止地说。言语是无害的，它不能使人战栗，它只能带来混沌初来的恍惚。就像我七岁那年发烧的时候感觉到的：巨大的圆硕的石头变得异常柔软，被搓捏，来回滚动，红色的、金色的小小腺体汇集、碰撞，然后飞散开，金色的环状物体炯炯地凝视、漂浮、伸缩，混乱的感情带来惬意，随之而来的是慵懒和自弃。这个下午忽然变得异常清晰，清晰到只剩下一片金红璀璨的印象。

在言语的洪流中，任谁也要被孤立，被剥离。这个陌生人成为单纯欲望的化身，或者干脆就是欲望本身。他的生命力，他作为人而拥有的价值，仅仅化为一片毫无节制的热量扩散，洇开。他感觉到了自己的消失，因而满脸都是恐慌。

在离别的那天早上，他起床，穿好衣服，弯下腰系鞋带，开始哼唱一首歌：让我们都能在一起，在一起；让我们都能在一起，快乐无比。你对我笑嘻嘻，我对你笑哈哈，让我们都能在一起，快乐无比。

这是一首什么歌呢？我问。这是一首儿歌，我跟外甥学会的，后来经常拿来哄他，他说。真好听，我说，能再唱一遍吗？他又唱了一遍，这一次，他没有上一次那么自然了：让我们都能在一起，在一起；让我们都能在一起，快乐无比。你对我笑嘻嘻，我对你笑哈哈，让我们都能在一起，快乐无比。

1997年7月—9月

农场故事

草　香

　　每到割草的日子，我们就会闻到浓浓的草香。说香似乎也不恰当，因为它带些苦味，还有些凉意，然而，在我们看来，再没有比草更香的东西了。

　　草割过了，原先被遮掩的地方就一览无余了。闪着亮的水泊、树桩，藏在草丛里的一棵开着白花的野栗子树都能看见。还有那些枯草盘成的鸟窝，它们的主人在割草的时候就惊叫着拍着翅膀飞走了，留下它们，孤零零的，有些凄凉。但那草香是无处不在的，它让这一切都显得生气勃勃，让人神魂颠倒。我任性地整天开着窗子，哪怕晚上也不例外，那草香会被凉风送进来，闻着闻着，我也就睡着了。然而，第二天醒来，我就会发现窗子是关着的，那意味着小舅夜里来过了，替我关了窗子，或许还捡起了掉在地上的皮大衣，重新盖在我的被子上，或许还俯身长久地注视着我，而这些我全不知道。

这草香会留存许多天，那些天里，我就把整天的光阴耗在窗前和草地里。我会捡起一截枯树枝或小石子往草丛里乱丢，被打到的地方有时会飞起鸟儿来。我也会一遍遍地去抚弄那些草茬，手心被它们刷得痒酥酥的，草汁也会把我的手掌染得绿绿的，手纹也会清晰起来，像一些横七竖八的乱草，多乱呀！

晚上，我带着我的绿手掌躺到床上去，并且久久地不肯入睡。挟着草味的凉风从窗子里吹进来，小舅要来了！我预备等小舅去关窗子，就大声喊："我没睡！"然后用被子蒙上脸，只露出一双眼睛，月亮那时正在我窗外，月光照到我床头，我的眼睛里有月光，亮晶晶的。这样，小舅就不会走，坐在我的床边等我要求他讲些奇异的事，带草味的风吹进来，墙上映出一个模糊的影子，小舅要来啦！

第二天，我们见面了，谁也不提头一天晚上的故事。小舅会说："走路的时候不要东张西望！""你真是笨得要命！""羊栏该修了，黑耳朵老是踢卷毛，该把它单独关着。"我总是满怀兴味地听着他的每一句话，而他总是不动声色。

只有在夜里，草味的风越来越浓，小舅进来关窗子的时候，我才会大声喊："我没睡！"然后用被子蒙住脸，只露出一双亮晶晶的眼睛，准备听些奇异的故事。我们一天天重复着这样的游戏，乐此不疲。

比　喻

看到小舅挑着水走到门口了，我就从窗前翻起身来去开门。因为跑得太快，门打开了，我还喘着气，小舅是弯着腰的，他眉毛底下的眼睛瞪着我说："跟土鲁昆一样。"土鲁昆可是街上的野孩子啊，常被人追着跑，喘着气。

小舅就是这样来比喻一个人的，总是说"跟谁谁谁一样"。当他从你身上发现了某种他不喜欢的、不够从容和体面的东西，他就会说你"跟谁谁谁一样"。他总是能找出一个和你的某个瞬间有着相似之点的人，而听的人也会知道这些相似之点是什么。他总是这样眼光敏锐，所作的比喻也总是让人发笑。他每次都不改变这个句式，只改变里面的人名，依旧让人发笑。

如果你说话太多，小舅就会说你"跟王二喜的妈一样"。王二喜的妈在这里是多嘴老太婆的代表，农场的人很少有人像她那样成天无事可做的。如果你穿着不够整洁，小舅就会说"跟简卖丽一样"——那可是个疯女人啊，头上扎着五颜六色的毛线，手里举着一支木棒，在垃圾里翻来翻去。

人们总是引诱小舅来作出他的比喻，因为那特别能让人发笑。在灯下，在炉火旁，那是我们经常的娱乐。可是，如果小舅发现你是有意引导他拿出这项绝活来，他就会躲闪着，看你心急。小舅是多么机敏啊。

有时候，我会跟着他到涝坝边去，看他挑水，回去的时候，手里举着一大把在涝坝边采的灯笼草跟在他后面。到了门前，我依然喘着气跑去为他开门，他眉毛底下的眼睛瞪着我说："跟阿番江一样。"阿番江也是街上的野孩子啊！可是我一点也不生气，我不能想象若是没有我开门，挑水回来的小舅会是多么费力……多么孤单！

春天和夏天

每到春天，农场附近的草地上，是一派庄严、欢欣的景象。

草地上的石蒜兰、蒲公英、紫云英、火绒草、紫花地丁都开了花，连野蓟的新芽也又白又粉像花朵一样。天晴的时候，草原上一股猛烈的草香，连牛羊拉的屎被阳光一蒸，也是一股野草的味道。阴雨天气，雨云低低地垂在空中，饱含水汽，被云隙里的光映照着，像是用银子打出来的。

春天夏天，晴天阴天，我把羊从羊栏里放出来，它们摇摇摆摆地走着，不时低下头，去啃那些多汁的冰草，而野蓟，它们是碰也不碰的。

蜻蜓、蝴蝶也飞得低低的，小小的蛾子成群地从它们栖身的草叶上飞起来，又飞回去。还有远处水渠里轰轰的水声。

到了春天，我们的屋子就可以开窗户了。因为有小舅在打扫，我们的屋子总是那么干净、整洁。木头窗子朝外开着，刷在上面的绿油漆快掉光了，露出里面深浅的木纹，而玻璃上找不到一点尘土，那是小舅舅用报纸仔细擦过的。透过那样的窗子，有什么看不到的呢？芦苇在随风起伏，一只长嘴的鸟停在芦苇秆上。

小舅的窗前摆着一张粗糙的木头桌子，它笨重结实地立着，桌上总有一只玻璃的罐头瓶子，插着四季的野花草，如蓝菊、向日葵，到了秋天，还会有一把杏树梨树的红叶，或者一枝果实累累的沙棘。

姥姥不让小舅摘沙棘枝回来，她总说那是坟地里长的东西。小舅照样摘沙棘枝回来，在回家的路上，一些沙棘上的果实被他小心地摘下来吃了，另一些带回家，插在瓶子里。

"一看就是你狗嘴啃过的。"姥姥指着沙棘枝上剩下的果实说。

但那有什么啊，总要从草地上捡点什么回来吧。沙棘果子干了，颜色也不褪，还是橘红的，和枸杞一样不褪色。橘红的沙棘，配上火红的枸杞，可以在瓶子里插一个冬天。

总要从草地上捡点什么回来吧，哪怕草地就在一百米远的地方。

春天、夏天来的时候，草地上就是那么一派庄严、欢欣的景象，草地上的野花草，像石蒜兰、蒲公英，都变成了我的画。我总是伏在那张木桌子上，看着窗外，不厌其烦地在纸上画上许多彩色的小点，没有章法，没有规律，成千上万，一直蔓延成一片彩色的大地，我就是这样，用许许多多点，画一个春天、一个夏天。

秋天呢，秋天就画红叶。冬天就画雪。

露天电影

农场场部要放露天电影的消息总是不到黄昏就传遍了农场的各个角落。人们隔着大老远便高声招呼着："看电影去啊!"这样一来，原本不知道的人也知道了。于是，各家快快地吃了饭，提着小凳子就出了门。

先要走上一段长长的白土路，路右边是河，路左边是苜蓿地，所以，人们走过去时手里多半攥着一两枝紫色的白色的苜蓿花。我的那一枝是小舅给采的，花最多，花梗子也比别人的长。白土路到了头，再向左一拐，就走到石子路上了。路边有一家小商店，男人们多半会停下来买纸烟或莫合烟，再往前走，路上就星星点点闪起火光来了。石子路两边是白杨树，很神气地排着队，像士兵一样，月亮又白又亮，从树后一路检阅过去。我牵着小舅的手，只管仰头走路，月亮也不看我，仿佛比夜里我从窗子里看见的要严肃呢。

有白杨树的石子路到了头，场部也就到了。挂在空地当中的一大块白布，再加上一架放映机，就是我们的电影院了。放映员是个黑瘦的男人，胡子拉碴的，耳朵上夹着别人敬的烟，看起来蛮神气的。我转身对小舅说："我长大了要放电影。"小舅一边照料着让我坐下，一边没有表情地说："你原先不是要当军人的吗？"我生气了，也不理小舅，还把头偏到一边去。电影一开始，我就又忘了要多生一会儿气，拉着小舅不让他讲话，可别人还是在吵闹着，我急得不得了，东张西望，看看是谁还在吵闹。

电影上有个男子在劈着柴，劈得很吃力，一点也不像小舅那样麻利，却有个扎着大辫子的姑娘给那男子送上一块毛巾，那男子笑得怪不好意思的。我看看小舅，小舅也在笑，我也就跟着笑。后来又是一部外国电影，是黑白的，好多人又唱又跳，我就睡着了。

每次，小舅都早早准备好厚衣服，紧紧裹着我，背我回去。其实一路上的事我都知道。包括那在白天被太阳晒得燥热的干草垛的气味，还有几个半大的孩子学唱电影里的歌，还有白杨树后的月亮，这些我全知道。

回去了，我也就醒了，缠着小舅讲我没看到的那部分情节。

不过，现在，我回不去了，除非是在睡着的时候，在梦里，我们又在看着露天电影了。那条长长的白土路，紫色的白色的苜蓿花摇着它们小小的花球，还有月亮，还有大自然的轻微的震动，还有在小舅背上度过的时光，以及小舅讲电影故事的时候，月亮把窗格的影子投到床上——这些都久久地令人怀念。

古堡幽灵

又是在看露天电影的时候，我睡着了。

电影叫作"古堡幽灵"，讲的是一个大楼里住了好多鬼，后来人们要把楼拆掉，楼拆掉鬼可就没地方住啦！所以，鬼就一个个地出来了，盆子罐子在半空中飞，床自个儿动来动去。我还是睡着了。再醒来的时候，已经在家里了，小舅正把我往床上放。我睁开眼睛，知道电影已经演完了，急得不得了，就问："《古堡幽灵》最后咋了？"

小舅觉得很可笑，也不回答，故意学我："《古堡幽灵》最后咋了？"我缠着他要他讲后面的故事，仿佛那些我没看到的部分会特别精彩。讲着讲着，我就又睡着了。第二天发觉自己还是没听到最后的结局呢，就又问："《古堡幽灵》最后咋了？"

小舅又笑了，又学我一遍。随后，他把我看电影睡着的事和我的问话，一次次地学给姥姥、姥爷、小姨和隔壁姗姗家的所有人。要不了多久，农场的人都知道我看电影睡着了，还问傻话。

姥姥就说他："不许再学大刚！"可他再学的时候，姥姥还是一样会笑。

可恶的小舅！都过了好多天，他也不肯忘了，时不时问我一句："《古堡幽灵》最后咋了？"在饭桌上，菜园子里，早晨有雾的小路上，他总会猛地想起这句话来，看起来是把脸朝向别人笑着，说的却是："《古堡幽灵》最后咋了？"这一句话快说完的时候，他又猛地把头转过来，看着我，笑着说完。我追着打他，他跑得快，也不给人打。

再不就是在葡萄架子下，摘黄瓜的时候，或者晚上数鸽子的时候，他冷不丁地说出这一句来，周围的人就全笑了。他总是不厌其烦地重复着这个游戏，好像以后不会再有了一样。

哪能没以后呢？人还不是一样活着？很多年以后，我们在离农场很远很远的城市里，有多远？一万里也有了！有一天，他还是突然笑着问我："《古堡幽灵》最后咋了？"

草药书

小舅的桌子上有一本草药书，那本书让我着迷。

那微黄而粗糙的书页，我能念出或者不能念出的一个个小黑字，还有优美的插图，还有书里面一种种我见过或没有见过的草药。

比如胖胖草，在书里它叫马齿苋，或马蛇子菜、蚂蚁菜，它能治痢疾，能治咳嗽，能治外伤出血。画家给它画了精致的插图，在图画里，它骄傲而矜持地摆了一个舒展的姿势。

还有蒲公英、沙茴香、马蔺草，它们在书里仿佛隐姓埋名的英雄出现在一次聚会上，发现了彼此都有的高贵血缘。我就像童话里的乞儿知道自己的朋友是一位好奇心特别重而又向往自由的王子那样惊喜，不过，君王享受的荣耀又怎能和它们相比。

每每在书里发现了一种我见过的植物，我就念念有词，例如芦苇："药名：芦根；别名：芦草、苇子；识别特征：多年生高大草本，高1～3米，根茎匍匐，节间中空，节上生少数根须，黄白色，味甜……"

"主治应用"一栏写着："一、麻疹初起，咳嗽、发烧、心烦、口渴；鲜芦根一两，水煎服。二、急性传染病退烧后，口干、恶心；鲜芦根、鲜白茅根各一两，水煎当茶喝。"

我急切地读着这些不够亲昵、毫无感情的字句，正是它们那种平淡的描述，让芦苇有了一种不平凡的光芒。

还有水麦冬："药名：水麦冬；识别特征：多年生草本，高10～30厘米。须根细弱，茎基膨大。叶丛生，半圆筒状线形。花茎自根部伸出，穗形总状花序，花小，洗漱，紫绿色。果实棍棒状。"如果你有炎症，如果你眼痛、腹泻，那就去找它吧，它在"沙漠地区的潮湿湖盆，轻盐渍化湖盆边缘及浅水中"。这样的地方，正是我们的农场啊。

还有那些充满希望的药方："喉痛、白喉：鲜龙葵全草捣烂绞取自然汁，成人一天4～5汤匙，小孩用1～2汤匙，分次含服。或以干品4～6钱（成人量），水煎内服。""风湿、筋骨疼痛、痉挛：秦艽、独活、防风、威灵仙各三钱，水煎服。"

还有："感冒、头痛、咳嗽：桑叶2～5钱，蒲花三钱，薄荷一钱，水煎服。"

鸟　巢

我跟着小舅到白杨树林子里去，其实一块去的还有好多人，阿番江的爸爸，隔壁姗姗的叔叔等。小舅走得最快，走在最前面，我也走在最前面。这样一来，就看不见他们了，他们也没有机会拿我寻开心了。

因为要砍一棵树给阿番江家新盖的房子当房梁，才会去这么多人，每个人手里都拿着斧头锯子什么的。林子又空又静，他们说话的声音像是从很远的地方传来的，都带着回音。砍树的声音也带着回音，在空空的林子里回响着。每砍一下，大地就好像痛得跳了一下，我的心也跟着跳一下，他们砍得快些，我的心就像是要跳出来。我有些恶心了，就踩着树林里的青草跑远了。

快黄昏了，我又到白杨树林子里去了。砍断的树桩白白的，像一截被拔掉了一半的白牙齿桩。地上还有一只摔碎的鸟巢，大约是这棵树上的吧，那些鸟儿以前应该就是在这个鸟巢里每天望见星斗的。现在，它们的屋基已经成别人的房梁了。

我用脚拨了一下鸟巢，捡了一支沾在上面的鸟羽毛。

任何一个人，如果他没有翅膀的话，大概都会对这精灵肃然起敬的。它们从那苍翠的大地上空飞过去，从恐怖的荒原上飞过去，野狼望望空中，也无可奈何。

对能在天上飞的精灵，我一向感到惧怕，如果它们连飞翔都会的话，恐怕再没什么干不了的了。可是，那些伤害过它们的人，为什么没有被它们翅膀卷起的旋风卷走？

回到家里，我闷闷不乐，也不理小舅，因为他砍得最卖力。我又望望房梁，在它还是树的时候，也有一个鸟巢在上面吗？整个晚上我恹恹的，像生了病一样。

安　度

安度是一个魁梧的人呢！也像所有魁梧的人一样好胃口、大嗓门，他站在自家门口说话，非常有气度地指挥他的四个儿子干活，那简直像是在指挥全农场的人，好像在说：看，我生命的印迹简直有一大串！而且，他们个个身体强壮，皮肤棕黑，我应该骄傲！

他老是斜叼着一支纸烟，卷烟的是报纸，上面印着：考察队登上南极。但那是很遥远的事，完全可以不管。燃着的烟丝一点点烧掉了"极"字，又烧掉了"南"字，烧到被他口水润湿的那一截，就停住了。他就拿下那烟嘴来，丢到地上，再用脚揉搓着去踩。他丢的时候看也不看，踩的时候也不看，却准准地一脚踩上去，看，它敢掉到别的地方去吗？

就是这么一个人，看到我的时候，却会咧开嘴傻笑起来，用两只手指捏我的鼻子，像捏白杨树上的一个小虫子一样。我把他的手拨开，瞪着他，他就跟小舅说："这小东西，和他爹一样，南方人！"

他总穿着一件坦克装一样的灰上衣，蓝裤子，大皮鞋。就是这么一个人。要吃核桃了，也不砸，用手一捏，就把核桃壳捏破了；要去放水了，裹一件皮大衣在水渠边坐着就睡得着；腿上破了口子，血流着，就扯一束青草揉成一团，随便一擦。

冬天在草场上放火，春天在荒地上开田，都少不了他。他是这么自然而然地依赖着大地，要怎么样就怎么样，对土地想也不想就毫无保留地相信了：你是我的，我也是你的。这种简单教人感动。所以，谁也想不到他会给一场病打倒了。

他被送到场部的小医院去的时候，正是黄昏。他平平地躺在一辆板车上，盖着一床花被子，他的老婆拉着车，后面拖拖拉拉地跟着四个黑小子。说是多半年前下树的时候磕着了腿，他也没在意，又淋了一场雨，痛了几天，就又下地了，但那病就在骨头里生了根，慢慢就到了全身。再拉回来也是黄昏，还是平平地躺着。村子里起了一阵不大不小的骚动。他的女人也不说话，咬着下嘴唇，拉着车只顾走。

那天晚上，农场里好多人聚在他家里，夜深了，家家都不点灯，只往他家的方向看。一个女人忽然撕心裂肺地哭叫起来。我一个人在门槛上坐着。坐也坐不住，站也站不起来，胸口疼着，简直恶心起来。

天亮的时候，我也去看了，安度在他家的屋子中间躺着。我从来没见过一个人的脸可以这样白，屋里光线昏暗，人多气浊，可他的脸像浮在屋子里一样——月亮浮在夜里的河上，就是那景象。

那些天里，小舅不许我上树了，也不准我碰芦苇，说是有人给芦苇割了手，也发了很长一阵子烧。可是，小舅还要将砍回的芦苇晒干，因为我们烧的、盖羊棚的，都是芦苇啊。我惊恐地站在一边，看着小舅搬动、摊开那些芦苇，它们欢快地沙沙作响，清脆得像少女们欢笑和歌唱的声音。

而安度已经不再有一丝一毫的担忧，大地最终接纳了他，在大地温柔的怀抱里他酣然入睡。在阳光明媚、蒲公英盛开的时节，他四处行走，面带微笑，嘴里叼着芦苇叶子卷的烟。

他就那样微笑着，好像他最有把握的就是，谁也不知道他为什么微笑。

金盏花

有一些情景注定是我反复咀嚼，并且在很久之后才能消化得掉的。我知道有些含义是现在的我所不能了解的。就像现在，呵，那么多的云缓缓地向天边移过去，好像在天和地交接的那里，有一种不可抗拒的力量把它们吸过去了。然而，有一只鸟从它们要去的方向飞回来了，昂着头，高挺着胸，紧闭着嘴，它在这汹涌的、无一例外前进着的云的队伍里，像一个叛逆者。它终于尖厉地叫了一声，振翅飞得更高些，然后不见了。这天空，这云为什么走得这样快，难道不怕终有一天它们全都在我窗前展现吗？或许不多久，我又会看到刚才那朵像是一匹奔马的云啦！

这是早晨。我躺在床上，对自己说："我要把这些全部记住！"然后，我又倾听着一切响动，准备等小舅一走过来就重新闭上眼睛。然而，一阵嚓嚓的声响过去了，那是树叶子在摇，不是小舅在穿衣服，一阵沉稳的脚步声过去了，那是窗子外头的脚步。

我光着脚从青砖地上直跑过去，像一阵穿堂风。看到在小舅床上躺着的人，我才想起来，小舅出去啦，他叫这个人照管我。我看着他躺在小舅躺过的床单上，看着他盖着小舅盖的被子，看着他的头在枕头上压出的窝，那么深的一个窝！都可以种树了！

我把椅子拉得吱吱响，又去把窗子打开，再关上，再打开。他伸着两条胳膊两条腿，那么大的床，都不够他睡的。他动也不动。

"小马！"我大声喊，我听小舅这么叫过他。

"小马！"我又喊。

"小马！"他还是躺成"大"字，睁开一只眼睛说："你叫我什么？小马？"

我一点也不怕他，问他："那我叫你什么？"

他用两只手撑着，一点点地把上身立起来靠在床架子上，拖着两条腿，就好像两条腿不听使唤了，没有知觉了，瘫了，或者是用另外的什么东西做的。然后，他穿衬衣，扣子一个一个地扣好了，这才向前一倾身子，让后背离开床架，把衬衣的后襟拉展。

我看着他一件一件地穿衣服。我知道我穿衣服的时候要是有人在旁边看着，我就会很难堪，所以，我故意看着他穿衣服。可他一点也不在乎。

一条发了白的工装裤，一件浅蓝的衬衣，胸前的两个扣子不系，敞着。长脸，长鼻子，要不是眉毛的缘故，他长得还算好看，可他的眉毛是倒八字的。这叫我很高兴，好像那眉毛是听了我的话才长坏的。他系着裤子，拖拖拉拉地走到窗子前去，皱着眉头往外看。

他用手往窗台上一撑，坐到窗台上，再懒洋洋地把两条腿收上去，转了身，就从窗子上跳下去，跳到外面去了——从窗子里跳出去了！这还不算，他就从那些香菜，那些开着白花的香菜丛中走过去了——踩着开着白花的香菜走过去了！

"走哇！"——是对我说的吗？他也不管，自顾自走了。

到了路上，我就更不怕他了，我给他指着看麦子地里飞起来的一只蓝蝴蝶，跟他打赌说，那种蝴蝶的翅膀会闪光呢！又说，那些麦子地割过以后，我就去拾麦穗，拾了一大筐呢！

"都是你拾的吗？"

我一下子泄了气，是啊，我比画出的筐子也太大了！不过，我马上就又找到话了，我说，小舅跟人比赛割麦子，割得很快，一下子把那个人吓坏了——"吓坏了！"我这样说。

"你小舅就是跟我比赛的嘛！"这个小马说。

"你输了你还说呀，要是我跟别人比赛输了，我就谁也不说！"我自以为说得很聪明了。

"可我就是输了嘛！"

"嗯，还有一次——"我搜肠刮肚地找新鲜事。

"你看，那个水闸，我和你小舅在那里守过一夜的水闸。"

这个我可不知道，我嫉妒得不得了。我就喊他："小马。"

他歪歪地低着头看我。"你怎么喊你小舅？"

"我就把小舅喊小铁。"

啧——他吃惊得不行。

"只有我才这么叫他。"我很骄傲地补上一句。

"我不也叫他小铁吗?"

"你叫他和我叫他不一样。"

我想等他问我怎么个不一样法,我早就想好了一些话。不过,这一次他不问了,脸往前看着,一点表情也没有。

我还忘了说,小马走路像个老头一样,而且是个穿着拖鞋的老头。他每往前走一步都像是被拖着,他的脚好像不是他自己的,拖着鞋,一点也不心疼脚,好像生怕不能把脚用坏。吃——吃——就这样,听着难受。所以,一看见锯木厂的大门,我就撒着欢先跑进去了。

再看见小马的时候,我手里捡了一根大树枝,转得跟风车似的。

"你听着,那个有转轮子的机器跟前不许去,听见了没有?"

"我——听——见——了!"

他也不多说话,转身就走了,一会儿和人搬木头,一会儿拉大锯。

怪啊,现在他不驼着背垂着手走路了,也不拖着脚往前蹭了,他腰杆挺得笔直,脚踩在地上,还用力地往后一蹬,小腿肚子往后一挺。

我一个人在锯木厂里乱跑,堆得很高的一堆大圆木头我爬到顶了，一个锁着的小木房子我也凑在门缝上往里面看过了，金黄的锯末子给我扬得满天满地。

"哎！你是谁带来的？干什么呢！"

喊得太凶了，我转过去一看，一个三十多岁的男人冲我叫，这么一喊，他脸上的肉好半天还回不到原样。大热的天，他还穿着有四个口袋的衣服，灰灰的，捂着里面的胖身子，脑门上的头发都像是热得烧死了。

"小马。"我大胆地把小马的名字说出来了，心想小马那么高，那么壮，大概不会怕他吧。

这个人笑了一下，呀，笑得太难受了，把一个嘴角往上提了一提罢了。又笑了一下，说："好嘛！"

我见过的人都没有这样笑的，也没有这样阴阳怪气说话的，我有些怕他了。这人又笑了一下，就走进一个红砖的小院子里去，把门砰的一声关上。

里面的屋子是两层的小楼，第二层的窗子开着，窗台上摆着一盆花。那花我认得，小舅说那叫金盏花。我见过的金盏花全是一大片一大片的，那盆子里只种了一棵，真可怜。

再见着小马，我就大叫："小马！"他们好多人在那里休息，听见一个小孩子这样叫人，都抬头看我。我一点都没有不好意思，赖到小马旁边坐下。

"砍下来的树都死了，怎么上面还长着枝子、叶子？还是绿的。"

"树的心还没有死啊，树心里还有水。"

"树心里的水用完了呢？"

"天上还下雨呐！"

"天上不下雨呢？"我在这无穷无尽的提问里发觉了一种乐趣，所以只管缠着往下问。

"天上下一点点雨，就够树苗子活上好一阵儿的。"

"天上好久不下雨呢？要是再来一只羊呢？"我是存心不让那树苗子活下去。

"没见过你这样的小孩呢，心这么狠。"

我生气了，听过有人说我调皮，还没听过人说我心狠。我知道心狠不是好事情，像农场的条条，对他妈不好，老大声大气的，还经常动手呢。别的老太太凑在一起，一说起他们家，就说："啧啧，狠心白眼狼。"

"一个人心狠是因为没人对他好，像你，你小舅对你这么好，你怎么也这么心狠，嗯？"

我一下子就不说话了，闷了半天，才问："怎么样就不心狠？"

"对别人好啊！"

"那我对别人可都好着呢，小舅一劈柴，我就想啊，我快长到小舅那么大，就也可以劈柴了啊！"

"这还差不多。不过，对别人好，光心里想着，没有用的。"

216

"那怎么办啊?"我又不能劈柴,眼看就只能当狠心白眼狼了。

小马想了一下,笑了一下,像告诉我一个秘密似的低声说:"比如,在窗台上摆一盆花。"

我一下子糊涂了,条条家窗台上也摆着花呐!我赶快把我想到的这一点说出来了。

"那可不一样啊,你要摆一盆最好看的花,对谁好,就告诉谁,花是给他摆的,摆一天就是说你们还好一天。"

"那我要告诉的人可多了,多多,姗姗,对了,还有篮子,我有一次把她们家的葵花头掐掉了看能不能长出两个头,她也不生气。"

"嗯,不能告诉这么多人,只能告诉一个人,和你最好的一个人。"

"一个人啊?"

"最好的一个人。"

"对了,小舅。"

小马笑起来了。

回到家里我就往后园子里跑,花园的一个角里有好多瓦片的花盆,我找了一个最好的,又到地里去挖土,最后我想起来了,种什么花呢?八瓣梅,牵牛花,羊角奶,波斯菊,这些都是开着花的,满园子都是,哪一棵最好?

"现在是秋天啦，要种就种棵耐冷的花。"我快快地把那些花都想了一遍，但那些花我都没见过开得过秋天。

"种一棵金盏花吧！"

这个主意是他想出来的，那么，种金盏花准没错。我跑到园子里去，一会儿就挖了一棵栽到盆子里了。一会儿我又觉得金盏花不好了，又把那棵金盏花给提出来，种了一棵矮矮细细的葵花进去。葵花很丧气的样子，垂着头，我把它搬到太阳底下去，直到太阳落山了，葵花的头也没有抬起来，我又去折了一枝红柳插到葵花旁边，把它的头用绳子拴在红柳枝上。

一个黄昏我都在干这样的事情。

第二天，我又跟着小马到锯木厂去，这一次我乖多了，在一堆圆木上坐着。一会儿我就发现了新的游戏，数那圆木断面上的圈纹。

"一，二，三……十四。"

"一，二，三……二十。"

刚数了一个有二十圈的，我就听见有人大喊大叫。天塌了？地裂了？房子着火了？我赶紧往人喊的地方跑。

密密的一圈人，围在中间的是小马。小马坐在地上，裤腿卷上去，腿上流着血，从腿流到地上，流到土里，土成了紫的，流到锯末上，锯末就成了橘红的。小马痛得龇牙咧嘴的，一绺头发沾着汗，贴到脑门上。一个男人蹲在地上，拿着纱布往小马腿上裹。

我把脸转到一边去，不敢看那血，可脑子里还是红红的一片，我恶心起来，赶紧把头抬起来。

木头堆，红砖小楼房，天空，在我眼前摇晃而过。我只模糊地记得小楼房窗子后面一张苍白的脸，一张惊慌失措又痛苦的脸一闪而过。苍白的脸，幽暗的屋子，就像是月亮和天空。

唉，月亮，你让光弥漫，照到这儿，照到那儿。干草垛，木头牛栏，晾着一双忘记收回的鞋的窗台，你都照到了，结着白痕的涝坝边的盐碱地，白花花的芦苇地，牛栏里刚饿醒的小牛，你也不曾忘记。月光啊，大片大片地，洒上平屋顶，洒上不冒烟的烟囱，月亮，你让人流泪。

你也照到刚流完泪的人脸上，刚从疼痛中睡去的人脸上，你把人照得脸色幽蓝或者青紫，像死去的人一样。你也想摄去熟睡的人的灵魂吧，像太阳在白天收去地上的水汽一样，那你就做吧，你尽管去做，不声不响。

你照到小马的脸上，把他照得跟死去了一样，多好，多好，月亮你尽管去做吧。

我快快地回到自己的床上去，只有当我脸上最后一点生气也消失了，月亮才肯把它的光芒照到我脸上，把我的脸庞照得幽蓝或者青紫，那是它给死去的人的特别恩宠。

天快亮的时候，我被一阵东西打翻的声音惊醒了，我光着脚跑到发出声响的地方去，小马恼怒地扶着床边的桌子，地上是打翻的椅子。

"你要去哪里？"

"还能去哪里？锯木头啊！"

"别去！"

小马笑起来。"那你替我去锯木厂吧！"

我当他拿我开心呢，我气鼓鼓地说："我又不会拉大锯！"

小马赶紧说了："不是的，不是的。"然后想一想，说："你去给我看一盆花。"

我一下子变聪明了："金盏花。"

小马不好意思啦，说："不要跟别人说啊。"

我很得意，马上就出门了。一路上我都很得意。快到锯木厂时我就寻思开了：难怪小马天天要到锯木厂去，因为那金盏花啊。那屋子里住的不是那个凶男人吗？所以，我想好了，一定要看看摆那花的是谁。

花还在窗台上。这可好了，我在窗户下等着，看看会有谁来摆弄那盆花。

花后面是屋子，再怎么仔细看，也只能看见花后面的桌子上立着一面圆镜子。

我就凑到院墙的木板缝那往里看。

一个女人打了一盆水在院子中洗头发，头发墨黑墨黑的，一双又细又白的手把头发搓来搓去的，手指头细细的，好像连头发都穿不过去。头发下面的脖子白白的，像一截芦苇根。她身上穿的是白衬衣，黑裤子。

洗了半天，女人拿了一块大布把头发上的水吸一吸，一拢头发，就站起来了。她的脸白得像没见过太阳一样，眉毛淡得像婴儿的一样，眼睛细细长长的。嘴没有什么血色，紧抿着。

她顺手摘了木板墙角的一朵金盏花，别在耳边。手指头上可能染上花梗子上的绿汁了，她就把手指往水盆里浸一下，又划了几下。然后她坐了一会儿，把水盆里的水泼掉，进屋去了。白颜色的衣角一闪，就不见了。

直到她再也不出来，我才快快地跑回去。

小马在院子里坐着。我在他面前跑来跑去。抽屉里的粗麻纸翻出一沓来，裁成小块，一串葡萄上包一张，这样能防鸟吃，也防蜜蜂叮。

小马说话了："那串没包紧。"我就把那一串包紧。

小马又说话了："那几颗烂掉的葡萄不摘掉，坏水流下来，其他的也会被糟掉了。"我就把那几颗摘掉。

小马又说了："哎——"我故意当没听见。

小马犹豫一下，又开口了："小越——"我嘻嘻一笑，笑着笑着变成大笑，收也收不住，我就跑掉了。我听见小马在我背后也笑了。

第二天，我自己跑到锯木厂去。

是不是花叫鸟吃了？鸟不吃金盏花呢。是不是花干死了？那院子里开着那么多呐，不会再栽上一棵？反正金盏花没摆出来。

回到家里，我不声不响地跑到自己的屋子里去。

"小越，小越。"小马在那边喊。我不回答。

"小越，我知道你回来了啊。"我不应声。那边就不喊了。

晚上月亮出来的时候，小马在那边屋子里唱歌。

"在那高高的山冈上，紫花地丁啊盛开了，紫花地丁凋谢了，落在高高的山冈上。"翻来覆去就这么四句。"紫花地丁凋谢了，落在高高的山冈上。"远处走夜路的人也学会了，远远地跟着唱起来，像回声似的："落在高高的山冈上。"

夜凉了，月亮又在找那最像死人的熟睡者了，就像鬼故事里的吸血鬼专找那些血最鲜美又最疏忽大意的人一样。又是谁的魂魄给月亮摄走了，摄去做它的燃料了。

远远地走远的人唱着，像回声似的："山冈上——"金盏花再没有摆出来，这"山冈上"就唱了好多天。后来也就不唱了。

倒是那些老走夜路的、放水的、赶羊的，全都学会了，半夜就听见远远的星空下有人在那唱着："落在高高的山冈上。"

这一天，有人唱着"落在高高的山冈上"进来了。是小舅。

我就忙开了，把我栽的花往外搬，又给他看我写的字、画的画。

小马悄悄走了。当天晚上他又来了。"要走了。"小马说。"先坐场部的汽车，再坐火车。"小马说。"汽车坐五天，火车再坐三天。"小马说。

"那边有没有认识的人？"小舅说。

"没有。"小马说，"男人嘛，一个人怎么也都过了。"

"自己又不怕对不起自己。"小马又说，"走了啊。"

"好好的啊！"小舅说。

小马没有说话，点点头就走了。

"汽车坐五天，火车再坐三天是什么地方？"我问。

"远着呐！"

月亮升上来了，没有小马唱歌了。远处也没有人唱歌。

我就自己唱："落在高高的山冈上。"

1995年3月—6月

晚祷

在我七八岁的那几年，每年夏天，妈妈都会带着我离开策勒，到和田去住几天。那时候，我那几个住在和田的舅舅都已年近三十，却都没有合适的结婚对象。妈妈被手足之情驱使着，一打听到谁家有待嫁的女子就闻风而至；一有合适的机会，她就赶到和田去，劝说舅舅们，并安排舅舅们和那些有可能的女子们见面。这在策勒小城都出了名。

20世纪80年代初的那几年，她就这样兴致勃勃地每年去一趟和田，出发之前，她用印着"策勒县农机公司"或者"策勒县政府"字样的红格子稿纸给她的同学们写信，并预先说好要搭乘的汽车，准备给舅舅们带的东西，甚至缝被子的针线也不曾遗漏。她就这样满怀兴味地准备着这趟并不遥远的旅行，而爸爸在一边沉默着，时不时冷冷地敲打她几句，表示着他的不满。每年夏天，这情景都要重复一次，甚至1982年的那场瘟疫也没能阻止她的行程。

瘟疫是怎么来的？有人说，是因为猎人打猎时，在芦苇荡深处打到了带着病菌的旱獭；也有人说，在治理沙丘的过程中，埋在沙下的尸体被水冲了出来，被深藏四十年的病菌就此流出，最先染上瘟病的是治沙的人。

但妈妈的世界是完整的，旱獭、沙丘、血红的天空、腹泻、呕吐和死亡都是另一个世界的事，妈妈的世界无懈可击。尤其是夏天，夏天可是很短暂的。在这样的夏天，妈妈把家里的床单桌布一股脑洗干净，晾晒一整天，晚上再把它们铺到床上和桌子上。她坐在床边，把最后的一点褶皱抚平，轻轻地吐出一口气，第二天早上，她就能够带着我，搭乘早就说好的汽车到和田去了。

她穿着自己剪裁和缝纫的浅色衬衣。我还记得其中几件的样子，一件淡绿色的，一件白底蓝花的，还有一件是她自己做的西装，灰白色，小翻领。这些衣服，有的在多年后被丢弃了，有的在她下葬的那天在坟头焚化了。这些衣服，再也不存在了。而我，同样穿着她剪裁的衣服，样式全部来自《上海服装式样》这本十六开的彩色图书里。在20世纪80年代初，那些衣服足够吸引路上所有人的目光。她的心灵手巧，我一点也没有继承下来，因为她从来没有给我们机会，她骄傲而悲哀地包办了一切。

汽车等在大路上，妈妈和司机打过招呼，拉着我上了车，反复几次，把笨重的车门关严实。我们的车行走在被白杨树荫蔽的大路上，把策勒县农机公司家属院远远丢在身后。

妈妈和我到达大舅工作的和田运输公司时，已经是中午了。我们还在车上的时候，妈妈就不断地做出她的预测："你那几个舅舅都木鼓[1]得很，根本不知道到停车的地方接一下人！"车停下时，我们看看车外，大舅果然和妈妈预料的一样没有站在门外迎接。妈妈拉着我下了车，走进和田运输公司的大院。

1982年的和田运输公司大院里种满了新疆杨。春天，院子里落满了杨树上掉下的青碧的小果子，一串又一串，一会儿就可以捡上满满一口袋。夏天，地上就什么也不会有，白胶泥铺出的地显得非常干净，而杨树的叶子油亮油亮，被夏天的阳光晒得发黑，因此树下的屋子非常凉爽，整个夏天都是。

舅舅的屋子在一幢二层小楼上，一楼是车库，二楼是办公室兼宿舍，小楼在这个大院里地势稍高的地方，被高大的白杨树包围。妈妈拉着我，迅速走上二楼，经过二楼的天台时，她朝晾晒在那里的衣服扫了一眼，立刻发现了大舅的衣服，语气里带上了赞赏的意味："还知道洗衣服……蓝格子床单也是你大舅的。"她准确地找到了大舅的办公室，开始敲门。

---

1 木鼓：我们兰州老家的方言，指一个人干事不利索，不懂得变通，不善于迎来送往。

大舅和我母亲家族里的所有人一样，都不善于表达感情，他看到我们，脸上并没有出现热烈的表情，只是微微笑了一下，好像我们每天都见面一样。走进他的屋子，我们立刻发现床铺上没有床单，一切皆如妈妈所料，世界尽在妈妈的掌握中。

妈妈是这么安排的，大舅的工作比较轻松，打个招呼就可以出去，可以下午去相亲；三舅是汽车修理工，下班后才有时间，就把他的相亲安排在晚上；五舅在邮政局工作，也仅在晚上有时间，只好排在第二天晚上了。同时，她已经根据三个舅舅的情况，对相亲人员进行了初步筛选和调配，来自四面八方的介绍人一共介绍来五个女子，有两个已经被无情地排除了，一位是个年轻的寡妇，"而且脸上有颗大痣"；另一位年轻貌美，已经和三舅见过面了，但后来听说名声不佳，甚至有个"黑牡丹"的绰号。

剩下的三个女子，一个是学校老师，年龄稍长，据说是因为家庭出身影响了婚姻，妈妈认为她比较适合大舅；另一个是医院护士，相貌清秀，性格比较内向，刚从卫校毕业，在地区医院工作，介绍人本想把她介绍给五舅，但妈妈认为她更适合相貌英俊、有严重洁癖并且喜欢流行歌曲的三舅；第三个女子在地区纺织厂工作，已经和五舅见了一面，两边都还满意，特意邀请妈妈上她家去吃饭，算是两家人进一步接触。

到这里，我需要介绍一下妈妈的家庭情况了，这有助于了解舅舅们的择偶观是如何形成的。20世纪50年代以前，我姥爷一家生活在兰州附近的村子里，是个大家族，很有几亩水地，算是富户，家中子弟能够研习书画医药以及练习拳脚功夫，姑婆妯娌甚至会为一些金银首饰的归属展开暗战。这一切随着我姥爷在1936年参加革命并将几个弟弟先后带上革命道路而宣告结束——后来革命结束了，人却要在高潮后活下去。50年代后，我姥爷进入劳改系统工作，因为耿直、木鼓，渐渐边缘化。1956年劳改系统西迁，迁移到新疆垦荒，我姥爷全家跟着劳改系统迁移到于田。

我妈妈和舅舅们成长于这样的家庭，有点小清高、小智慧，以及一点不识时务。读书、工作和终身大事都很受我姥爷的牵连，但那种小清高小智慧始终不改。有一年，我们全体去姥爷的同事家拜年，那家人的墙壁上挂着一本题为"金陵十二钗"的挂历，由十三个女孩子穿上古装扮演《红楼梦》人物，其中一个女孩子负责在封面上饰演贾宝玉并和林黛玉读《西厢》。妈妈和舅舅是那个年代少有的熟读《红楼梦》的人，他们站在挂历前面，一页一页翻开看，边看边评价，"这个林黛玉五大三粗的，像个举重运动员"，"这个薛宝钗简直像个烧火丫头"，"王熙凤的脸简直像鞋帮子"，在孩子听来，这很幽默了，于是我在一边咯咯笑个不停。他们越发得意，一直批评到最后一页上的惜春还是巧姐"简直都有三十岁了"，全然不顾主人的脸色。这种尖刻一直伴随着舅舅们的整个择偶过程，所有的女子都获得了他们不大善良的评判，妈妈有时候也跟着讥讽几句，但她迅即就意识到了自己所

228

扮演的角色，立刻抽身出来，严词厉色地批评舅舅们："你们也不看看你们的实际情况！"

只有"黑牡丹"获得了几个舅舅的一致好评，他们认为她比另一个全城著名的"白牡丹"还要漂亮，但妈妈在详细打听了她的轶事后，以一句话结束了舅舅们的念想："只有旧社会的那种女人才有外号！"

我总是被带到相亲现场，发挥各种作用。两家人都在场的时候，我被拉出来做唐诗宋词背诵表演，顺便展示妈妈为我做的新衣服，给女方家庭以震慑。舅舅和相亲对象单独相处的时候，妈妈则会要求我陪在一边，既充当他们的共同话题，也可考验一下女方在孩子面前表现出的亲和力，还可以使现场不至于升温过快，更能偷听他们的谈话。当他们的相处变得自如起来，我就被合理地打发出去。等在门外的妈妈立刻迫不及待地扑过来询问他们的谈话内容，详细到"舅舅说这个话的时候看她了没"，"她是笑着说的还是生着气说的"，最后还要追问："你喜欢她不？为什么？"遇到她和舅舅都不喜欢的女子，"连大刚都不喜欢她"就等于是最终鉴定。鉴于我出席相亲场面的次数和对舅舅们的了解，那天下午一见到中学老师，我就意识到大舅绝对不会喜欢她。

见面的地点是她的宿舍，要穿过一个很大的操场才能到达。在夏天的午后穿过放假后的、空寂无人的学校操场，感觉十分怪异，这种怪异让我们疑心那些宿舍里没有人。然而，她确实在宿舍里，一听到敲门声就开了门——就好像手一直握在门把手上一样。她的相貌实在太平凡了，短发，戴眼镜，皮肤很白，看上去有点憔悴，穿着也过分素淡，衬衣和碎花裙子显得很陈旧，更重要的是，她非常拘谨和紧张，而妈妈一直希望舅舅们的对象性格开朗一点，可以成为舅舅们沉闷木讷性格的补充。

她搬过两把椅子让我和妈妈坐下，抱歉地表示这里只有两把椅子，准备到教室里再去搬一把椅子来，并且拿出一串钥匙给我们看："我有教室门上的钥匙。"妈妈一边表示客气，一边把舅舅推到她的单人床边坐下，解决了这个问题。而中学老师一直坐在床边上靠近书桌的位置，一只胳膊架在书桌上，另一只胳膊则用来显示她有多么紧张：一会儿撑在身后，一会儿握住另一只手。

妈妈、舅舅和她的谈话，始终围绕她的工作和她的家庭来进行，一周上几节课，上课累不累，假期有多久，学生是否顽劣。谈到她的同事怀孕七个月时还要站讲台，妈妈表示感叹，看到她的桌子上有本杂志，妈妈顺手拿过来翻看。妈妈只翻了几页，我就知道这个中学老师不会讨妈妈的喜欢，因为这本杂志上到处都是水和蜡滴的印迹，页角还有标记阅读位置的折页！这一向是妈妈的大忌！我紧张地瞅着妈妈，看着她不动声色地把折页抚平，已经想到了她将怎么评价中学老师。更糟糕的是，舅舅在这个时候一起身，把床角的褥子和单子掀了起来，一双压在褥子下面的脏袜子立刻掉了出来，妈妈依旧不动声色，一边装作生气地批评舅舅"屁股上长刺"，一边拈起那双脏袜子，塞回了原来的位置，并压上了褥子和单子，还好心地把床单抚平。

走出中学老师的宿舍，走过整个操场，妈妈都没有说话，似乎是空旷的操场和教室给了她压力，终于走出学校大门，她回头看看学校的牌子，对舅舅说："跟和田一中简直不能比，也就有操场大！"

晚饭前，妈妈和三舅会合，去医院见另外一个女子。时隔多年，我仍然记得她的名字叫灵芝。

灵芝姑娘果然如介绍人所说的那样"相貌清秀"，可也有点清秀过了头，清秀到了柔弱苍白的地步，整个人像是一匹较为细致的白布，但她始终带着微笑跟人说话，看起来远比中学老师温和。她同样住在单位配给的宿舍里，屋子非常小，光线也不够好，但她把屋子收拾得非常干净。当妈妈问她"平时怎么吃"的时候，她指指屋角的一只煤油炉子，含着微笑说："有时候揪点面片下点挂面什么的！"妈妈也微笑着说："总要放点菠菜叶或者鸡蛋吧，回头让我弟弟给你拿点鸡蛋过来。"

相亲的那些日子，白天通常都这样度过，晚上则交给漫长的散步。我们在八点前后吃完饭，走出运输公司大院。通向街道的小路上空无一人，路两边尽是巨大的核桃树。

核桃树长到那么巨大，需要多久呢？没有人知道。我们看到它们的时候，它们已经是那样了，树干粗壮，树叶遮天蔽日，椭圆形的叶子，有的嫩绿，有的墨绿，每片叶子的叶脉都清晰可辨，走近一点看，叶脉那种局部的清晰，似乎又滑稽又慎重。走远一点看，可不是这样，在晦暗的光线里，核桃树像是深不可测的怪物，像是和地下某种可怕的力量接通了，在清晨或是黄昏蓝紫色的微光里，它们缓缓摇摆枝条，发出种种不可辨别、无从模拟的声音。核桃树形成一个迷宫，或者甬道，甚至可能是一个世界。人们从那些树中间走过去，就像是被那浓绿的世界吞噬了。

我远远地跟在妈妈和舅舅身后，听到他们在说话，妈妈的声音被黄昏的空气割出小小的齿龈："灵芝还不错，一到家里就知道干活，别的姑娘没有这么有眼色。""不要太挑，你也不看看你们的自身情况。""建强的脾气，没人能受得了。"突然，一个拐弯，他们不见了，连那种带着齿龈的声音也没有了，路的尽头是核桃树低垂的枝叶。心脏一阵抽搐，我赶上他们，和他们并列行走，心有余悸地不时地回头看看，空空的小路上，什么也没有。没有风，核桃树的枝叶也不摆动。

核桃树的树干，到底有多粗壮？我们曾经试图弄清楚这一点。几个孩子把身体紧紧地贴在核桃树干上，用手臂把树圈起来，看看需要几个人才圈得过来。我把身体贴到树干上，把手臂尽量伸展，下巴顶到树干上，头使劲向后仰。可能是错觉：手指似乎变长了，可以一直伸长一直伸长。时间也变慢了，有一刻突然特别安静。别人的手臂还没有接过来，一阵恐慌袭来：那边的孩子不见了？被什么不知名的东西吞噬了？然后，软软的、温热的手指突然爬进了我的指头缝，我们的头仰得太厉害了，大口喘息着。

妈妈不知道核桃树小路是多么令人惧怕，一点都不知道，她还在教训着舅舅："你们不想五十岁才去幼儿园接孩子吧。"但她的声音马上就被和田市中心公园里的喧闹淹没了，这里是和田河上无数水闸中的一个，浪花从水闸里喷泻出来。水闸上有个俄罗斯风格的泵房，泵房前的水泥栏杆上爬满了孩子，害怕掉下去的就紧紧抱着柱子头。波斯菊、八瓣梅、兔子花、太阳花、萱草、菖蒲种在公园里，整个夏天都开满了花，羊角奶因为也能够开花，没有被当作野草拔掉。

再远一些的空地上，靠近人行道的地方，防疫站的职员摆着木头桌子，向过往的行人递送印着疾病常识的传单，有人在发放免费的药水。他们穿着白色的衣服。

一天中最热的时候已经过去了，商店已经亮起了灯，照着鲜艳的布匹、糖罐子。

妈妈的话在那里被她自己打断了，她心神不宁地看着街道，说一些别的事："苍蝇……医院过道的长椅子上都坐满了人……眼睛特别大……不要吃苹果……"直到穿过公园、广场，走到城市的边缘，她也没再提起舅舅的事。

经过核桃树和市中心的公园后，我们走上一条从来没有走过的小巷子。

就在那里，就在城市的边缘。

一座高大的建筑矗立在大地上，像一座陡峭的尖山。它实在太高大了，站在它的脚下，总感觉它在向你俯下身来，建筑的背后是一片空地，再远一点的地方就是沙漠了。天还没有全黑下来，还是灰蓝色，越靠近地平线颜色越淡，淡到近乎灰白色，接近地平线的地方，残留着一点晚霞。

做"沙目"的声音响起来了。开始像是询问，清新的、单纯的询问，像一根青藤悄悄地从泥土中探出了一点头，向着苍穹仰望。这询问似乎很快就得到了回应，回应让那声音逐渐确定起来，由询问成为诉说和祈祷。那声音又洪亮又苍老，苍老的、洪亮的声音，带着回响，像根青藤，向着天空悠悠地生长上去，一路伸展着叶片，有时显得柔韧，有时又高亢嘹亮，有时越来越快，越来越急切，随即又变得舒缓，似乎要为自己的过分急切作一点回旋。这样反反复复许久后，那声音变得沉着、坚定，不断递进，最后带着悲悯到达它极盛的顶峰，并且在那里停止。

就连它的回响也终于消失的时候，最后的一点晚霞迅速变成紫黑色，惊慌失措地被吸进了天地相接的地方。夜晚来了。街道上起了一阵风，低矮的房屋似乎歪歪斜斜地向着一个方向倾倒，人影都墨黑墨黑的，被来历不明的天光拉得异常狭长，废弃的纸张追着人飞。有人在什么地方砰的一声把门关上。大颗大颗的星星，一瞬间布满天空，在它们也终于停稳后，世界安静了下来。

2003 年 10 月 27 日

写在练习本上的小说

　　这几天我情绪很坏，想努力找些事情做，就翻出些以前的东西来整理，这就给我找到一个二十岁时候写的小说。当时非常努力，因为没有别的消遣，就一心一意地写字。（这段我不自觉地套用了《金锁记》里的句子，说的是姜长安抽大烟，但写作和抽大烟可真是相似得非同一般。）两年时间，写掉的本子总有半尺厚，本子里杂七杂八什么都有，偶然想到的句子，素描练习（例如，把桌子上的静物写下来），成篇的文章，都有。这个小说也在里面，名字是"创世纪"，那时候我正学习张爱玲，所以到处都有她的影子。看着看着，觉得还有点意思，就敲了出来，再加点自己的说明，也算是一篇文章。

　　隐约记得，我写的是一个男人的不安全感的消失。这个男人，我给他设置的身份是大学美术系的老师，因为正好可以卖弄我的一点美术知识，而且他的不安也稍稍有了来由。故事的时间跨度是七天——最俗套的象征。开始的时候，这个男人的妻子在医院里待产，他们正好搬了新家，他就在新家和医院、课堂这三处走来走去。第七天的时候，他妻子生了。他的世界似乎安稳了下来，他的不安感暂时消失了。

小说是这么开始的：

> 吴丛溪有一种与生俱来的不安全感。他不敢从阳台下走过去，生怕阳台会掉下来，也不敢在阳台上多站，潜意识里，总觉得哪里有一条裂缝存在着，因他这一站，裂缝又延长了。每天早晨打开房门的时候，他总是习惯性地往后一让，觉得门上靠着一个死去的人，因为他开门而软软地倒了进来。

其实这是我自己，我后来专门写过一篇随笔，叫作"不安"，里面还有这么一段："然而，这种不安还是无处不在。就像刚才，我买了一条香肠，走在回家的路上。空荡荡的塑料袋里，就放着那一根香肠。随着我的走动摇摆着，我渐渐觉得它像一根蛇，在袋子里蹦跳，并且不断咬噬我手中的袋子，意欲破洞而出。这让我发疯，我开始狂奔，奔进家门，将它丢在桌子上，就开始写这篇文章，就像我自小就相信的那样，恐惧、不安、诅咒、不祥的预感，一经说出，一旦写下，就会破解。"

吴丛溪刚搬了新家，这段写他的喜悦，我特意把他表达喜悦的方式和他的工作挂钩：

厨房的墙壁上一律贴了白瓷砖，碗架也是现成的，是一格一格的木头刷了白油漆。他将灯一打开，满屋子都是黄白的柔光，他几乎不能相信，仿佛感觉屋子里有什么东西还没来得及逃走，被灯光照得定住了。然而这是真的，他扪扪墙壁，又将壁橱的门开关几下，门缝里还有些金黄的木屑，门轴也有些生涩，然而这是真的。他飞快地跑去找了一只蓝花盘子，装满了黄绿的苹果，然后把盘子放在瓷台子上，自己退后几步，双手抱在胸前，左右端详个不停。

然后，他去医院看他待产的妻子，一路上，他在那里走路，我跳出来解说他的妻子，他妻子的相貌是照着我认识的一个女孩子写的：

她的皮肤非常白，但那白又很难让人接受，如果说像玉，那也是羊脂玉，如果像瓷，那就应该是古墓里刚出土的，有些透明，隐隐看得见血管的青色，又有些潮气，像是鱼的白肚子。她所在的地方，立刻会有一种厨房的气息，逼得人放慢说话的速度。

写这小说的时候我一个人住在学校的广播站里，房子非常大，特别是到了晚上，整幢楼也只有我一个人，楼前楼后都是大

238

花园，环境非常宜人。广播站里什么设施都有，所以那里逐渐就成了外语系、中文系、音乐系全体女生的客厅，我陪她们说话，给她们录制磁带——例如英语专业全部的听力磁带、《音乐天堂》、健身操伴奏带，而且通常一式几份。她们则跟我分享她们从家里带来的零食、漫画书、言情小说，后来干脆什么都讲给我听，例如，在家里怎么挣一点零花钱，和兄弟姐妹斗智，和爹妈使小性子同时留点后路，在宿舍和舍友斗智，怎样含蓄地嘲笑别人的服装和装扮，怎样生了气隔两天再寻个由头发作，还有女生的卧谈会内容，包括如何谈论男人，美丽的舍友的不可告人的生活习惯（例如不洗袜子），等等。

她们还把男老师和男生写给她们的情书给我看，告诉我她们夜里通常轮流念各自收到的情书，并一一加以点评，最终选出了最受欢迎的称谓：亲爱的姑娘。就这样，全校的男老师和男生在我这里都成了透明人，什么秘密也没有了。我一边叹为观止，一边听得津津有味，因为像这样"仙女不仙"的幕后故事是很难听到的。

我被她们宠着，逐渐成了另一种贾宝玉。特别是后来，十年时间，看着她们逐渐地从轻灵的少女变成了小妇人，"饲小油鸡，和小官太太暗斗"，我就决定让自己对女性的认识始终停留在那时候，不再前进一步。就像我刻意让自己的外貌穿着和所作所为停在一个不合时宜的状态里，被人认为不够成熟稳重一样，大概也是因为我内心深处怕极了坠入生活，所以刻意地把自己泡在小范围的福尔马林里，刻意地让自己寒意凛凛。这就扯远了。下面这些段落就是受到她们的启发写的：

　　她有着那种从大家庭长大的女子的一切智慧，练就耳听六路、眼观八方的本领。坐在屋子里捧着新买的一点零食吃，还得时时分辨着门口的脚步声，如果是表姐妹，她就把罐子极快地扔进柜子里去。长久地做间谍让她懂得如何反间谍。有一次她正往表姐的屋子去，大老远地就听到砰的一声，是柜门关上的声音，进了屋她就用力嗅几下，并连问是什么东西这么香，眼角瞟着表姐一脸的不自在。虽然她学的是外语，却未必真有兴趣，她的兴趣全在于人，她懂的也是人。不过，对他，她却有点拿不准，他跟她知道的人都有些不一样，这点让她觉得兴奋，也未尝不觉得危险。

　　然后我解释这个男人怎么喜欢上了她，两个人为什么达成一致结了婚，这里有我对家庭的表面的观感，我通常拿出来示人的，也是这些部分，因为别人觉得我应当羡慕他们的家庭气氛，他们的牺牲似乎也有了个证实，实际上，根本不是那么回事：

　　那是个春天的星期天，春天如果是一首词，春天的星期天

240

就是《声声慢》，对于独身的人，它有一种奇异的旷远。

她第一次请他上她家去的理由是请他去包饺子。那是春天，她的母亲在厨房的地下铺了一张旧报纸，坐在那里择韭菜，青青的、细长的菜叶子在她母亲的手里簌簌摆动，满屋子都是新鲜韭菜那青脆的、令人愉快的香气，黄昏的落日把窗格子明亮地映到地上，有一半窗子直接爬到她母亲的身上去，顺着衣服褶子起起伏伏，像一只温顺的黄毛狗。她母亲在那里细碎地说着话，新鲜的韭菜，第一茬，从前小时候在农村，如何铲韭菜，放几撮到汤面里，都抵得上香菜。又说到她——她母亲像是个全然没有心计的人——埋怨说这么大的姑娘了，笨手笨脚的，哪像自己年轻时候，画出来的花样满村子传，女儿这么大了，什么都不会，也什么都不做，你是她同学，她在学校里是不是也这样。他笑了一下，没有回答，抬头往她那里一看，她正像碎尸似的把一根葱砸扁，手里举着菜刀，像捏着一把蒲扇，两人的目光相遇时，她皱着鼻子做个鬼脸，耳朵边却听着她母亲说你说是不是是不是？他忙着答是是。后来，水开了，冒着气，她母亲用一只竹编的笭盛着饺子，把它们下到锅里去，然后又倒扣着笭，磕了磕笭底，水蒸气直升到她脸上，她微微地眯起了眼睛。他是个孤儿，对于这种家庭气氛分外敏感，也分外留恋。他是连着她们全家一块儿来爱的，不过，后来他发现她们家和世上的一切家庭都没什么两样。

她的个性里有一点狡猾的东西，而且她也并不怕让他发现。他因此不愉快了，她就慌忙地收敛起来，她也知道这样对不住他的踏实。不过，这收敛里多少有些讨好和刻意，像两个人并排走路，走得快的那一个时时控制着步速似的。这一点她也能意识到，但对于她，那早成了习惯，他因为她能够意识到，就更加不快。

后来他们结婚了。这中间我还写了许多字，关于他和她怎么互相和平演变，终于一个鼻孔出气，这就不敲上来了。但是基于我对婚姻生活的态度，我肯定是不会给他们好果子吃的，"一地鸡毛"是肯定的。下面这些段落就属于我的一贯认知。秋裤的细节是怎么来的，我早忘了，但是我毕竟这么写了：

她在家里时常穿着一条红秋裤，腰那儿早给撑破了，露着里面的白线头，裤裆也松松垮垮地吊着，使得她走路不得不叉着双腿，以免那裤子掉下来。对此她有充足的理由："不是在家里吗？"有一天她起夜，在黑暗中走回床上来，披头散发，吊着裆的秋裤使她的腿显得很短，一只拖鞋掉了，她一跳一跳地探着走过来。他在床上躺着看，却异样清醒，像是在云端里看着这些。他知道自己也无非如此，也穿着破秋裤，也吊着裤裆走路。一旦进入婚姻，他们就是传染了同样疾病的病友，坠入了秋裤地狱。第二天他怕自己忘了，用圆珠笔在手心里写了个"裤"字，下午就去商场里买了几条给她和自己。不过，不出一个月，两个人的裤子又吊着裆了，她还说"你看你买的东西，这质量"。从此以后，他在校园里碰见那些男生女生，哪怕再好看，穿得再紧凑，他也会在潜意识里给人家加上一条松松垮垮的秋裤。现在没有？以后也会有的。人生就是一条越穿越松的秋裤。

男主人公到了医院，他妻子醒着，对他有点埋怨，随后就提起他的一个尚未婚配的师兄来，要把她的同学介绍给这位师兄。然而，他对他的师兄有种艺术化的倾慕，总觉得他不是"婚姻"与"生活"范围里的人，而且，因着自己的婚姻，他对她那同学也有种连带着的难耐，类似于屋子里住着人，捂了一夜没有开窗户后的气味那样的难耐，所以没有接她的话茬。这个时候，他看到了他妻子床边的氧气瓶：

　　那氧气瓶的身子是瓦蓝的，在两头接口的地方又有些掉漆，露着一块块铁红的锈，像是已经用了许多年，这和他想象中锃亮、精致、不容置疑的医疗器械根本不是一回事。他忽然起了一种不安的感觉，生怕因医生的一时疏忽，氧气瓶里错装了什么有毒的气体——在这个不可理喻的世界上，什么是真，什么是假，什么是不可发生的？

随后，他离开医院，去学校上课，路上看到一个女人——这一类的插曲是我最得心应手的，看起来是为了环境真实的需要，但实际上是因为我的练习本里有许多这样的段落，实在需要尽量找地方用掉：

那女子将脸涂得粉白，眉与眼圈反倒画得焦黑，眼睛也是白多黑少，一张嘴红得泥扑扑的，像是文件落款处盖的红章，表明这张脸是通行实用、合乎规范的。

在课堂上，他和以前每年一样，讲到某个地方就有个固定的笑话讲给学生听，而学生们是一定会笑的，这次，他又按部就班地讲了出来，他有点疑心学生们不笑，稍微等了一下，然而，学生们果然笑了。在那里，他想起来他从前的老师：

他想起他从前的老师来，画山水的时候，总是喝一点酒，趁着微醉，恣意挥洒，画上需要一个圆月亮，他就用厚纸剪一个圆贴上去，然后尽情渲染，画成了，再把纸片揭了，云遮雾掩的天空上，豁然出现一轮明月。

他的老师是一个有着名士作风的人，妻子孩子全留在乡下，他独自住在文化馆的画室里。他时常穿着一件青灰的中式对襟大褂，被烟熏得焦黄的手指上，套着一个铜扳指。名士所需要的一切，如适度的颓废以及人们对名士的颓唐的原谅，他也一一具备，就是他那做着愚蠢牺牲的妻，也有一种凄美和苍凉。

然而，他对他的老师总有一种不太确定的怀疑，他的老师如此符合人们对画家的想象，而他的老师也就按着这想象兢兢业业地存在，简直没有幕间休息。太合乎情理的事，好像一个没有指纹、脚印、遗留物的杀人现场，总要教人怀疑。所以，有一次，他到老师住的文化馆大院去，看到院子中间有一个女人，坐在地上脚蹬脚地号啕大哭，他竟隐隐地希望那女人是他老师的妻，然而不是。

七天过去了，这一天，刚一下课，他接到电话，他妻子生了。他赶到医院去，他的妻子已经进了产房，他等在外边，买了一个面包吃：

面包是松软的，像金黄色的萨克斯吹出的小曲子，里面浅浅一层紫红色枣泥，是乐队休息时垂下的幕，幕里隐隐地有调弦子的声音，反倒让人不瞌睡了。大家纷纷议论着，说下一幕就要唱到谋杀亲夫了，她在他的牛奶里下了砒霜。砒霜？说不准这面包里就有，面包店里的学徒工失恋了，又因为恋爱妨碍工作，老板扣了他工资，他就迁怒于世上的一切人。这事又不是没发生过！他迟疑地捏着这面包，松软、金黄，像是夏末秋初午睡后的下午……戏里头的荡妇在嘲笑她的情夫没有她勇决呢！——他还是把面包送到嘴里去，咬了一口，起初像咬到纸，一会儿也就觉出香甜了。凡事想得太多、太离奇是不行的，毕竟是活在人世上。

最后，他见到妻子，两人一时没什么话说，她就又提起他师兄来，这次他觉得非常恼怒，他依然没有接她的话，通常他不接她的话的时候，她就会说："你就知道跟我装哑巴！跟别人话就多得很！"他等着这句话，但是这次她没说，所以他好像踩空了一阶楼梯。不过，停了一停，她还是说了："你就知道装哑巴！"他的不安感顿时都消失了，"眼前的一切似乎突然变得格外明晰，走道里的声音、窗户外边的嘈杂一下子都来了，他突然格外地察觉出自己的身体，这身体无比沉重庞大，把那些嘈杂的声音都吸附进来。他觉得自己站起来都困难，所以努力站起来了，然后，又坐了下去"。

小说部分写于1995年11月

重述部分写于2003年12月

246

世
情

午夜收音机

你在深夜里独自听过收音机吗？躺着，把那小小的匣子摆在颈上，用下巴顶住一点。无论是多么快乐的曲子，在那时候听来，都有点凄凉。

外面是一城的灯火，大路上有夜班车不断驶过，重重的、机器一样声音的女人闷声报着站名，稍稍一静下来，远处又有少年们高声地唱着歌，又有谁踢到一个破饮料罐子，哐啷哐啷的声音一直响到黑夜深处去。匡洁关掉收音机，两眼盯住房顶，眨也不眨。黑暗的角落里，一些像零件一样细碎的东西，组装着让人惊恐的物件，然而，它始终不能成形，匡洁耐心地等着——她有的是耐心。

匡洁明天又要给她的女朋友做伴娘了，这也怨不得别人，她实在是这一位置的最佳人选。如果相貌有必要分等级的话，那情形应该和楼房差不多，身在六楼的新娘，要找五楼的做伴娘，五楼的要找四楼的，三楼的当然更好。匡洁相当于地下储藏室，适用于一切被阳光照到的地上建筑，甚至给一楼以安全感和自信心。再说，婚礼上人多，说不定哪个男人看上了匡洁肯娶她呢！她的女朋友们个个都觉得自己对她有知遇之恩。

天亮了，匡洁早早到了新房。这一次要结婚的是叶雨樱，叶雨樱的面孔干脆就是一张粉饼，眉眼鼻嘴都是她自己的美术作品，作品风格类似闹市中的巨幅广告，五颜六色地画着蓝海红日，对于没有见过海的人有一种散发着油漆味的诱惑。再配着身上大红的套裙，头上一堆水红的绢花，脸是结婚的脸，衣裳是结婚的衣裳。

"我嫁的是他海黎一个人，又不是嫁他全家，说好的结了婚另住，偏不让，要我们跟他们一起住，一个月交一百五十块钱伙食。一百五十块，我一个月才赚多少，海黎才赚多少。说是亲生儿子呐，摊到钱上，一个子儿都少不了，还得赶着还这结婚欠下的一屁股债。这下他们可算是划着了，找了我这么一个倒贴钱的老妈子来，睡梦中都要笑醒了。老太太立马眉开眼笑地报名学老年迪斯科去了。要挨剥削，大家谁都别落下，他们家又不是只有他一个儿子，他大哥大嫂能搬出去，临到我们就不行。我这是刚出了炕洞，又进了烟囱，刚出了女儿国，又进了火焰山。"

匡洁刚要劝说几句，叶雨樱又接了下去："你说海黎他是不是人，怪不得他那帮酒兄弟都叫他海公子，大事小事不操心，不说话，就让我背罪名。就说昨天，买了几样东西，我穿了一双高跟鞋，磕磕绊绊跟在人家后面，他倒好，头也不回地大步往前奔。我看着一家店里的首饰好，刚往近一凑，他就伸出手来，铁钳子似的一把把我拽出来，那店里的人都拿眼睛看着我。你看你看。"

叶雨樱说着，捋起一只袖子给匡洁看，只见那雪白的手臂上，赫然几个暗红的手指印。匡洁看了，心知男方大约是嫌弃她东西买得多了，但没想到他能使这么大力气，也有点骇然，又不知道该怎么介入别人的事，不得不闷闷地挤出一句："他怎么这样？"

叶雨樱娘家在城里，自己却在附近的小县城工作，现在又要嫁到县城去，单是下嫁一这项，已经有十二万分的委屈，现在又觉得自己遇人不淑，借着匡洁一句话，就抽抽噎噎地哭起来了。

匡洁努力劝了她几句，又说："当心擦掉了刚化的妆，你看眼睛，眼影已经糊了。"叶雨樱这才慢慢止住了眼泪，又掏出一方折得四四方方的手帕，用边角小心地沾了沾眼角。匡洁拉着叶雨樱在梳妆台前坐下，拈起眉笔眼影膏等家什给她补起妆来。

忽然有人推开门，探进一个头来："粉刷呐？"

两人转头一看，只见海公子从门缝里伸进一个头，脸上笑嘻嘻的。头发显然是新做的，烫了大波浪，十分夸张，猛一看像是一只生着气的黑卷毛羊卧在头上，再配了下面那一张尖长的脸和一脸的假笑，十足一个卡通人物。匡洁差点笑出声来。

叶雨樱也是又好气又好笑，扭转身体，留个背给海公子。

海公子笑得更厉害了，两条眉毛往一处凑了凑："别生气，一皱眉，一噘嘴，墙皮要掉下来了。"

叶雨樱也一时忍不住"哼"地笑出声来，顺势站起来，走到海公子面前，拉开了门，伸出一根指头在海公子胸前一戳又一拨："损起我来就伶俐得很，该你说话了就摇头摸脖子一脸猴相。我告诉你，明天到你们家了，有些话我肯定是要赶早说的，到时候你再装哑巴，当心我以后跟你慢慢算。"说完了，伸出手在海公子的一只口袋外面拍了一下，然后一摊手："让你换的东西呢？别跟我说忘了。"

海公子嘻嘻一笑："不敢呀，有贼心没贼胆。"伸手在口袋里一摸，摸出一只缎面的小盒子往叶雨樱摊开的手掌心一按："那店里真是没有再大些的了，你要是还嫌小，恐怕就要到慈禧太后的坟里去找一个了。"

叶雨樱把那盒子打开，取出一只戒指，往指头上一套，喜滋滋地把手左翻右翻。看了几眼后，觉得自己显得太高兴了些，就揪起戒指上系的小硬纸牌子来细看。

海公子："戒指大了也晃眼。听说现下有那么一帮盗贼，专抢女人手上脖子上的金首饰，有的戒指套得太牢实，一时抹不下来，他们就把手指头也砍下来。"说到这里，他捉着叶雨樱的手，把戴着戒指的手指按下去，折到手掌心里，然后歪着嘴笑："哇，少了一个手指头！"

叶雨樱听了这话，把海公子的手一打，脸上一沉："今天是什么日子，净说晦气话堵我。想想社会上那些人我都胸闷气短，你还拿我作比方。你是生怕你说的话不能应验在我身上，巴不得贼匪们连我的人头也一块割了去，好称了你的心。你是这一道菜还没端上桌呢，就想着下一道了。你可是把真话说了。看在今天这日子，我先不跟你闹，省得惹我一辈子晦气，我还冲着这好日子呢，我一辈子可就这么一回。"

叶雨樱一阵风似的说了这些话，看着海公子的笑僵在脸上了，一撇嘴把海公子连推带搡弄了出去，反身把门关上了，往门上一靠，抬头看着匡洁，笑着说："男人都这样，对他们跟教育孩子一样，有好心，不能给好脸色，得趁早把他拿住了，不然日后再想着收他的心，那可就晚了。"说着就走过来和匡洁凑在一起看手上的戒指，说的也无非是在哪里买的，一克多少钱，又是怎么逼着海公子把小的换了大的这样一些话。

忽然听到门外一个男人说："嫂子，还生气呐？是海公子不对，你把门开开，饭店说的时间快到了，咱们还得赶着点。"

叶雨樱隔着门说："当你嫂子是什么人哪，为这么一点屁事想不开，关着门寻短见呐？还美了海黎他。"又一边匆匆将戒指上那个小硬纸牌子扯下来，一边回头对匡洁说："是江大旗，海黎以前的同学，在城里开车。"说着猛地将门拉开，一脸笑容地把大旗扯进来，又一眼看见大旗穿的白衬衣袖子上有一小块黑污，就伸出几根手指头动作起来，弹了几下，发觉是块油污，笑着说："干着个司机，光全沾在这里了，衣服脏了也没有人给盯着，就这么穿出来。"又说："怎么样，看着你大哥结婚，也该心热了吧，嫂子给你再介绍几个，不过也难说呢，嫂子看得上的，你哪里还放在眼里？"一边将大旗又往进一扯："这是匡洁。"这话一说出来，三个人都觉得不妥，一时不知该说什么好。而叶雨樱却"哇"的一声惊叫，将大旗和匡洁往一块一扯，又往后退了几步，拍着手说："你们两个的衣服配得倒是真好，一个红白，一个黑白，不像我，一身着了火的大红，也没个变化，海黎也跟我较上劲了，不肯穿黑礼服，偏要穿一身的藏青，跟上班的衣服一样，可恨着呢！"

两人不由互相一打量，那大旗是个高个子，暗黑的肤色，亮亮的眼睛，长圆的脸，松松地打着条暗红的领带，孩子式的下巴。留的是眼下不多见的小平头，身上穿着件白衬衣，外面套着一件敞着的黑色皮背心，下面是黑的裤子黑的鞋。匡洁则穿着她历来做伴娘的职业服装，红的鞋，大红的裙子，短款红上衣，里面是白衬衣。

叶雨樱的一套作为，匡洁是习惯了的，而那大旗，给这几下扯得有些窘，只淡淡地笑着不说什么话，匡洁看在眼里，就走去将叶雨樱伸着的手一拉："当新娘子了，还是毛焦火辣的，当心吓坏了人！"

叶雨樱笑笑地打趣说："我吓坏了人?"这话说了半截,自知失言,急忙打住,不打住倒好,这么一打住,匡洁的心也就沉了下去,她知道她要说的是什么。周围的一切不存在了,只有一支曲子幽幽地飘了过来……小提琴的……收音机的节目中作为填补空白的一支曲子……不知名的,在没有灯的黑屋子里,小提琴自己拉……幽幽的……流水一样的……也不管有没有人在听。

终于,新郎新娘头上撒了金纸片,坐着车往饭店去了,一路上张扬地放着鞭炮,仿佛讥笑路上每一个没有正在结婚的人。匡洁坐在叶雨樱旁边,一偏头,就看见叶雨樱红白的脸,漆黑地腻在眼睛上边的两道眉毛。车子一震,就能听见叶雨樱头上的绢花簌簌作响。这一派气象是和设在叶雨樱家的那间临时新房十分和谐的。刚才,匡洁最后一个走出那间屋子,忍不住回头看了一眼,那没有人的屋子满满地堆着十五彩缎面的被子、床罩,新的暖瓶,新的枕头枕巾,甚至新的有龙凤图案的肥皂盒,在人刚走掉的屋子里,它们没着落地宣扬着,快乐着,像小孩子脸上来不及立刻收敛掉的笑容。

车子在一个十字路口堵住了,前边的马路上正举行环城赛跑。穿着各种颜色的背心的年轻人一个个从车前面跑过去了。洁白的牙齿,黑的头发,裸露的肩膀上,骨头凸起的地方有一块小小的亮点。路边的人行道上,一家一家的商店正开着门,人们走进去,走出来,商店卖着东西,天黑了,就会关门,明天天亮了，又开门，人们照旧进进出出买东西，也不管有没有人正看着他们。生命是从来不怕旁观者的，无论是别人看，还是许多年后自己回头看。

车又开动了，有人迫不及待地从车窗里伸出手去放鞭炮，路上的人有转头看的，有不看的。车开过去了，拥挤的街道猛地空出一大块来。那扎着彩带绸花放着鞭炮的婚车开走了，在这么一个初夏的近午，没有什么意义的时刻，路两边的人心里也空出一块来，不过，也就是一刹那的事，像海水给劈开一道缝，很快就合上了。

第二天，是夫家那边的婚礼。一大清早，四五辆车载着喜客们直奔那小县城。匡洁原本被安排和新郎新娘坐在一辆车上的，刚准备上车，却见叶雨樱的五姨娘从大旗那辆面包车上下来，蹭着一双小脚颠颠地跑了过来，一边还早早把笑准备在脸上，到了匡洁跟前，拉着匡洁的手说："樱子这丫头脾气躁得很，我怕她到了婆家什么也不知道，闹笑话，有几句话还得这一路上赶着给她讲，不然我也放不下心来，匡洁姑娘，我跟你换换。"匡洁往那车上望了一眼，知道她是嫌那车上人多，犹豫了一下，还是答应了。

一上面包车，匡洁就倒吸了一口冷气，十一个位子的面包车，大人小孩算在内，竟硬是坐了十八个人，唯一一个空着的座位，也就是五姨娘刚才坐的，竟然在司机旁边。匡洁微微一愣，只好过去坐下了。待到坐定了，用眼睛余光将大旗一打量，才发现他今天换了一身铁灰色的西装。自己还是昨天那一身红白的衣服，正懊恼着，忽见大旗一侧身子，向她这边伸出手来，像是要取什么东西，匡洁忙坐直，紧贴着椅背，而大旗只是将她右边车门上的锁压下去了。

　　大旗也并不多说话，匡洁慢慢地也就将自己放松了。车出了城，路两边出现了成排的白杨，树干上齐齐地刷着半人高的白灰。路上停着成群的麻雀，车开过去，才呼的一下全飞起来，力量、方向都一样，像是被一根绳子串着似的。匡洁微微地笑着，将车窗玻璃摇下去。

　　忽然听到耳边大旗在说："我特别喜欢开车子，一把着方向盘，什么事就都忘了，就想着永远也别到目的地，就这么一直开下去，一直看着车外面的天啊地啊。"匡洁转过头来，看见大旗仍是目视前方，不能确定这话是不是说给自己听的，正琢磨着，大旗又抬起一只手来，轻轻拍着方向盘说："我这匹马，也真是匹好马，让它到哪里去，它就到哪里去，从不发脾气。"说着，眼睛仍是盯着前面，"一开别人的车就不行，你看我这鼻子，歪的，就是有一次开别人的车，出了事，把鼻子给撞歪了，从那以后，我特别不愿意开别人的车。"匡洁一笑："还有，你特别爱说'特别'这两个字。"两人都笑起来。

　　匡洁笑着，低下头去，那幽幽的、流水一样不知名的曲子……匡洁的声音忽然变得干涩起来："我只喜欢听收音机。"大旗一扬眉毛："收音机？我有次听收音机里的节目，一个主持人，大概是新手，和中学老师聊教育，提出一个问题：孩子成绩不好，怪老师还是怪家长？主持人让听众打热线，没有人打热线，两个人越聊越尴尬。我就打进去说，孩子成绩不好，都怪家长！电话一搁，热线一个接一个来了，都是家长骂我的。我等了一会，听着他们的节目又冷场了，又没人打电话了，就又打进去说，孩子成绩不好，都怪老师。一挂电话，热线一个又一个，这次是听节目的老师骂我。"

匡洁笑起来，用拇指支着下巴，另两根手指夹着鼻子，止不住地笑着，没有理由地、不停地笑着，大概是怕停下来之后，那短短的一阵空虚。笑着笑着，也就不能再笑了，终于停下来了。却听大旗又说："人人都觉得自己了不得，自己是什么，就要支持什么，我不，我都不支持。"匡洁笑道："那是因为你既不是老师也不是家长。"大旗："你看你，非要跟我抬杠，我即便是老师是家长，也不这么下结论。不过也难说啊，如果将来我成了家长，可能就生出一个自己的立场了。"匡洁说："那……也难说。"

匡洁说着说着，声音又弱下去了。以后的事，谁又知道呢？外面是蓝的天，绿的树，不带一点渣滓的夏天，应当努力地快乐起来。耳边又听大旗说："我将来去当赛车教练，专门教年轻人，年轻人没有这些事，不纠结，不想这么远。"

正说着，后面赶上一辆大客车，车上满满地坐着年轻人，高声唱着歌，像是去度假的样子。两车交会时，那辆车上的年轻人欢呼着，笑着，朝这边车上挥手。大旗腾出一只手，快速地挥了挥。匡洁缩在椅背和车门的角落里，看着那车走远了，车窗里突然飘出一根蓝丝带来，那是谁帽子上的？是谁衣服上的？她爱听收音机吗？

大旗微一转头，看了她一眼："怎么我刚才朝那边挥手，你很怕的样子，信不过我的技术吗？"匡洁说："是啊，我怕你一只手扶不稳方向盘，把我们通通转了户口。我倒不要紧，倒是你若少了根头发，添了道疤，怕是不知道有多少人要伤心了。"匡洁一边说着，一边也诧异自己哪里学来的这种口气，没来由赌着气的，仿佛有许多微妙的牵连似的。大旗只是一笑。

叶雨樱的姨夫，在司机座位后那一排坐着，手里夹着一支烟递过来，又拍拍大旗的肩膀，大旗一侧头，摆了摆手。匡洁看在眼里，就笑说："海公子烟酒麻将样样在行的，奇怪他怎么有你这么一个朋友。"大旗纠正："是老同学。不过，新娘子和他在这点上很般配，如果不是一起打麻将，他们也没有机会认识吧。你呢？也是麻坛高手吧。"匡洁一听这话，有些尴尬，也不再说话，只把头转去看风景。

忽然听到车后面爆出一阵吵闹来，匡洁一回头，脸吓得煞白。原来那车左边坐着的一位女客晕车了，一时忍不住，拉开车窗把头伸出去吐起来，对面却正好开过来一辆车。大旗也变了脸色，把车一把刹住，喝道："不要命了!"随即扯过一团棉纱，打开车门就跳下去。匡洁知道司机都是爱惜自己车子的，又是叶雨樱的娘家人弄脏了车子，就抢过那棉纱下车去把落在车身上的秽物细细擦掉了。车再跑起来时，匡洁想要把那余留的紧张消除掉，就笑着说："我以为你和别的司机不一样，原来你也会说'不要命了'。"这话一说出来，匡洁就后悔了，想要收回却也来不及了。再看看大旗，只见他脸上淡淡的一丝笑，并不追问，就松了一口气。没想到，沉默了片刻之后，大旗却忽然问了："你觉得我和别的司机应该有些什么不一样的地方?"匡洁一愣，不知道如何作答。

转了一个弯，车子猛一震，停住了，鞭炮震天地响起来，好像一个梦梦到最紧张的时候，却醒过来了。匡洁面前的车窗玻璃有一块有个气泡，透过那一块玻璃看见的房子和房子前面站着的迎亲的人，都是变形的。那些人看见车来了，忽地往前一聚，全都聚到那一块玻璃气泡里去，扁扁的、扭曲的人，挤在一个空间里，仿佛被拧干了血和水。站在最前面的一个人，大张着嘴，笑着，那一张脸，没道理地荒谬。

匡洁看着，闷笑着，又看见下了车的人也纷纷往那一块迎上去，开始是写实的身躯，待接近那一块了，猛地一虚，波浪似的一扭，脸面身躯便成了几摊流开的颜料。匡洁笑得更凶些，笑着笑着忽然顿住，扭头一看，见车里的人都走光了，只剩下她和大旗并排坐着。匡洁伸手便拉住门上的把手，一用力，却将车窗玻璃摇了起来，只好又转另一个把手，门却并不开。大旗伸手过来将门上的锁弹起来，匡洁开了门跳下车去，却并不往那人堆里走，远远地站着，只是笑。看见大旗在车上将车窗玻璃一一摇起来，匡洁心里便懊恼着本来该将自己那窗玻璃全摇上去的。

众人一股脑地把自己塞进屋子去，匡洁正眼睁睁地看着屋里的座被人一一占了，却见叶雨樱的二表姐——在车上晕车的那一位——笑着朝自己走了过来。二表姐拉着匡洁坐下，就皱着眉说："还没见过这么乱的，也没个人招呼着，樱子嫁的这家人！我看看你这衣服的手工。"说着扯起匡洁衣服的一只角来细看，"现在的衣服！你看看这针脚粗的，亏我们是以前过来的，以前自己做的衣服哪有这样的！你们年轻，买着穿惯了的，还以为衣服就是这样，在哪家店里做的？买的？在哪里买的？多少钱？"匡洁给问得烦了，想起身走开，衣角却在人家手里。

二表姐忽地抬起头来，手里还捏着那衣角："还没见过这么乱的！我们二强三强的红包也给忘了，亏得我们自家人，要是旁人早有话说！"原来照着规矩，随着喜客来的小孩子应该由夫家给红包的。不过，原先请人的时候，是并没有这二强三强的，而且这二强三强也实在算不得小孩子了。匡洁抬头看着二表姐的脸，蜡黄的皮肤，包着一层粉，时不时地露出一嘴焦黄的碎牙。

那样的一张脸，总让人想起旧式的小圆月饼，松松的薄薄的壳子，时时成块地掉了下来，每一块上都有些红印的痕。这种饼捧在手里吃时，不得不十二万分地小心，然而还是免不了要沾一身粉白焦黄的碎屑。匡洁笑一笑站起身来，却没理由地拍了拍衣服。

匡洁满屋子找叶雨樱和海公子，却不见人。想一想，便自己掏出两张钱来，寻一个背人处找了两块红纸包上了，那红纸不肯服服帖帖，手一松便散开来，匡洁狠狠地将纸捋一捋，但一松手红纸还是散开来，然而也顾不得这些了。匡洁捏着那两个红纸包往二表姐手里紧紧一塞，生怕那红纸又散开了。一转头走了，心里便懊悔，知道这好人做得不值——然而还是做了。听见背后那二表姐对人说着："你看你看，倒像是她给的！"

远远地看见大旗坐在屋子的角落里，低着头，在面前的茶几上用瓜子摆着一个字，摆得一心一意，是个"飞"字吧！摆好了，大旗端详一阵，便烦躁地将那些瓜子一拢，将那字毁了。猛地抬起头来，隔着人的山、人的海，倒是正碰上匡洁的眼睛，匡洁便笑起来，低下头就走开了。

忽听叶雨樱尖着嗓子满屋子喊着匡洁，匡洁往那声音刺来的地方望去，只见叶雨樱推着一个极丑的男人走过来，心下已有几分明白，待要逃走，一双脚却像是中了魔法似的动不得。叶雨樱将那人一拍，对匡洁说："来，认识一下，这是刘国亮，在物资局。"又对那人说："这是我跟你说的匡洁。"

刘国亮递上一张名片来给匡洁，咧着嘴一笑，露出金牙来："鄙人在物资局供职，你要是买木头的话，只管来找我，红松木，外头卖一千五一方的，我一千二就可以买到，你的亲戚朋友要是打家具，做寿材……"

看见叶雨樱伸手暗暗将刘国亮一拉，匡洁忽然有一种奇怪的感觉，就好像小的时候饿过了头，又急急地喝了一大口太烫的粥，一时间脑中一片空白。

新房里有人喊着匡洁姑娘，匡洁仿佛被惊醒似的向叶雨樱和刘国亮努力一笑，赶紧转身，只觉得一阵眩晕，兴许是转得太猛了。

新房里黑压压的全是女人，叶雨樱的姨娘、舅妈、表姐妹。叶雨樱的婆婆正在说话："我上厨房去，他倒是生气了，连推带揉地把我赶出来，说你是还没辛苦够是怎么的，一边歇着去，难得他这么体贴的。"说着说着自己先笑起来，一屋子的女人也跟着笑，匡洁掀开门帘正在门口站着，听到这番话，不觉怔了怔，心下隐隐地有些难过，女人……再好些，再强些，也还是女人，男人偶尔露出些温情，她就喜成这个样子，以前的事，也就全忘了。

五姨娘一偏头见了匡洁，就笑着说："婶子们要看看樱子的结婚照，也不知道她给藏在哪里了，你给找找。"

匡洁四下里找了半天才在柜子顶上找着了，踩着凳子取下来递给五姨娘。五姨娘眯了眼睛，拿得远些，一边端详着，一边说："这照的，看着都不像樱子了。"一边的叶雨樱的舅妈说："那是化的妆！"五姨娘只当没听到，问匡洁："照这么一套要多少钱？一千八百块？"舅妈说："我知道一家相馆，照一套才一千两百块，还给配框子。"五姨娘一直嘀咕着，嫌舅妈家来的人太多，坐了半车，现在又嫌她说话太多，就说："这不是也有框子？一千八百块算什么？那是海家看重樱子人好，找了那有名的大相馆照的，小相馆是便宜，就是照出来不像本人，还让别人看了笑话了，说海家不拿我们樱子认真，只心急火燎地草草办事。我们自家人倒不这么想，就怕的是那远的近的不相干的人看去当笑料。"

又一眼看见照片上叶雨樱手上戴着的白纱手套，就说："你看着学外国人样子戴的这手套，又不冷！手上的戒指也看不见了！那戒指才大，我还没见过这么大的，听说后来又换了一个，更大。那时候我们那地头上杨家的小老婆戴的一个也大，可是还没这个大。匡洁姑娘，你找找樱子去，把她手上的戒指要来给婶子们看看。"匡洁犹豫了一下，出去找到叶雨樱，叶雨樱正忙得脱不开身，本想把戒指抹下来给匡洁带进去，又怕那屋子里人多手杂的，就又着五指去给五姨娘们看。

264

五姨娘正啧啧地问着价钱，却听舅妈说："我见过一个比这个还大的，我们院子里有一家，闺女要跟一个做生意的，她家人不情愿，那姑娘就跟着跑了，上广州去了，再后来抱着儿子回来了，又大包小包地拎回家来……"五姨娘啧啧几声说："那可扫兴，怎么进得了门？"舅妈自顾自地说："当爹妈的还不是指望着姑娘过好，现在看着他们一家子过得好着呢，恐怕高兴也来不及。有一回那孩子哭，我去帮着抱，才看见她手上那金戒指，怕有这两个大。"五姨娘说："也不怕压折了手指头！"

匡洁在一边听着，满脑子却是一个"飞"字，不知不觉已在手中画了多少遍，忽然听着外边喊着开席了，就随着满屋子的人往外边走。大旗还在角落里坐着，等到人都快走光了，才慢慢站起身来。

一场婚结完了，匡洁又回到从前去，好像一场冗长的会议，麦克风坏了，刚乘机偷偷伸了个懒腰，麦克风又修好了，会又接着开下去。上班，下班。有一天下了班，回宿舍去，门口信箱里丢着一封信，是叶雨樱的，信里不免有许多牢骚，随后，貌似意味深长地说："你在考虑终身大事的时候，可一定要慎重，不要像我，现在自己后悔。"然后，又罗列了刘国亮的一些情况，身高体重月薪职务地址邮编……匡洁把那信往身边的一张小桌子上一撇，看着看着，对着那几张纸猛吹一口气，信纸给吹到半空中去，停了一下才飘飘悠悠地往地上落。

信里还附了几张照片，是婚礼上拍的，张张都有大吃的人，也有叶雨樱和匡洁，只有一张上有大旗，却只照了小半边脸。

又是几天，一个黄昏，匡洁一个人在街上没目的地走，却看见江大旗从对面走过来，也是一个人，还是那身黑白的衣服。匡洁心中慢慢一紧，觉得一阵胸闷，大旗很有礼貌地笑着问她上哪儿去。匡洁淡淡笑着说："约了人看电影。"擦肩而过，匡洁忍着没有回头，怕自己回头时，大旗却没有回头。

匡洁还真去看了一场电影，进场时电影都开始了好一阵，是美国20世纪三四十年代的黑白片。影院里空空荡荡，匡洁却还是摸黑按票上的座位号寻到自己的位子坐下了。故事是讲一个男人和一个女人要结婚了，却没有结成，后来男人和别的女人结婚了，生了个孩子，要给孩子起名字了，那男人说："就叫苏珊娜吧，我们的女儿要像百合花一样纯洁。"苏姗娜是那个女人的名字。

不过是极平常的悲欢离合，匡洁却觉得眼中有热热的泪涌上来，她赶紧掏出手绢来擦了擦，没有让它流下来。

1994年2月—5月

处处蔷薇

苏碧的故事是个老套的故事，老套到每三天就会在报纸上看到一次。每次看到的时候，苏碧都会恍惚觉得，那其实是她的故事，是记者偷懒，把时间、地点、人物名字换了换，又写出来了。每次看到这类故事，苏碧都会有种时间倒转、灵魂出窍的感觉。

不过，苏碧并不是个老套的美女，她不像本地的美女那样多半有一张扁平的脸、稍微白一点的皮肤、稍微大一点的眼睛，比一般人美，但又让人觉得意犹未尽。夸这样的女人是美女之后，多半让人有种给了别人一点恩宠的自得，而且这恩宠给得信手拈来，不花什么本钱，因此有白手起家般的快乐。

苏碧显然不是这一类的美女，她美得彻底、不容置疑。她有点像香港电影里的那一类女人，美得杀气腾腾，皮肤是白，但不是人的白，是冰雪的白，眼睛是黑，但是黑得深不见底，像是结了冰的窗户上化了两个洞，后面藏着整个的夜。她有点像黑白电影时代的人，被冰冻着，放了几十年，现在化了冻，活过来了，成了美女在彩色电影和彩色胶卷时代整体退化后的一个幸存者。

对于自己的美，苏碧自己也很知道。但她又发现，每次在街道上看到漂亮的女人或者好看的男人，他们身边的人反而难看得离谱。苏碧就有些气愤，怕自己也逃不出这定律去，下定决心，一定要找个好看的男人，走在街上，让所有人的眼睛都绿掉。那个时候，电视台正在播于莉演的电影《爱与恨》，那里面的男主人公叫高玉龙，是个美貌的男人。苏碧和同学逃了课，把这电影看了足足五遍，她给自己将来的爱人定下的标准，就是高玉龙的标准。

这样的男人，也还真给她遇到了。从银行学校毕业到银行工作没多久，她就从成千上万来银行的人里面，把江华挑了出来。开始认识他是为着他的相貌，认真交往了一阵子后又发觉这个男人还有个显赫的家庭，苏碧当时就像是听到了号角，身上也像是披挂了盔甲，所有有可能把他们分开的人和事，都成了她的假想敌。

情场和战场，其实没什么区别，大家不过是在比赛，看谁更不爱对方，或者更晚爱上对方，爱得少的、晚的那一个，铁定是最后的胜利者。她这样没了矜持，江华就顿时松了劲，但又时不时把她眷顾一下。他的爱就像是一块红布，在她面前抖一抖就预备收起来，想起来了，再抖一抖。他这样抖抖收收的，说不尽的悠游自在，她却像是斗牛场上的那头牛，终于发了狂。

后面的故事就非常眼熟了，随便翻开一张报纸，到处都是这样的事。头一次，江华只说跟她借五千块钱暂时周转一下，一周之后就还她。她拿自己的钱借给了他，一周之后，倒还真还上了。再下一次，说借一万块钱，一个月之后还是还上了。再下一次，他要跟她借三万块钱，她有点犯难，但是在他面前又虚荣惯了的，生怕给他小瞧了，就跟爹妈凑了钱给了他，这一回，他就说亏了本，撺掇着让她从银行挪点钱出来。一次两次的，越挪越多，越是还不上，越是要挪。

所以，苏碧倒也感谢那次生病，若不是那次病了，事情败露了，她可能还要挪下去，挪成个死刑犯也说不定。她经常想，也许哪里真有一只手，操纵着她演这出戏，要是半道上就把她演死了，戏就没得看了，所以那只翻云覆雨的手赶紧让她生了病，好让这出戏继续下去。

其实，也许是她的潜意识让自己生病的呢？这也说不定。那天刚有点想要呕吐的时候，她就隐隐地想：到底是来了。她记得小的时候看电影电视剧，片子里的女人忽然呕吐起来，而她身边的人还傻傻地问"你是不是不舒服"的时候，她就笑了，心想，这些人真是傻。她怎么也想不到这样的事会轮到她。那现在又是谁在笑她傻呢？

她也没敢跟江华讲，自己去了医院，她其实早就明白了这个男人，就是不敢多想，怕把自己吓住。躺在医院的床上，她想起来小的时候，院子里有棵石榴树，秋天她爸爸就会把成熟的果子摘下来，用一把锋利的刀切开，分给他们吃，石榴一切开，血红的汁液溅得到处都是，石榴籽也给剖开了。她站在一边看着，心里紧紧的，嘴里酸酸的，一小半是因为预先想到了石榴的味道，一多半是因为那把锋利的刀，被剖开的果实，血红的汁液。

　　第二天她给江华打电话，他正和家里人在一起打牌，只"哦"了一声，再也不说话，话筒里净是叫牌的声音。苏碧的心凉了半截，当天就生起病来，班也不能上。银行那边就找人顶了她，没两天，就看出问题来，苏碧的病还没全好就进了看守所，这一待就是半年，半年后审判，苏碧被判了十五年，江华被判了七年。那一天，是1988年7月6日，苏碧还差三个月才满二十岁。

　　到了石头沟监狱，换了衣服，她看了看周围的人，就打定主意不和这里的人有什么瓜葛。再冷眼旁观一番，却发现这里的女人犯的事全都和男人有点干系，像她这样为了身边的男人贪污挪用的就不知道有多少，又有给男人骗了，动了刀子的，下了毒药的，泼了硫酸的，又有伙着男人杀人放火的，还有为了跟男人远走高飞把自己的丈夫孩子全都害死的。都说女人是祸水，但这么看来，男人怕也好不到哪里去，是人，有了欲望，动了念头，都是祸水。在这么一群女人中间，每听一次她们的事情，就好像自己也经历了一次，要不了多久，苏碧就觉得自己老了二十岁。

那监狱里有个绢花工厂，女人们就在那里做工，都是些年轻聪明的女人，又没有别的事情，只在那里专心做花，所以那里产的花比别处的都结实耐看，卖得格外好。苏碧也在那里粘花瓣，有一天，身边白茫茫的全是白色的百合花；再一天，一片的蓝，全是勿忘我；白里透点淡粉的，那是梅花，苏碧低着头，跟谁也不说话，藏坐在这成片的百合、勿忘我、梅花花瓣后面，像个黑黢黢的鬼。要不了多久，那里的人就都知道三中队有这么一个眼睛灼灼、魂不守舍的年轻女人。

过了一年，某天有人来看她。她算一算，不是她爹妈来的日子，但还是去了。她倒没想到来看她的是江华的妈，这个女人的头发忽然花白了起来，却是文艺小说里伤了心的女人突如其来的那种花白，也许本来就是花白的，而现在她要人知道她没有心思打理头发罢了。头发虽然白了点，却依然挽着簪子，像卢碧云演的那一类伯母级人物，高贵，凛然。这个伯母一开始还高贵端庄地隔着铁栅栏跟苏碧说话，眼里满是对拉她儿子下水的狐狸精的悲愤，没说几句，端庄的伯母就走了样，向苏碧吐唾沫，骂她是婊子，又努力从铁栅栏的间隙伸过手来，要抓苏碧的脸和头发，胸前的扣子都给挣脱了。

经过这一番折腾，苏碧再也不把自己当落难公主、悲情小说女主人公了，这么鄙俗的事情，落难公主哪里遇得到，落难公主挖个野菜也是一出戏，守个寒窑也是传奇，就是有敌人，那也是一整个的乱世和国仇家恨，她的敌人却是个挣掉了扣子的不顾体面的老太太。她的遭遇也就是平凡人的遭遇，处处都是人间烟火气，透着尴尬、难堪。这么一来，她倒像是活过来了，能说能笑，还向舍友形容江华的妈，边形容边比画：简直像梅超风一样！舍友们全都笑了，其实这话也没有多么可笑，但大家全都笑得前仰后合，眼泪也流出来了。

要不了多久，苏碧又听说，江华的家里给他办了保外就医，他已经出去了，头发还没长多长就照样哪里去，该喝酒就喝酒，该开快车就开快车。苏碧在黑暗中坐了三分钟，心里有了打算，这打算让她彻底活了过来，她就是为这打算，也要好好活着出去。

心定了下来，苏碧忽然就有了生气，她甚至为将来盘算了一番，像她这情形，即便是争取减刑提前出去了，恐怕也是十年以后了，隔着十年时间，又有这么一段非比寻常的经历，从前的那些亲戚朋友，恐怕是再也不能来往了。但活在这世上，又怎么能没点关照？于是，苏碧放开眼去，暗暗在周围选了些刑期短一些，文化高一点，手上不沾血的女人，一心一意地交起朋友来。没有多久，倒还小有所成，很是交了几个朋友，而这些女人又比平常的女人豪爽义气些，见过大世面，交往起来倒也畅快。

也不是没有快乐的时候。监狱里的"新苗"演出队，苏碧也报了名。夏天的中午，她在小小的剧场排练，练困了，就裹着演出服睡在木地板上，窗子外边尽是白杨树，绿荫沉沉的，把一间屋子映得碧绿透明，耳边也是风吹树叶子的细碎声音。苏碧不由恍惚起来，觉得这么过下去也没什么不好。

不过，她在那里也没待够十五年，十二年零三个月的时候，她就出来了，回到爹妈家里，慢慢地，他们也就习惯了她。但她没想到在里面十二年，外面的变化竟然这样大，她不认得路，不知道现下的女人该穿什么衣服，连别人说的话也不大听得懂。晚上躺在床上，她开始怕起来，怕到心里冰凉，怕到恨不得自己再犯个什么事，好再回到石头沟去。

更怕的事情还在后头，她找不到事情可以做，好点的地方，看不上她的中专学历，更嫌她的历史不清白，差点的地方倒也愿意要她，她也断断续续在一些地方工作过，但那些地方不是工资老拖着，就是男上司总故意让她晚上加班，或者陪着吃饭。而这城市说大也大，说小也小得离奇，到处都有她过去认识的人，要不了多久，人人都知道了她从哪里来，那些男人更加理直气壮，请她吃饭也成了看得起她。

苏碧失魂落魄地回了家，恨不得当夜就找家银行抢了，好回到石头沟去。第二天，她忽然想起她们的绢花工厂来，也就有了主意。回了一趟石头沟，那边不但愿意匀些花给她卖，还同意她先拿货再给钱。苏碧借了些钱，看了几处地方，就把摊子在一个商场支起来了。

生意倒也不太差，又是她熟悉的行当，苏碧却还是不敢雇人，大事小事都是自己来，上货也是自己上，拖着纸箱子来来去去的，不出一周，手上就满是毛刺。

做了半年，生意上了道，苏碧就缓过神来了，下班了也敢四处走一走。有天下午，太阳正好，她从广场经过，发现那里有许多小孩子由家里人带着学走路，苏碧顿时就丢了魂，在那里看孩子走路看到天都黑了，那些大人看见这个眼光贪婪得失常的女人，也不知道是不是人贩子，都有点怕。有些孩子摇摇摆摆地，快要走不下去了，看见苏碧，就努力地走过来，要她抱，却被家里人一把抱走了。苏碧把伸出去的手缩回来，心里发狠地想，自己有了孩子，也要带到这里来学走路。

和她隔着几个柜台，有个岁数相仿的男人叫孟晖，在那里卖化妆品，说是原来在厂子里上班，后来厂子倒了，地也给卖掉了，他哥哥给他让了两个现成做化妆品的柜台，这就做起来了。那男人硬硬朗朗的，个子也高，头发短短的，看起来倒也英俊清爽，有几次看见苏碧一个人上货，箱子扛不动只能在地上拖着走，就过来帮忙，一来二去的也就认识了。一个男人卖化妆品也有不方便的时候，苏碧有时候也过去给帮个腔，在自己脸上连抹带涂地比画一下，生意就做成了。

渐渐地，孟晖见了她，就总要说错话，手和脚也像是多长出来的，放也不知道往哪里放。看着孟晖认了真，苏碧决心把自己的事讲给他。倒也没选什么特别的时间地点，就是有天中午，看着顾客少了，就过去坐在孟晖那里，一五一十地讲了，孟晖也没打断她，听完以后说，他其实早就猜出几分来，一个像她这样的女人，长得这么好，又吃苦能干，除非是有不得已的苦衷，否则怎么会到这里来卖货，还是一个人，连个搭帮的也没有。

说完了，孟晖觉得自己该表个态，安慰一下苏碧，又不知道怎么说，他就对苏碧说，他以前也偷过东西，厂子快倒的那阵子，他们眼瞅着管事的卖地卖存货，气不过，就连夜偷了些原料出来，卖了些钱，都投在摊子上了。这么一说，又觉得自己好像有把自己的事情和苏碧的事情比较的味道，就有点不好意思，整个人窘在那里。苏碧看着这个男人干干净净的一张脸，就笑起来。他也不知道她为什么笑，只好也笑起来。

秋天的时候，他们就准备结婚了，先拿点钱出来，选个安静的地方按揭了一套房子，简单收拾一下，又趁着有一天下雨去办了手续，就成了。第二年，她就怀上孩子了，有了身子，整个人立刻胖一圈不止，表情也有点呆。她满怀兴趣地看着自己的变化，一点都不惊慌。

所有像她这样的美女，也许都要为这美付出点代价。平白无故得了件东西，都要在别的地方找回去。她不但付足了代价，现在更把这美交回去了，所以也该过几天安静日子了吧。身边的窗台上有一盆蔷薇，正开着大朵的红花，她顺手掐了一朵，这花要是长在公园里就随便掐不得了，是要受罚的，但现在这花是她种的，她爱掐多少也没人管，她一高兴就又掐了一朵。

　　夏天的午后，白杨树那苦苦的油香从窗户里直灌进来，她躺在摇椅上，被斑斑点点的树影子罩着，闻着这味道，摇摇晃晃的，觉得有点困，慢慢也就睡着了，恍惚中，她还在想：就这样过下去吧。

2002年7月

红鞋

杨小萱家里，有两双鞋是动不得的。

一双是她姥姥留下的绣花鞋，粉红色的底子，绣着精致的花样，藤缠蔓，蔓缠藤，藤蔓之间，隐藏着花与鸟，虽然已经有点变色，但拿在手里，还是有种"不可能是真的"的那种艳异。那鞋子据说是她姥姥少女时代亲手做的，一辈子也只穿过一次，在出嫁那天。杨小萱的妈妈唯一的偶像就是会做绣花鞋的姥姥，姥姥当年如何美貌，如何以小家碧玉的身份和闭门苦练出的女红成为东城壕第一美女，是杨小萱妈妈捏着绣花鞋时永恒的话题："我，不及她的一百分之一，你，不及你姥姥一万分之一。"杨小萱很不耐烦："一双绣花鞋。"她妈妈说："你说什么？"杨小萱的幽默感没人能够理解。

另一双是她哥哥留下的。杨小萱原来是有哥哥的，1978年，她爸爸妈妈带着三岁的哥哥从他们工作的贵州三线工厂返回西安时，哥哥在火车站走丢，到现在仍下落不明。她妈妈每每提起小哥哥，就陷入半昏迷状态，捏着小鞋子喃喃地说着："要是我当时没拿那个搪瓷缸子去接开水……"，突然又睁开眼睛，目光炯炯地盯着杨小萱："怎么丢的不是你!"家里遇到搬家及墙缝漏水，她妈妈绝对少不了说几句"要是你哥哥在就好了"。杨小萱也不恼："妈妈，那时候如果已经有我，丢掉也好，不过，女孩子不太容易丢掉。""要是我哥哥在，全球气候肯定不会变暖。"她妈妈又说："你说什么?"杨小萱的幽默感从来没人能够理解。

不能跟姥姥比，又不可能跟哥哥比，这个家里两种性别的神，都遥不可及，杨小萱觉得自己不男不女，十分苦恼。她小时候渴望得到一双红鞋，红色的回力鞋或者红色的凉鞋，班里家境好点的女同学就穿这样的鞋，但她的脚上始终拖着一双不十分合脚的、性别模糊的胶鞋，红鞋子的事，她提都不敢提。

她是家里的隐形人，约等于空气。有一次和爸妈吵了嘴（印象中非常稀有的几次之一），她也向电视剧主人公学习夺门而出，出门的时候，还赌着气，怕爸妈会找到自己，于是动了点小心思，没有跑下楼去，而是向上跑，一直跑到楼顶天台去。然而，到底也没有人来找她，她的一点心思全白费。

报考大学，她的目标是离家越远越好、专业越强悍越好，于是成为交通大学道桥专业的学生。大学毕业，她顺理成章地进了施工单位，一年有大半年时间挤在男人堆里，在荒山秃岭之间施工作业，心情倒非常好。站在戈壁滩上，她看着落日渐渐消失，或者站在半空中看着桥梁吊装成功，根本不必去想自己是男是女，确实心花怒放。好日子终于因为妈妈的电话结束，电话那头，妈妈气急败坏又不耐烦地说："你回来吧！回来吧！"潜台词分明是："回来也没有用，要是你哥哥在就好了。"

她哥哥在也没有用。那一年，海南慢慢热起来，她爸爸当初的战友找上门来，说三万块就可以在海南买一块地入股，他们打算凑六百万，买两百份地，集中在一起，由公司建设厂房出租，以后年年有分红，十分诱人。她爸爸热心地在厂子里召集人入股，居然召集到了十个人，筹到买十六份地的钱。钱一交出去，认识了三十五年的老战友立刻人间蒸发。她爸爸豪气干云地承诺由他还钱，一分不少，第二天却在浴室摔了一跤，从此半身不遂，躺在床上。

除掉自己家出的那一份钱，她爸爸欠的钱是四十五万。那一年，一个效益稍好的单位，员工的月薪大约是一千块，黄瓜即便在春节也不过两块钱一斤，市中心最好的房子不到两千块一平方米。杨小萱按着计算器，眼前浮现出二十二万五千斤春节黄瓜，以及将近四百个揣着当月薪水的工人。

她丢下计算器，跑出门，和多年前一样，没有跑下楼，而是向上跑，一直跑到楼顶去。星星全都在天空哗一下倾泻开来，和以前任何时候看到的都不一样，格外大，格外亮，也格外奇异，像那些古书里写的乱世异象，河水里游着大鱼，天上坠着斗大的流星，挖土挖出刻着字的石头人，巷道里流传着诡异的童谣。也像一切决定命运的时刻出现时的那些异象，哭不出来，没有恐惧，眼前的一切都格外清晰，表情定格了，声音突然蒙上一层布，甚至空气中的分子都突突突地迸着金星跳动着。杨小萱坐在水箱边上，被这么多异样的星星搅得头皮发麻。

第二天很快来了，快到不像是隔了十二个小时。她挨个去那些股东家拜访，一家家承诺还钱。众生众相，场面和那些煽情杂志文章上写的完全不一样，有人面罩寒霜；有人连哭带骂；有人门都不给开；有人还算和气，甚至捧了茶出来，但话语间分明隔着一层；有人已经不抱任何希望，肯听她讲话也更像是自我安慰；也有人赔着小心，生怕不还他家的钱或者还得太迟，小心翼翼地一再表示："利息我们就不要了，利息不要了。"

坐在那里，杨小萱尽力想着工地账目上的那些钱，动不动八百万、五千万、一个亿，她尽力想着那些钱，有那些钱衬着，眼前的这些钱似乎就变少了一点，她说话似乎就有了点底气。但一出门，大太阳亮晃晃地一照，那些钱就连影子都没有了。她自嘲地想，即便不要利息，这个数字也十分庞大，如果靠她的薪水还债，需要四百个月，那时她已经是将近六十岁的老妪，天灾人祸的，只怕债主们没有这个信心。

她去单位请了长假，在街上看了半个月，在街口上盘了一间铺子，简单装修一下，一心一意地开始卖鞋子。那条街不算最繁华，好在，过了那条街的另一区是大学区，学生们要买东西，多半在这附近，鞋子卖得还算快。头几个月赔了一点，杨小萱没想到一间巴掌大的店，一个月的水电费都要三百块钱，好在她很快缓过神来，三个月后渐渐有了收益。

开始一点点地还债。她把债主分了几拨，有了钱，先还给那些家里有病人的、有孩子上学的，宽裕点，再给别的一家家还。债确实是在减少，但似乎太慢太慢了，二十二万五千斤黄瓜，消失得十分缓慢。杨小萱半夜三更坐在鞋子中间贴着标签时，经常被这二十二万五千斤黄瓜压得喘不过气来。房租，三百块钱水电费，教育附加费，污水处理费，这些和二十二万五千斤黄瓜比起来，简直不算什么。她胸口发闷，要大口大口地呼吸才能缓解一点，手里的活计却一点也不敢停，回去太晚没有公交车，可是要打车的。

有一天，妈妈神经兮兮地跑来，抖着声音说，有债主扬言，不快点还钱就"先奸后杀"。妈妈六神无主地满屋子乱走着，喃喃道："先奸后杀！先奸后杀！要是儿子在就好了。"杨小萱卖了一天的鞋子，十分疲倦，躺在床上，有气无力地挥挥手："哥哥在，一样先奸后杀！"妈妈疯颠颠地满地兜着圈子，念叨着"先奸后杀"，杨小萱十分崩溃，有点疑心哥哥走丢后，妈妈其实就已经疯掉了。

一位债主家里有个三十五岁还没结婚的儿子，国字脸，睫毛特别长，眼睛湿漉漉。每次见到她上门，都喜滋滋地迎上来，搓着手说："先不急着还，先不急着还，先还别人的。"杨小萱从没想到，长睫毛会让男人显得这么龌龊。从前在小学中学里，都有那种睫毛黑黑闪闪的男孩子，专注地看着你的时候，睫毛一闪一闪，似乎在人心里一下一下地撩着，十分动人。

眼前的这男人，年轻的时候是不是也青葱水灵过呢？什么时候变成这个样子的？是不是从前那些长着撩人长睫毛的男孩子，最后都变成一个见到女人就搓着手的猥琐男？真是不敢想。杨小萱每次都逃也似的丢下钱从他家跑出来，也不是要逃他，而是要逃过一些更强大、更可怕的东西。后来她当真不急着还他家的钱了，只是，这么一来，那些由他家匀出来的钱，感觉更不洁了。

她渐渐和债主们培养出一种奇异的感情，有时候她上门还钱，赶上他们吃饭，他们也热情地招呼她，她也不客气，偶尔也会坐下来吃一点。店里遇到麻烦，也找有门道的债主帮个忙。有时候去还钱，赶上他们心情好，还要推让一阵子。春节时，杨小萱还常常把他们约齐了，一起吃个饭。只有一种时候感觉非常怪异，就是那些人家来了客人，他们不明就里，还温和地问"这是谁"的时候，双方顿时停顿三秒钟，那三秒钟，杨小萱要在很久之后才能适应。

渐渐地，她又染上个奇怪的嗜好，大约是成天惦记着钱，精神一紧张就要按一按计算器算一算手里的钱才能安心，于是对计算器上了瘾，见到精致点的计算器，就想买下来，后来甚至是看到文具店，就要进去找计算器。她手里慢慢攒下八九十个计算器，金的银的，铜的铁的，做成书本形状的、地球仪形状的、地雷形状的，变形金刚造型的、电脑造型的，模仿儿童发音、成人发音的，带音乐的。如果不是对计算器有了兴趣，杨小萱无论如何都想不到，计算器可以有这么多的样貌。晚间回到家里，坐在床上，同时打开几个计算器，唱的说的，《铃儿响叮当》《祝你生日快乐》同时响着，场面十分壮观。杨小萱坐在计算器中间，乐不可支，又觉得自己心理完全变态，更加乐不可支。

三年、五年，杨小萱慢慢能雇得起店员，又开始扩张店面，开了分店。二十二万五千斤黄瓜慢慢减少，她甚至买了一辆二手的客货两用车，又匀出钱来交了首付，买了一处新房子，把朝阳的那间给了躺在床上的爸爸和妈妈。妈妈满地兜圈子的时候少了，那句"要是你哥哥在就好了"渐渐不见了。有一天，杨小萱听见她跟楼下的人说"还是女儿好"，口气酷似计划生育宣传员。杨小萱丢下计算器，跑出门，和多年来一样，没有跑下楼，而是向上跑，一直跑到楼顶去，楼比以前的高，从通道里探出头的那一刹那，满城都是灯火。

杨小萱记得非常清楚，全部债务还清的那天，是2005年8月12日。她曾经无数次设想过这一天，设想过自己的表现，大哭、大笑、脱掉衣服当街狂奔，但当真来了，她倒十分平静，跟店员打了招呼，找了家安静的宾馆开了一个房间，关掉手机，一直睡到第三天的早晨。

她在自己的货品里挑出一双红鞋子，仔细地穿在脚上，钻进她那小小的客货车里，踩下油门，秋天的早晨，太阳湿漉漉的，打在车窗玻璃上，一点儿也不热。

她开着车向西，一直向西，当年她造的桥，应该还在。她要去看那些桥。

她摇下车窗，千万座桥，一一从车窗外掠过。

2007年6月21日

汹涌的暗夜

　　她刚走出法庭，就闻到了春天那种有点芬芳的空气，而且，是在黄昏的悠扬时刻。于是，她临时决定在那里站一下，站在那里，她觉得自己成了全新的人，有足够的勇气走向另外一种生活。

　　就在那时候，从对面街道上走过来一个穿着黑衣服的男人，他没有做任何伪装，甚至没有用什么东西遮住自己的面孔，直接走到她的面前，拿出一个瓶子，扬起手，向她泼出那些落地后滋滋作响、冒着青烟的液体。而她之所以安然无恙，全都因为她身边的法警提前有所察觉，用力拉着她躲开了那个人。

　　无论如何，她必须要离开这个城市。这个凶险叵测、她只熟悉它的夜晚的城市。

　　在这个城市，她曾经做着一份不大名誉的工作，不止一次，她觉得自己正在变成吸血鬼，不适合在白天出现。光线，逐渐成为一种负累、一种严重的警告，在光线里，她随时可能萎缩、成灰。

但是，那有什么呢？这份工作终于让她有了勇气去规划一下自己将来的生活，一部分钱可以用来上学，而且是一所很好的学校，她那些单纯的同学应该会觉得她与众不同，她会沉默、微笑，但是显然曾经沧海。在某些地方，她比他们有更多的智慧去应付非常的事务。

另外一部分钱可以用来买一个小房子，每间房子涂成一种颜色，连窗台上摆什么花她都想好了，应该是一盆海棠，开着细碎的深红色花朵的那种。她对将来如此有把握，连遗忘过去也有把握。但是，她绝对不会想到，有一天她会成为一起凶案的证人。被杀死的人是和她在一起工作的姐妹，而凶手是她那死于非命的姐妹写在电话号码本和日记里的一个大佬。她们都认识他，无数次地看到他出入那个死去的女孩子的屋子。

他们要她出庭做证，她拒绝了，她不断地为那个女孩子哭泣，但是依然拒绝。直到有一天，他们给她看小姐妹留下的一份清单。在过去的三年里，这个死于非命的女孩子为自己虚设出一套房子，每过一个晚上或者一周、一个月，她就让这个房子变大一点，并为这个属于她的房子添置一两件东西，连放在床头的毛毛熊也没有落下。

熊是什么颜色的？棕色的，还有，眼珠子要缝得结实一点，以免小孩子把那眼珠子抠下来，吃到肚子里去，那对于孩子来讲，实在太过危险。她灵魂出窍地看着这个清单，她似乎成了那个死去的女子，站在空中的一个地方，抱着一只棕色的毛毛熊，等待着某种机遇。她为这只买给那还不存在的孩子的不存在的毛毛熊站在了法庭上。

她必须离开这个城市，到哪里去？应该是一个已经在变化中，但依然有着某种安稳的城市，还有，那里要有足够多的人口和来自四面八方的人，足够把她藏起来。那是哪里？西安。在西安，她认识了他。

到西安的第一个月，她用来小心翼翼地认识这个城市，它的街道、夜晚，和那些在夜晚出没的人。随后，她开始出现在一个网吧，每天从早晨十点到凌晨两点在这个网吧上网。每三天左右，她就可以看见他出现，有时是早晨，有时是下午，有时是晚上。他专注于CS，网吧里的所有人都在玩这个游戏，有些人就此成了朋友。三个月时间里，他对这个游戏从陌生变为熟练，和周围那些打同样游戏的人也逐渐熟悉起来，但是，他和他们显然有隔膜，这种隔膜从何而来，她要在很久以后才会知道。

那个网吧有六十台机子，如果每天最少有五个人使用一台机子，那么每天就有三百个人来过这里，十天就是三千人，三个月就是两万七千人，即便把重复出现的人算一半，仍然有一万三千五百人。就是说，三个月时间，有一万三千五百人曾经在她面前出现过，而他，是这一万三千五百人中最美的一个。

对她而言，他是一万三千五百个男人合成的。

她从没有见过那样美的一张脸，那样一个身体。她经常坐在他身后的一个位置，打量着他胳膊上一条肌肉的紧张和放松，或者他无意识的回头，她的鉴赏力绝不应该被怀疑。而且，他不只是相貌接近完美，他还美在异常淳朴，从不像别的男人那样大喝小叫，也从不对服务人员指手画脚，从不。他说话的时候，总在淡淡地笑。三个月时间，她无数次看见他淡淡地笑，她确定了自己的爱。她决定认识他。

有一天，6月的一天，她走向他，努力地使自己的语气自然——是的，自然到连她自己都吃惊。她走到他身边，说："你好像很久没有来了啊，干什么去了呢？"他先是被她的自然催眠，摘下耳机说："是啊，很久没有来了。"随后他意识到，他也许从未和这个女子有过交往，因此一个错愕的表情即将来到。她对此早有准备，她说："你忘记了？有一次我们等机子，在那里，曾经聊过的。"于是，他向她道歉，说她的确非常面熟，但是他记性不好。她说，那你的电话号码呢？可以说吗？他笑了。可以啊。

她努力克制自己，过了很多天，才打通他的电话，约他去一个生意不大好的酒吧，在那里他们可以专心地说话。

在约定的地点，她看到穿着西装的他站在黄昏的路口。随即他告诉她，他并不喜欢穿西装，他喜欢穿宽松的衣服。显然，他是为了见她，穿上了这身令他拘束的衣服。

在酒吧里，他告诉她他多大岁数，做什么工作，在哪里上的中学，他最好的朋友是谁，他的上司是多么刻薄可恨，他喜欢什么样的音乐。他似乎要把遇见她之前的一切都交代清楚。他说，他的妈妈只拿着很少的退休金，而他的兄长长年生病，所以这个家的重担全在他身上。他非常非常需要帮助，而现在，有人愿意帮助他，帮他做点什么，让这个家能够从容一点。说到这里的时候，他的表情非常犹疑，似乎那并不是一件令人快乐的事。

他们就这样开始来往。他从来不问她从哪里来，靠什么生活，为什么不工作，怎么一个人租着这么大的房子，似乎她出现在他面前再自然不过。

他们有时去看一场电影。有时把某条路走一遍，数一下这条路上有多少家酒吧。多少家？到2002年7月22日那天，是五十九家。有时候，就是坐在她家里，听一首歌，或者看一段电影，她坐在阳台上，偶然偷看他一眼。

夏天的一个中午，他下了班，来到她这里看电视。他很累，就在沙发上睡着了。整个下午都在下雨，黄昏的时候天晴了，天空有一种夏天雨后的灿烂。他骑着车带着她，在南关什字找一家店，说那里有很好吃的炸酱面。

她穿着一件白衬衣，知道他要骑车带她去的时候特意换的衬衣，这使她看起来像个中学生。有多少年没被男孩子骑车带过了？也许十年，也许这辈子从来都没有过。

终于有一天，他说，要带她去他家里。

他有一个很小但整洁清爽的家，所有的被单和窗帘都是浅淡的颜色：白色，米色，淡淡的苹果绿色，必须是非常非常眷恋生活的人，才敢于使用这样的颜色的用具，才会不辞劳苦地清洗、整理、更换，让这些容易显得脏污的颜色保持本来面目。他就有那样一个清爽、整洁的，但狭小的家。窗户统统敞开着，向着天空敞开，可以看见外边淡蓝的天空，窗帘被大风吹得高高扬起，桌子上有一沓白纸，一支笔压在上面，而窗台上，正有一盆她喜欢的花：深红色的海棠。眼前的一切都是她万分喜爱的，甚至让她开始喜爱自己。

他给她看他家的一切，他的照片，学生时代的纪念册，他母亲的卧室，而他经常穿在身上的那件蓝色的短袖衬衣就挂在阳台上，散发着刚被清洗过的味道，被风吹得歪歪斜斜。她简直心花怒放，不敢相信这是真的，不敢相信她就这样容易地走进了一个现成的、充满生活味道的家。直到她看见了那只高压锅。

他似乎把他生活中的一切都介绍完了，为自己的滔滔不绝有点不好意思，他抓抓头发，想要找点别的什么给她看，给她讲。于是，他带她到厨房，指着那只高压锅给她看。他说，那是他妈妈有天上街买菜的时候，用买菜的钱买了彩票，中奖得来的，他妈妈为此高兴了很多天，直到过年的时候，才拿出这只锅使用。

她站在那只锅前，仿佛被定住了，他和她生活里的一切，此刻就在这只高压锅里蒸煮、翻滚，却绝对不可能相容、渗透，只会急剧膨胀，难以被容纳，最终冲破这只看似坚不可摧的锅。《白蛇传》里法海用来镇压妖精的，也许根本不是什么法器，而就是这样一只高压锅。

她忽然转身向他笑了一下，拉开门就走出去。等到他反应过来，只听到她下楼的声音。

她没有再去找他，那只中奖的高压锅，始终等在某个地方，催促她现出原形。直到秋天过去，冬天过去，春节过去，直到春天再来，她才决定去找他，向他坦白自己过去的一切经历，说完就走，绝对不给自己留下一点奢望、一点期待。也许，这种决绝里面，还是含有某种奢望、某种期待，只是她自己不敢承认。她去了。

再过上二十年，她也会记得那天的天气。在西安这个地方，3月已经足够温暖，榆树爆出了满树紫红色的芽点，一种水红色的花朵猝不及防地出现在某个街道中心的公园里。稍微空旷一点的地方，就有孩子在放风筝，他们在黄昏的光线里大声叫喊，把自己跑得气喘吁吁，那些叫喊，被春天的空气腐蚀得残缺不全，听也听不清，却有浓烈的生活气息。她走在那样的空气里，慢慢觉得自己有了勇气，仿佛传说里的女鬼被渡了一口生人气。

在他家的路口，她看见了他，他正站在那里，似乎在等人。她也站住了，她在想，他是在等谁呢？要不了多久，她就看到了。

一辆血红的跑车完全不顾任何交通规则逆向行驶而来，车身在黄昏的光线里闪着诡异的光。那血红的颜色和它明目张胆的昂贵，使得它和周围黯淡的街道极不协调，仿佛它是从一个完全不真实的梦境中驶出的。血红色的车驶到他面前停下了，一个男人摇下窗户对他说话，他似乎犹豫着，而那个男人已经在催促了。他打开车门，矮下身子，非常熟练地坐在后排的座位上。他消失了，消失在红色的车里。

很快，那辆车也离开了。依然是逆向行驶，根本无所顾忌，并最终消失在黄昏漫漫的光线里。

她站在路边，慢慢地觉得自己浑身冰凉。

她知道那是一辆什么车，也知道那车属于谁，而且，她知道那辆车的男主人有些什么嗜好。在这个城市不过一年，她已经知道了这些，她从来都有一种和黑暗深处的力量接通的本领。

似乎是突如其来的高烧袭击了她，她抱起双臂，没完没了地颤抖。在周围的人觉出她的异样之前，把她当作一个烟鬼、癫痫病患者之前，她尝试挪动步子，并终于能够走开。

所有和她一样的人，不论男女，一生下来就被摆在了橱窗里，等待被出售、被使用，等待毁灭，每长一缕肌肉、一颗牙齿，每度过一个冬天，都只是向着更好的出售而去。他们之间唯一的区别，只在于价格。所有的他或者她，一生下来，就有一个或者很多买主等在某个地方，等在红色的车里，或者汹涌而至的夜色里，面目不清，却强悍、果断、毋庸置疑。

她抱着双臂走在街上，路灯似乎突然亮了起来，并唰的朝她倾斜过来。黑色的街上，浮动着种种颜色，金黄，鲜红，碧绿，幽蓝，不断变幻。她每一步都像走在灯光闪烁的梦境里，醒也醒不来，睡也睡不安稳。走着走着，就再也不想走了。

2003年4月10日

白色花树

　　那年，柯渐蓝只十七岁，清瘦，干净，穿白衬衣、蓝裙子，上高中二年级。一大早起来，旷课去电视台应聘一份兼职的工作。

　　于信生也旷课了，跟在她后面。他明明走得比她快，却总跟她身后，跌跌撞撞笨笨拙拙的样子。她走在前面，头也不回。

　　他们从小在一个院子一起长大，后来又上同一所小学中学。他总是跟她后面，勤勤恳恳。她拿他当自己人，当兄弟，当死党，早习惯了他，妩媚活泼都给别人看，在他面前却从不刻意做什么表情姿态，老挂着一张脸。知道他们的人，根本不当他们在恋爱，而说他是她的小菲佣。于信生不过比她大一岁，却把她当孩子。柯渐蓝永远拿第一，事事处处看似比他优秀，他也还是把她当孩子。

　　他知道她为什么去电视台。

本地电视台出现一档新节目，专播文化体育动向，由一名叫孟巍的男子主持。这男子十分帅气，而且没有这行当里的男人的脂粉气，非常威猛豁达的样子。

学习间隙，两个人偶尔看一看电视，这个男人出现在屏幕上，穿车手服，讲赛车。柯渐蓝睁大眼睛，欠欠身子，坐前一点，这文静的小女孩，显然十分激动。于信生察觉到她的变化，恨死了自己手里的遥控器。

永远拿第一的小女孩从此有了秘密，她搜集关于男主持人的一切资料，录他的节目，剪报纸报道，连电视台的节目表也一起剪下来，零花钱不够买太多录像带，就只录有他出现的部分。

于信生总帮她，帮她录节目，剪报纸贴到精心买来的少女日记本上，胶水抹不匀，报纸没粘平，被柯渐蓝一把夺去。

渐渐地，只录他的节目也不够了。愿望发了芽，渐渐长成了苗子，每天在她心里招展。看到这电视台在报纸上招聘兼职的主持人和办公室人员，她不相信是真的，脸色煞白，一下午什么也做不成，第二天就去应聘。

柯渐蓝虚报年龄，说自己是大学一年级学生，她做得轻车熟路，似乎已经在心里排练了一千遍。那边也不仔细看证件，态度十分轻浮。

填好表格，第二天就可以上班。柯渐蓝正在年龄栏里写

"二十岁"，旁边一个男人的声音响起来，电视里播音的声音腔调在生活中听起来却格外怪异："新来的这孩子我可管不了啊！说她两句就哭了，干脆让她回家吃奶去。"

是孟巍。比电视上看起来更生动，离她那么近，看得清他下巴上的胡子碴。柯渐蓝站直身子，低下头，心跳得让衬衣都在微微起伏。

办公室的人对孟巍唯唯诺诺，态度十分谦卑。柯渐蓝后来知道，孟巍体育系毕业，这形象十分难得，专业又好，很受重用。他们全宠着他。但孟巍刚一转身，办公室的人就收了脸色，也不顾外人在场，互相说："跩什么？流氓一个！泡不到人家，就说人家不好。"

柯渐蓝的工作非常简单，不必坐班，抄写一周电视节目表，送到报社，给录像带贴标签，有晚会活动时做些杂活。

于信生去电视台看她工作，正碰上孟巍录节目迟到，又久久霸着演播室，耽搁了新的女主持人进演播室的时间，旁人不敢骂孟巍，只呵斥那年轻的女主持人："你看他不来，你不会早点进去呀！"孟巍录播出来，解着领带，跟上一句："头脑要灵活点！别老这么死板。"

"他不是好人。"于信生跟着柯渐蓝回家，一路嘀咕着。柯渐蓝照旧头也不回。她早着了迷，脑细胞集体死亡。

小女孩十分努力，因为觉得孟巍可以看到这努力。娟秀的字迹，抄着电视节目表，一个字抄错，也不涂改，撕掉重来。她也不写情书，她抄电视节目表。那些人看她实在，渐渐什么工作都交到她手里。就连不过几十个字的申领器材的小单子，也喊她来写。

于信生十分心痛，已经到了高三，学校纪律对高三学生是有点松弛，课业却十分繁重。于信生表示愿意帮助抄写电视节目表、串词以及节目策划书。"你的笔迹又不像我，别人一看就看得出来。"小女孩将这份工作看得十分重，尽管她也知道根本没人在乎这字迹属于谁。

于信生遭此打击，非常气馁，也有点赌气，一周不去找她。她并不以为意。一周后，他按捺不住，去找她，到了跟前，也不说话，气呼呼地写几个字给她看，那字迹分明是学她的，着实有七分像。不找她，却在家里刻苦地、默默地临摹她的笔迹。看她有几分默许的样子，他拿过节目表就来抄写。

"这个电视台若没有柯渐蓝，第二天市民就会少看一个频道，精神文化生活会十分空虚。"于信生一边埋怨，手里却不停地抄着电视节目表。

要考大学了，柯渐蓝只报本地的大学。对别人说是不愿意离开家，两个人却都知道，市级电视台的节目上不了卫星，考到外地去就看不到孟巍的节目，抄不了电视节目表。

于信生也报了本地的大学，小女孩被自己的心事迷着，哪里有心思仔细思量，还迷惑地问："你不是说男人要离开家才能长大吗？你不是一心要考外地的大学吗？我们这里哪有你要学的专业？"于信生叹一口气，也不回答。

念了大学的柯渐蓝渐渐长起来，留长了头发，稍微涂一点唇膏，照旧是白衬衣蓝衬衣，并不十分当自己是一回事的打扮，在人群里却十分显眼。常常有男生约她，于信生一开始有点气急败坏，后来发现她全不动心，有点庆幸孟巍的存在吸引了她的注意力。

跟孟巍一比，那些男生的确不够魅力。毒辣的人，有毒辣的吸引力。

柯渐蓝现在的时间更多了，老在电视台泡着。有一天，在走道上给孟巍碰到。通过眼睛的余光，她知道孟巍一定是在回头看她。他总算注意到她的存在。

柯渐蓝回到家里，手里的稿子都来不及丢在桌子上，就站在镜子前面看个不停。摊了一床的衣服，换了脱，脱了换，不知道第二天穿什么去才好。第二天她早早到了电视台，站在窗户前，一直等到孟巍开着车进了院子。

孟巍下了车，还没有关好车门，广告部的谢芙蓉刚好路过，蹭了过去，笑着与孟巍说话儿，越说越近，身子索性也斜斜地挂在车门上，好像没了力气，随着车门一下荡过来，一下荡过去，手指在车门边上抚来抚去，又不知说了什么，低声地笑了，手掩着嘴，笑一下，把手拿开，又笑了，又把手掩上去。

柯渐蓝以前也不是没见过孟巍和别人兜搭，但这一次，或许是因为他看了她，对她留了意，她觉得自己的利益受到了严重的损害。孟巍走了，她站在窗子前，看见院子里的花园中苹果树开了一树粉白的花，天也是蓝的，她把手指头送到嘴里啃指甲，把指甲都啃秃了。

没过几天，广告商邀请电视台员工到郊外的山庄去玩。大家都去了，吃饭，喝一点酒，分开来活动，唱歌的，打麻将的，有的人在水池边钓鱼，那鱼早饿好几天了，一钓一个准，水池边隔几分钟就一阵欢呼。

柯渐蓝一个人去柳树林子里荡秋千，也不十分起劲，脚刮着地，荡着荡着，那头来了脚步声，一个人拂着柳树枝子过来了，正是孟巍。

他手斜斜地插在裤兜里，有一点笑，声音低低的："你好像很喜欢一个人的样子。"

她早看习惯了他这一套，但轮到自己身上，还是有点不习惯。孟巍不想浪费时间："明天有时间吗？"

她当然有。她都在电视台工作三年了，她有的是时间。

他们约在酒吧见面。柯渐蓝一直等到深夜，他也没有来赴约。

第三天，报纸上的次条是"本市著名主持人孟巍车祸身亡"，标题下面的新闻可没这么简单，车上还有个女人，那女人怀了他的孩子，约他出去谈判。三条命。

柯渐蓝病倒足有三个月。电视台没了她也没倒闭，报纸上还是登着电视节目表。

于信生一直陪着她。他是她的菲佣，他不陪，谁陪呢？三个月过去，有一天，于信生照旧来找她，照旧唠唠叨叨的，埋怨她不知道开窗户，也不收拾房子。柯渐蓝定睛一看，她做着青春迷梦的这三年，于信生早长大了，浓眉大眼，头发浓密乌黑，身材高大结实，非常好看。

柯渐蓝走过去，环住他的腰，于信生停顿了一刻，嘴里还在说："你看，手上全是土。"

好女孩在年轻的时候总是会爱上坏男人，然后跌回现实，算作青春的成人礼。

大学毕业，工作，再两年，她和他结婚。

假期，他们一起出去旅游。一路上，一车游客吵吵嚷嚷，也没人真心看风景。住到宾馆里打扑克；到了青山绿水间，石头上铺一张报纸打扑克，凉亭里打扑克；若发生核爆，躲到地下去，只要有一副扑克，他们也能过下去。

去一个景点的路上，柯渐蓝看到车窗外有一道山岗，青青的，衬在蓝天下。山岗上有一棵白色花树，一晃就过去了。车子不久到了景点，都是人工的建筑，柯渐蓝和于信生走出去，沿着记忆的方向找那山岗，峰回路转，眼前突然开朗，那道青青的山岗没有消失，山岗上，白色花树在阳光下静静盛开，来了一点风，树摇着，白色的花瓣四散开来。

柯渐蓝回头看看于信生，去握他的手，不用回头看，她也能找到他的手。春夏交替时的阳光，有种别样的温暖。

2005 年 4 月 29 日

后记

冲进目所能及的风景

1

第一次写"故事"，大约是在五六岁，用彩色铅笔，在一本六十四开的白纸本子上，画了一个故事，名叫"点点花开了"，"点点花"是我杜撰的名字，因为我知道的植物名字太少，而且我往往也不会画。

故事只有三页。第一页，我用红色的彩色铅笔，画了整页的红点，算是盛开的"点点花"，用黑色的炭笔，画了几根线条，算是树干。第二页，背景依然是红色点点花，两个人在树下，一个被杀了，身上插着一把刀，另一个站着。第三页，只有红色点点花和躺在树下的人。这幅画画的是凶杀场面，点点花树下，一个人把另一个人杀了，然后逃跑，只留下花树下的尸体。

五六岁的时候，怎么会画这种故事呢？直到今年我才明白。五岁前，我住在于田农场的爷爷家和姥姥家，五岁后，到策勒上了小学，但寒暑假还是要回于田农场的。于田农场，在我表层的记忆里，是一个有白杨、湖泊、草原、麦地、棉花田、苜蓿地和果园的地方，像一首经过提纯的田园牧歌，但在我深一点的记忆里，在农场当管教干部的姥爷、舅舅小姨们，还有邻居们，每天讲述的都是各种罪行和惩罚，杀人、斗殴、逃跑、逃跑未遂、判刑、枪毙。

这深一点的记忆，其实被我有意埋藏着，被我用碧绿苜蓿地和金色麦田埋藏着。孩子要有个孩子的样子，田园有田园的基调。我此后多年都在奋力埋藏我童年的诡异之处。直到今年2月，在离开农场三十八年之后，我又一次回到那里，在坍塌的老屋前，遇到了当年的邻居，邻居说，农场出过一个作家，写了一本书：《黑白人生》。我找到那本书，读到当年那些犯人在于田农场的经历，深处的记忆一点点泛起。

这是我的感受力的起点，红色的野花和杀人放火的罪行，碧绿金黄田野埋藏着尸体，远在天涯的月亮下的家，与诡异世界只有一墙之隔。

2

20世纪80年代，是类型文学的黄金时代，我当时读的作家是金庸、梁羽生、古龙、陈青云、西德尼·谢尔顿、阿瑟·黑利、埃勒里·奎恩、欧文·华莱士、阿加莎·克里斯蒂、江户川乱步、森村诚一、松本清张、西村寿行，后来是高罗佩、村上春树、渡边淳一。

小城里有图书馆，里面大概有几万本藏书。我的选书方法，是先找几本《世界名著故事梗概100篇》来读，看看哪部故事精彩，哪部小说因为大尺度描写被批评，然后再去借原著。先读了些名著打底，《简·爱》《呼啸山庄》《谢利》《名利场》《茨威格小说选》，然后就原形毕露地奔向被批评的作品，《麦田里的守望者》《风暴眼》《蝮蛇结》。高二的时候，译林版的《追忆似水年华》出到第七卷，照旧有争议。县城新华书店进了这套书，图书馆随即购入，我迅速奔向《追忆似水年华》，但很失望，这套书并没有批评所说的那么生猛，一个青春期孩子想要看的，这些书里其实都没有。

也是在高二那段时间，学校画室的师兄王海林推荐了另一些书给我。他父亲是村里的民办教师，家里很有些藏书。《约翰·克里斯多夫》《巨人三传》《亲和力》《萧红散文选集》《呼兰河传》《罗丹艺术论》，都是他借给我的。他的书，一律用牛皮纸包着书皮，钢笔字写着书名，后来很长一段时间，我都学他，给书包书皮。但我同桌赵军（另一个影响了我的人，他现在是作家和书法家）说，包了书皮的书影响阅读欲望，他喜欢站在书架前，看着五色的书籍，期待某本书勾起自己的欲望，于是我也不再给书包书皮了。

也是王海林对我说，他有个师妹，喜欢一个叫海子的诗人，抄录了一些他的诗，每次读这些诗都会流泪。1992年，我在《诗歌报》月刊上，看到《海子、骆一禾作品集》的邮购消息，买了一本。海子的月亮、麦地和村庄，也成了我的月亮和村庄。

读这些书的同时，我磕磕绊绊地开始写作了。十二岁，写了第一个完整的故事——其实是故事梗概——《餐桌上的谋杀案》，是福尔摩斯探案的同人故事。穷人生了对双胞胎，无法生育的富豪抢了一个当自己的养子，多年后，双胞胎中的另一个前来复仇，他绑架了自己的双胞胎兄弟，冒充兄弟进入富豪家，在餐桌上毒杀了富豪。福尔摩斯带着华生登场了。

这个故事写在六十四开的红色横格笔记本上，同班同学传看了很久，才回到我手里，都被看掉页了。

十三岁，开始读言情，琼瑶、亦舒、玄小佛、姬小苔、严沁、岑凯伦，我学着琼瑶写了言情故事《秋叶又金黄》，两个少男少女的爱情故事，因为解决不了他们在一起怎么办这个问题，少女不出意外地得绝症死了。

十三岁的暑假，读到了杜拉斯的《情人》，王东亮版本，那个暑假我在和同学结伴出去游泳、钓鱼，麦田里游走的同时，读了十几遍《情人》。杜拉斯突然像海难一样出现在我生活里，她的面容、情史、生活，她的语言方式，瞬间把我淹没，那不是一个作家淹没别人的方式，而是一个情人、一种宗教淹没别人的方式。那种流畅、老练、简洁、自如，以及"对自己的情欲"，比"勃朗特三姐妹"或者琼瑶亦舒，更能影响我。我短暂的言情写作时代就此结束。

又一次开始写小说，是在十七岁的时候。我写了一个短篇小说《鬼脸面具》，重复了《餐桌上的谋杀案》的那个故事，不能生育的富豪抢走穷人的孩子，穷人央求富豪家的用人悄悄带孩子出来见了一面，并在集市上给孩子买了一个鬼脸面具当玩具。一个雷雨之夜，孩子戴着鬼脸面具突然出现，富豪惊吓致死。

我对这个故事实在是很有热情，后来又写了一遍，改名"心魔"。这次是全员恶女，穷女人嫁入豪门，生下双胞胎女孩之后被赶出来，双胞胎中的一个留在豪门，另一个被穷女人养大，多年后成了复仇者，绑架了自己的双胞胎姐妹，冒充姐妹进入父亲家，大开杀戒。多年后，看到冢本晋也的电影《双生儿》，我才发现这种对双胞胎的奇异关注，这种倾注在双胞胎身上的神秘感，以及"被替代"的恐慌，并非我独有。

还写了一个短故事，《春寒料峭》。一个穷女人，买东西中了奖，选择要奖品还是奖金的时候，想起家里只有一把伞，要了一把伞作为奖品。回到家，她的丈夫对她的选择不满，要她退掉伞，换成现金，她拗不过丈夫，和丈夫一起去了商场，一向跋扈的丈夫在商场经理和保安面前却异常孱弱，被推搡打骂，她拉着丈夫走出商场，外面正在下春天的第一场雨。

还有一个武侠小说《死亡游戏》，脱胎于阿加莎的《无人生还》，但在设定上做了非常多的改动。讲的是古时候，一个江湖上的恐怖组织"石人族"，每年邀请十个江湖上成名的侠客到大海上一个与世隔绝的岛屿，做一个名为"死亡游戏"的闯关游戏，拒不参加的人，会给自己和家人带来灾祸。一到岛上，参与者就被告知，他们中间的一个人，是石人族的奸细，这个人的存在给他们带来猜疑、不信任。此后的七天里，他们要不断被追杀，被出卖，看看谁最后能够幸存。这个游戏存在了十年，没有一个人能够幸存下来，它已经成了江湖发展的极大威胁。而这一年，收到邀请的是十个年轻人，其中有三个人是朋友，他们之所以不得不参加这个游戏，是因为其中一位的女友已经被掳到岛上成了人质。故事的最后揭晓真相，原来那当了人质的女友就是新任的岛主（模仿古龙《西门无恨》系列里张洁洁的设定），她为了剪除自己的反对派，故意邀请了一群朋友来参加游戏，因为以前来参加游戏的人都毁于"不信任"，而她相信，这三个人中间，一定有"信任"存在。最后她人性大发，回归善良，还赢得了爱情。

我学琼瑶，在小说里连改编电影后的主题歌和插曲都写好，和她不一样的是，我连曲子都有。有一首插曲《细雨梧桐》，歌词是这样的："细雨敲着梧桐/往事敲着心房/眼望着窗外的落花纷纷/啊细雨敲着梧桐/细雨敲着梧桐/更声敲着残夜/鬓边的杏花任它飘落/啊细雨敲着梧桐。"

也是这一年，我读到张爱玲。第二年我回到大学，又读到余斌的《张爱玲传》，那本书对我来说是真正的小说启蒙，从那本书开始，我再读小说，就换了眼光。那几年陆续读到《白鲸》《草叶集》《刽子手之歌》《蜘蛛女之吻》《普通读者》《尤利西斯》《都柏林人》《查泰莱夫人的情人》《东方奇观》《宠儿》《所罗门之歌》《我弥留之际》《喧哗与骚动》、加西亚·马尔克斯、卡森·麦卡勒斯，方法照旧，不过，我所依据的，不再是《世界名著故事梗概100篇》了，而是《诺贝尔文学奖获奖者作品选》《美国短篇小说选》，由这些选集里的片段，通向他们的一个个小世界。

王海林师兄，那时也在附近大学读书，我们时常见面，交流读书心得。《柳如是别传》《元白诗笺证稿》《英国散文的流变》《英诗的境界》《我弥留之际》等，都是他推荐给我的。因为他的推荐，我读到了王佐良老师的书，我对英国文学的了解，包括对文学作品那种较为开阔的观念，是王佐良老师的书给打的底子。

因为在学校广播站工作，每天要早起放广播，我可以不必住宿舍，独自住在文科楼的广播站里。那幢楼是俄罗斯式的老建筑，有狭长的雕花大窗、回旋楼梯，屋外有高大的柏树，大丛的丁香和碧桃，我就在花园里读书。同时读几本，每本每天五十页，同步推进。离开那里之后，再也没有那么心清目明的时光了。我写过，一想到那里，"我的心就像被驴踹"。这本书里的《午夜收音机》《写在练习本上的小说》《天使之声》，以及没收进来的《雷米杨的黄金时代》都是这时候写的。

因为受到尤瑟纳尔《东方奇观》的影响，我还写了一些以古代中国为背景的志异故事，《紫玉婵》《水玲珑》《金缕鞋》《病梅》，还有《浮花》里的《七日断肠》，这些没全写完，但如果再写起来，肯定能写完。因为我完全不惧怕写作了。它们都是怪力乱神，花心里的蝎子，碧野里的骷髅。

从开始写作那一天起，我就没在小说里写过"校园""同桌"。总是不大耐烦。

3

到了一定年纪，再看见十几二十岁的年轻人，我常常感叹：十几二十岁，原来这么小。于是常常会思考"早熟"这件事，免不了觉得，我爷爷、我母亲乃至比我大五岁到十岁的那一拨人，实在太早熟了。十几二十岁，就敢于决定自己的命运，懂得参与世间大事，有成熟的表达。后来发现，如果和更年轻的一代人比，我们这一拨人，也可以归到"早熟"之列。

古代人寿命短，平均寿命三十几岁，必须要在这三五十年里，极尽一切可能，做完所有要做的事，所以必须早熟，早早觉悟。即便是强行接过前几代人的生命体验，即便是以演戏、过家家的方式扮演大人，演着演着也就成真了。我们这一代人出生的年代，距离平均寿命三十几岁的年代，其实也就三十多年，人们还没来得及了解或者享受平均寿命七八十岁的时代的一切好处，也得在早夭恐惧里奋力成熟。整个世界，也是按照这个预期来运行的，是在"来不及了"的观念下行进的，所以格外动荡，也格外浓烈。就比如，八十年代。

后来的人就从容一些，可以慢一点成熟，慢一点觉悟，可以把命运的起伏拉平一点，所以穿越文里几生几世的设定特别多，七八十岁的生命，对于二十出头的人，确实漫长到像是几生几世了。穿越文的生命观念变迁，就是平均寿命增长的见证。事实上，我现在就常常有几世为人的感觉。

我们恰好落在这个变迁阶段，面对生命的长与短，急与缓，有时候有点手足无措。我们按照平均寿命三四十岁的预期，提早成熟，提早经历了生活，提早喝酒喝坏身体，提早进入暮年状态。我的中学同学里，四十出头就抱了孙子的大有人在，却发现平均寿命骤然提高到七八十岁，而生命期待和生命激情已经早早用完了。像我这样的人，就更加尴尬，知道自己不是古代人了，但九〇后未来人也未必接受我。这是我在写小说的时候，常常担心的事。

4

1997年，我住在一个筒子楼的角落里，春天，夏天，写下了《西北偏北》（这本书里的《妈妈的语文史》是其中的一部分）和《春雪》。在那之后，我就很少写小说了。

二十多年就这么过去，直到我不再惧怕小说，不再惧怕结构一个故事。也不再担心，三四十年的生命激情定量，按照七八十年平摊，会不会摊得太薄了。

5

解说自己的读写经验，似乎不大好，藏在幕后是神秘感的需要，也是降低期待的需要——万一我读的书其实白读了，以为写出来的故事其实没写出来。

我只是想说，我是在自知的状态下写作的。我喜欢高度控制，我不喜欢弱控制状态下写出来的文字，不喜欢半自动写作，不喜欢涣散、失焦、低对比度，被一个所谓灵感驱动着写作。我喜欢全面监控。现实中的我，一直在自我监控，在被"我是被监控的"这样一个观念监控，甚至自信地以为，我能监控我内心无意识的部分，至少也能意识到那片无意识深海的存在。我故事中的人，也时刻穿越到故事之外，意识到自己在被监控，这可能是一个狮子座写作者强悍的一面。

或者说，我是按照电影的生产方式来写小说的。电影的高投入、长制作周期，决定了它必须是强控制的。电影的成败是另一回事，但在每一次拍摄开始前后，它都是强控制的。

我喜欢这种高投入。甚至，我那些被浪掷的，没有用来写小说的生命，也是这种高投入的一部分，是我那些有效的小说的公摊面积。

6

《春山夜行》，源自跟朋友打的一个赌。他认为小说必须写真实的人和事，没有真实的人和事作为起点是不能写的。我觉得这种写作不能让我兴奋，虚构才能带来兴奋点，而且，复写真实的人和事，可能给当事人带来困扰，我会有道德上的迟疑——这点不太像个写小说的人。

然后，我说好的，我来写一个完全陌生的领域，而且写我最讨厌的白酒行业（我不喝酒，甚至不喝咖啡和茶，只喝白开水）。

查资料和采访用了两天，写了四个小时，发表在2019年7月的《小说界》上，被收进《小说选刊》"2019年年度短篇小说选"里。

就是想写一个年轻人独立展开生活时，那种恐慌、试探、自信和自足交替的状态。怎样成熟，以及装作成熟。这个小说实质上是农业趣味的，因为只有在农村里分家另过的年轻人，面对一大块土地，开始耕作的时候，才会有这种恐慌和自信的交替。在大地上，不可预期的事实在太多了。

用了我家乡小城作为背景。故事里的地理环境、气候特征，还有风土人情，全都以我的家乡为蓝本，故事中人的表达方式，也是我家乡人特有的，比如，"不要让他们两口子脸吊下"，意思是"不要让他们感觉到被怠慢，因此吊着脸"。我是边写边念，边写边演，希望它们就像是我家乡人说出来的。

7

《天仙配》，用了一个真实的故事，一个被诊断为"青春迷狂症"的女人持续不断的出走，铺设成这个故事的框架。

所谓童勇，其实是董永，我心目中的"原人"，即最接近"普通人"的人，出厂设置完好，人类的基本面，弥补裂缝的水；《石头记》，"无才去补天"；白石子，童话《韩塞尔与葛雷特》里，两个孩子凭借白色石子找到回家的路；索兰母子觉得自己要发病了，就哭着，手拉手到精神病院去——这是兰姆姐弟的故事；吹笛子，欧洲童话《花衣吹笛人》，马奈作品《吹笛子的少年》，横沟正史《恶魔吹着笛子来》，笛子似乎总和某种不祥、诡异的事情相关。唐山，在写这篇小说的2021年12月，还是一个重生之地的象征。

希望留下一些形象。九十年代，河流，河岸上捡石头的人，柳树的万千金丝，田园疗愈精神病院（我特别希望在我的家乡开设一个这样的精神病院），画在石头上的星星。

之所以用画画作为主人公自我治疗的手段，是因为我有一个未遂的画家梦，至今我也喜欢保罗·德尔沃、安德鲁·怀斯、罗克韦尔·肯特、格列柯，以及任伯年、陈老莲、林风眠、黄秋园。我写下的每一段文字，都是某个画面的延伸。

8

《五怪人演讲团》，是《小鸟文学》约的稿。

本来准备写的是另一个故事，就是《五怪人演讲团》里王斯明的故事，一个被父亲禁闭多年的女孩，试图融入世界，却最终失败。故事结束的时候，她对试图拯救她的人说"我要死"，那个人用了温柔的声音说："好。"我一向是完全想好了，理顺了，才会动笔。这个故事我始终没有想好，试着写了几部分，都不满意。

那段时间，我还去了趟赛里木湖，特意带了电脑，想着万一理顺了就可以在旅程中动笔。然而，在回程的飞机上，距离截稿只有两天的时候，我突然有了一个全新的结构，我觉得可以把王斯明参加演讲团的部分抽出来，单独写一个故事，算是原定那个故事的番外。

我刻意用罗列的方式，写了这个后半段，让它看上去像一个电视连续剧的梗概，为的是某种节奏感。

按期交了稿，在"三·八"妇女节那天发了出来。

我很喜欢这个故事。

9

《浮花》。

写这篇小说之前，我刚写完《我父亲的奇想之屋》。在《奇想之屋》里，我用了戏仿的方式，模仿《聊斋志异》《阅微草堂笔记》，以及《飞碟探索》目击者报告、民国军人回忆录，写了几个小故事，以"戏中戏"的方式，嵌套在一个现代故事之中。后来我突然想到，我还可以模仿张爱玲《谈看书》的笔调，再写一个故事，假托是张爱玲《谈看书》中的段落，放在里面。总之，还不够过瘾。

《浮花》弥补了这个遗憾，这篇小说的细节和气氛，仿的是张爱玲，还有一些气氛上的设定，也各有出处，比如詹姆斯·乔伊斯的《死者》、比利·怀尔德《日落大道》《费多拉》；至于那个向媒体爆料的小明星王小玉——亦舒小说《她比烟花寂寞》里，有个小明星叫王玉；"范斯凯勒太太"——《尼罗河上的惨案》中的阔太太；孟子亮在草地上看到夜鸟惊飞——红楼梦第七十六回《凸碧堂品笛感凄清 凹晶馆联诗悲寂寞》；"金发如镯绕白骨"——多恩的诗句；"死开盖！开盖货！"——杨绛《回忆我的姑母杨荫榆》，一个女人内心的撕裂；四个女演员的配置——《我和春天有个约会》中有四位女主。《原野》中焦母的台词引自原著，《旷野之神》《七日断肠》《千年之恋》中的台词，来自我写的电视剧和诗剧。

我对独幕剧和"一个场景电影"（《这个男人来自地球》《看不见的客人》）很着迷，所以，这个故事在形式上用了独幕剧的方式，第二和第四节是小小的穿插，和第一节第三节可以在同一个舞台上完成，只需要用灯光切换一下。

故事发生在两个小时里，其实不足以让月亮升起来又落下去，但我不管，月亮必须落下去，这是我作为一个作者的自由。整个故事就发生在一个场景里，月亮必须升起来又落下去，这样才能增加一点空间上的流动感。

之所以用葬礼前的等待作为线索，是因为从2020年下半年，到写这篇小说的时候（即2021年5月），我朋友圈里，陆陆续续有十个人离去。已经在一场葬礼中了，还有另一场葬礼要来。这是一个灰尘弥漫的世界，一段灰尘弥漫的时间，对我个人来说。

10

《妈妈的语文史》。

1996年，我在当养路工，当养路工的同时，开始写小说。

这份工作虽然辛苦，但有个优点，可以按时下班，并且没有任何应酬——没有人想要和养路工应酬。此后几十年，我再也没有遇到过不需要应酬的工作。对于刚从学校毕业的我来说，它特别接近我理想中的工作的样子，白天忙碌，下班之后就和工作一刀两断，可以在家写东西。这种生活，似乎特别有"双重生活"的味道，而且是那种干净利落的双重生活，我喜欢的很多作家，不都过着这种双重生活吗？

写了几个短篇之后，我开始写长篇了。我那时候在读杜拉斯、杰克·凯鲁亚克，计划像他们那样写些小说，自涌的，流动的，看似漫延却处处恰好的。于是我开始了，没有人物表，没有大纲，就这样开始了。我有的只是一些画面，一个穿着黄裙子、戴着春黄菊，光着脚在街上行走的女孩；一个城市边缘的小镇，似乎处于一个永恒的秋天，天空的晚霞到了黄昏就被烧得焦黑；

还有一条空旷的长街，一个有梨树的小院，一些聚拢在一起又很快散掉的脸。我断断续续写到第二年9月，写了七万字，终于写不下去，就果断放弃了。

这个故事写在一本教案笔记上，牛皮纸封面，纸张微黄，有红色的横条格子。因为我读的是师范院校，我们用教案笔记做课堂笔记，算是提前进入角色。离开学校之后，我还是习惯于用教案笔记写东西。

在那七万字里，"我"、妈妈、弟弟、姨姨、姨姨的丈夫皮货商人、皮货商人的情妇、爷爷、疯子叔叔、艾丽娅、小白、林，都有各自的故事。他们一度生活在这个叫华林岗的地方，最后又流散各处。故事里的"我"，在离开家乡之后，"可耻地发了迹"，母亲跟着"我"去了异乡，弟弟则留在家乡跑客运。多年后，母亲去世，小白也变成一个肥胖的小官员，林过着平凡的日子。"我"重新回到出生地青海，在那里漫游了很久。最后，在西宁，"我"遇到一个旅行者，在分手的那天，旅行者为"我"唱了一首童谣。

我把母亲的故事单独拎出来，改写成一个短篇。感谢《小说界》的项斯微老师，保留了这篇小说的篇幅，和段落间空行的格式。

这个小说想写的，就是"凄怆"两个字。北方秋天的那种凄怆，四五点钟天黑（我们这里有时差，秋天冬天会早早天黑），木叶的苦味混合着河水的腥味，清冷的长街，街道两边疏落的灯火，卖毛栗子和红薯的小店闪着红红的火光。尤其是我们这里的老工厂区西固和大学区安宁，到了秋天和冬天，都特别有那种凄怆的味道。哪怕今天盖起了那么多高楼，那种凄怆的味道还在。那是北方骨子里特有的东西，弥漫在空气里、光线里，是高楼也抵挡不了的。我没有结构上的野心，也没有特别的意味，就是想写"凄怆"。

如果它需要一首主题歌，我希望是西妮德·奥康纳的A Perfect Indian："为何生命里那情景昙花一现，那时你们总是对我笑脸相待，现在我却漂泊于可怖的大海，孤立无援，不得不自我拯救，长久以来我像是李尔王的孩子，那是唯一可以通往自由的路。"

给几个作家朋友看过，柳营的评价我很喜欢，"如此自然的'小说'"，她给小说加了引号，因为她知道这其实不是那种披挂上阵的小说。我也希望它是自然的、九十年代的、私小说式的，希望它有一种絮絮叨叨诉说的语气。

我知道已经没有人这么写小说了，连我自己，也都去写高概念的故事了，所以它对我来说特别重要，特别珍贵。再也没有那样一种自涌般的、充沛的信心了，再也没有那么一段时光了，悲痛都是新鲜的，还没有烂掉，没有真正渗入骨髓，变成实锤。

我也还没真正领悟，"李尔王的孩子"的命运是一种什么样的命运。

11

《农场故事》，用散文的方式写的故事，正文前面的小段落，一段一个意象，一段一个小主题，慢慢堆积和罗列，是我喜欢的手法。当年读到《草叶集》之后，就一直想着有一天可以自如地罗列，在罗列之中找到一种音乐性。

《晚祷》，介于散文和小说之间的一个小品。八十年代，在瘟疫蔓延的时刻，人们还在试图抓住点什么，试图把自己安放到一种秩序里。

《写在练习本上的小说》是一种尝试，先写一个小说，然后把小说肢解掉，二次加工，边展示小说，边解说当时写小说时候的想法，等于在小说之外嵌套了一个壳子，类似于DVD的导演评论音轨。

《处处蔷薇》《红鞋》那几篇，是当年给杂志的言情栏目写的短篇，事实上这些故事里却没有爱情，主角一个人完成故事。直到现在，我的大多数故事，也都是主角一个人的故事。

12

这些故事的主角，基本都是女性。

女性本来应该是有主体性的性别，但过去多少年，在现实中，在小说里，"她"成了一种相对性的性别，女性的特别之处，女性的心理，似乎都是相对于男性而言。男性没有的那块，就算给女性；在男性的进攻性之下，女性退让的部分，也算给女性。许多"女性的"事物，不是自自然然成立的，而是相对于男性才成立，有男性参照才成立，反过来，男性就没有这样的问题。

我对这块"相对性"的部分很感兴趣，也敢于进入这块"相对性"的迷雾之中。这是因为，读书、写作，以及一切和创作有关的事，一向被归为女性的、阴性的（缪斯就是个女神），更具体一点，是巫性的、不确定的、不合作的、无益的，社会化程度低，对秩序有损害。而男性，一向被定义为建设性的、开阔的、社会参与度高、接纳度高的。一个男人，不去从事那些社会化程度高的事，不论是正面的建设、经营、社会管理，还是负面的打人、赌博、酗酒，而去写作，那他就是一个相对意义上的女性。

这里面的《处处蔷薇》，在观念上的进取度还不够，但我愿意保留它们。因为那个时代的人也无非如此，社会给的资源不够，只好处处隐忍。写得不隐忍也可以，但说服不了经历过那个时代的我。

13

所有创作者，同时得是个催眠师。

写作本身就是催眠，但即便作者写完了，也还没完，因为对别人的催眠才刚刚开始，写作者所获得的评价，其实是作品完成后他所持续撬动的催眠，以及周遭的一切帮他催眠的结果。催眠，是命运性的，是所谓天时地利人和。

所以，我更愿意沉浸在它对我的意义里，我先完成对我自己的那部分催眠，只写我愿意写的故事，用我愿意的方式。这是我生活的解药，甚至是我走向荒野的室内方式。

用小说写下漫篇红色"点点花"，用小说一点点换掉自己，然后脱身而去，去向碧野、春山、沙漠，以及一切目所能及的风景。

2022 年 9 月 10 日—12 日